KB115357

장씨세가 호위무사 5

조형근 新무협 판타지 소설

초판 1쇄 찍은 날 § 2020년 8월 28일
초판 3쇄 펴낸 날 § 2023년 9월 25일

지은이 § 조형근
펴낸이 § 서경석

편집책임 § 황창선
편집 § 박현성

펴낸곳 § 도서출판 청어람
등록번호 § 제387-1999-000006호
등록일자 § 1999. 5. 31
어람번호 § 제2-2842호

주소 § 경기도 부천시 부일로 483번길 40 서경B/D 3F (우) 14640
전화 § 032-656-4452 팩스 § 032-656-4453
E-mail § chungeorambook@daum.net

ISBN 979-11-04-92237-4 04810
ISBN 979-11-04-92235-0 (세트)

第二幕

장씨세가 호위무사 5

조형근 新무협 판타지 소설

도서출판 청어람

목차

第一章

신검합일

능자진은 눈꺼풀을 힘겹게 들어 올렸다. 뿌옇게 변한 주변 풍경이 그의 시야를 가득 메웠다. 멍한 시선으로 바라보던 그는 눈앞이 또렷해지고 나서야 자신이 어디에 있는지, 뭘 하고 있었는지를 기억해 냈다.

"독을 영약이라고 말하는 노인의 뻔한 거짓말에 속은 것까지 떠오르긴 했는데……."

그는 주위를 바라보았다. 밀실 안을 밝히는 촛불이 있었지만 몇 개 없는지 전체적으로 어두웠다.

스윽.

능자진은 자신의 손을 바라봤다. 그러다 뭔가 기이한 느낌에 급히 자신의 몸, 임맥(任脈)의 혈자리를 눌러봤다.

"이건……."

그는 놀란 듯 눈을 부릅뜨며 이번엔 배에 손을 갖다댔다. 하단전이 있는 배꼽 밑을 눌러본 것이다.

"내공이……."

가득하다. 힘이 주체가 안 될 정도로.

"아냐. 착각일 수 있어."

능자진은 급히 가부좌를 틀며 기를 운기했다. 맥(脈)을 따라 머리까지 치솟은 기운은 다시금 하단전으로 흘러 들어왔다. 소주천(小周天)을 한 것이다.

'아!'

능자진의 표정은 경악에 가깝게 변했다. 막혀 있던 대부분의 혈자리가 뚫려 있었고, 그곳으로 기(氣)가 원활하게 흘렀다.

스윽.

자리에서 급히 일어난 능자진은 한쪽에 놓아둔 검을 집어 들었다. 하단전에서 기운이 느껴지고, 맥이 뚫렸다. 이것은 내공이 증진될 때 나타나는 증상이다.

하지만 능자진은 들뜨지 않았다. 아직 하나가 남아 있었다. 마지막 검증을 위한 절차가.

      *   *   *

부욱. 부욱.

침상 위에서 봇짐을 정리하는 손이 분주했다. 차마 챙기지 못한 물품들을 정리하기 위해 발도 쉴 새 없이 움직였다.

"곡 대협은 동작이 매우 능숙하시구려. 손놀림을 보고 있자니 마치 이런 상황을 매우 많이 경험해 본 것 같소."

황진수가 눈을 가늘게 뜨며 말했다.

그의 말에 잠시 동작을 멈춘 곡전풍이 눈을 찌푸렸다.

"하하. 거, 섭섭하구려. 그보다 황 대협, 내게 관심을 갖기 이전에, 그쪽 침상 밑에 꾸려놓은 봇짐을 잘 정리하고 난 뒤에 지적하는 게 좋지 않겠소?"

순간 황 진수는 발아래를 바라보았다. 발 근처에 봇짐으로 보이는 것이 삐져나와 있었다.

"어흠."

슥슥슥.

얼굴이 붉어진 그는 발을 이용해 그것을 침상 밑으로 급히 차 넣었다. 그러고는 뒷짐을 지며 여유로운 얼굴로 말했다.

"이건 이곳에 올 때 내가 가져온 거요. 이상한 오해는 하지 마시길 바라오."

"아하, 그러셨소? 한데 어쩌지요. 청소하다 실수로 보았는데, 그 안에는 돈이 될 만한 것이 가득 들어 있더이다."

"그, 그, 그 무슨 불쾌한 소리요! 그것들은 내가 이곳에 올 때 가져온 것들이오!"

"꽤 무겁던데……. 뭐, 황 대협께서 그렇다면 그런 거지요."

주고받는 말의 속뜻과 달리 그들은 서로 '대협'이란 말에 힘을 주고 있었다.

"큼큼. 그나저나 곡 대협."

황진수는 헛기침을 하며 다시 말을 붙였다.

"왜 그러시오?"

"며칠 전부터 능 형이 보이지 않는 게 이상하지 않소?"

"음……."

순간 귀찮은 듯이 대꾸하던 곡전풍의 움직임이 멈췄다. 생각해 보니 정말로 처소 안으로 들어오지 않았던 것이다.

"뭐, 연무장에 계시겠지요."

"며칠 동안 연무장에만 있다는 게 좀 그렇지 않소."

"능 형이 드디어 막힌 벽을 뚫으려는 모양이오. 그러니 수련만 하는 게 아니겠소."

"식사를 하러 간 곳에서 물으니 능 형이 한동안 보이질 않는다는 얘길 들었소. 아무리 그래도 먹는 것을 빼먹기야 하겠소?"

"그야 사람들이 없는 시간에 갔겠지요."

부우욱.

퉁명스럽게 대답한 곡전풍이 봇짐을 동여맸다. 그러고는 양쪽 어깨에 멘 뒤 자세를 잡았다.

"가긴 가더라도… 그래도 능 형은 보고 가는 것이 어떻겠소?"

황 진수가 말했다. 이번엔 장난스럽지 않은 진지한 말투에 곡전풍은 잠시 생각하더니 고개를 끄덕였다.

"…그럽시다."

끼이이익.

연무장으로 걸어간 황진수와 곡전풍이 문을 조심스레 열었다. 짐작대로 연무대 위에 능자진이 있었다.

"거보시오. 아직도 수련 중이지 않소."

"그리 오랫동안……."

문틈에 선 그들은 조용히 대화를 나눴다.

스으으윽.

앞장선 곡전풍이 말을 붙이기 위해 능자진을 향해 다가갈 때쯤이었다. 능자진이 검을 천천히 들어 올리더니 기수식 자세를 취했다. 뭐라고 한마디를 말하려던 곡전풍이 멈칫하며 그 모습을 멍하니 바라봤다.

"왜 그러시오?"

"…뭔가 기운이 섬뜩해서."

"섬뜩은 무슨. 빨리 가서 얘기합시다."

그들은 다시 몇 발짝을 움직였다.

그때.

슈슈슈슉―

능자진이 허공에 대고 몇 번 검을 찔러댔다. 그러고는 다시 자리에 선 채 자세를 잡았다.

"방금 저게……."

"곡 대협도 봤소?"

그 모습을 바라본 곡전풍과 황진수는 눈을 부릅뜨고 있었다. 단순히 찌르는 동작이었는데 검 끝에서 뭔가 울렁거리는 형상이 일어난 것이다.

"다시 하오."

곡전풍의 말에 황진수가 어느 때보다 집중했다.

한 발짝 내딛던 능자진이 검을 옆으로 휘돌렸다. 그리고 위로 몇 번 찌른 그는 몸에 검을 붙였다 강하게 앞으로 내찔렀다.

슈우우우욱.

그 순간 검 끝에서 강한 바람이 일더니 직선으로 뻗어 벽에 부딪쳤다.

쾅!

강한 흔들림과 함께 외벽이 조금 부서졌다.

"검풍(劍風)?"

곡전풍은 눈을 치켜뜨며 말했다. 황진수 자신도 인식하지 못한 채로 고개를 끄덕였다.

검풍은 검기를 구현하기 전의 중간 단계로, 내공을 발현할 수 있는 초입 경지였다. 검기와 위력은 다르나, 그렇다고 무시할 만한 힘은 아니었다. 검풍은 위력에 따라 웬만한 벽을 뚫는 것도 가능했기 때문이다. 놀랍게도 그것을 능자진이 구현해 낸 것이다.

"언제 저런 것까지……."

곡전풍이 믿기지 않는다는 듯 중얼거릴 때쯤 황진수가 외쳤다.

"아직 또 뭔가가 남은 것 같소."

그 말에 곡전풍은 굳은 표정으로 능자진에게 집중했다.

'뭔가 달라졌다.'

검풍을 쏟아낸 능자진이 잠시 동안 자신의 검을 바라보았다.

그는 이루 말할 수 없는 감정에 휩싸여 있었다. 온몸에 솟구치는 힘. 손만 뻗으면 곧장 뿜어져 나올 것 같은 이 기운은 생전 처음 느껴보는 것이었다.

'정말이었던가. 그 어르신이…….'

상황이 이리되니 능자진은 이제 믿을 수밖에 없었다. 독도 어떻게 제조하는지에 따라 영약이 될 수 있다는 말을. 그리고 그가 장난스럽게 내뱉던 모든 말을.

'아직 하나 남아 있다.'

지금까지는 적당한 수준의 기운만을 검에 담았다. 이번에는 모든 힘을 발휘할 생각이었다. 그가 선택한 것은 광휘와 대련할 때 펼쳤던 매화검법 육 초식, 비화연봉이었다.

처억.

능자진은 검을 슬쩍 올려 들었다. 그 뒤 몇 발짝 달려 나가더니 그대로 펼쳐냈다.

휘휘휘휘.

그의 검이 좌우로 움직였다. 처음엔 느릿하게, 그러다 점점 속력이 붙었다.

"……!"

그리고 어느 순간, 검 끝에 반달 모양의 일렁임이 일었다. 그리고 그것은 능자진이 느끼기도 전에 삽시간에 사라져 버렸다.

처억.

능자진이 동작을 멈추고 경악한 시선으로 자신의 검을 내려다보았다.

'이건 설마…….'

검기. 분명 검기였다.

정말 짧은 순간이었고, 생성했다고 말하기도 부끄러운 수준이었지만 그래도 검기를 정말 만들어냈다.

"대체 어떻게 된 겁니까, 능 형!"

"지금 검기와 비슷하지 않았습니까?"

곡전풍과 황진수는 곧장 능자진에게 다가가 물었다.

"언제 왔더냐."

"조금 전에 왔습니다."

그들은 곧장 대답했다.

그들을 눈여겨보던 능자진의 시선이 곡전풍의 뒤로 향했다.

"그 뒤에 있는 것은 뭐냐?"

"아, 이거요? 별거 아닙니다."

곡전풍이 고개를 저었다. 그때 황진수가 그를 가리키며 말했다.

"곡 대협이 말입니다, 팽가와 전쟁이 있을까 봐 도망가려고 합니다."

"어헛! 황 대협, 이거 무슨 소리요! 도망가다니. 계약이 끝났으니 이만 가려는 것이 아니오."

"계약은 석가장과의 싸움이 끝났을 때 종료되었소. 그땐 한동안 이곳에 머물 거라고 내게 누누이 말하지 않았소?"

둘이 또다시 티격태격하자 능자진은 고개를 저었다.

다시 이성을 찾은 그들은 다시 능자진을 향해 말을 붙였다.

"그런데 좀 말씀해 주십시오. 어떻게 이 정도 경지에 오르신 겁니까?"

"궁금합니다. 능 형, 말씀해 주십시오."

그들의 말에 능자진의 머릿속에는 한 가지 재밌는 생각이 들었다.

'나만 당할 수야 없지.'

그는 웃음을 띠면서 그들을 내려다보며 말했다.

"안 그래도 마침 너희들에게 알려주려고 했었다."

노천을 찾아가려던 능자진은 문을 여는 순간 그럴 필요가 없어졌다는 걸 느꼈다. 노천이 팔짱을 낀 채 문밖에 서 있었기 때문이다.

"저분은……."

"장련 아가씨 독을 고치신 의원분 아니오?"

뒤늦게 나온 곡전풍과 황진수가 서로 대화를 나눴다. 왜 그가 갑자기 이곳에 나타났는지 이해를 못 하는 눈빛이었다. 이어진 이들의 대화 역시 그랬다.

"어떠냐?"

노천의 물음에 능자진은 쉽게 대답하지 못했다. 말로 표현할 수 없는 당시의 고통이 머릿속을 스쳐 지나갔기 때문이다.

머뭇거리던 그는 곧 노천을 향해 읍을 해 보였다.

"가르침 잊지 않겠습니다, 어르신."

"내 뭐랬느냐? 달라질 거라 말하지 않았더냐!"

노천은 의기양양한 표정으로 말했다. 그러고는 고개를 끄덕이며 뒤돌아섰다. 마치 할 일을 다 했다는 듯이.

"어르신, 부탁이 있습니다."

멈칫.

걸음을 옮기려던 노천은 동작을 멈추고 다시금 뒤돌아섰다.

"뒤에 있는 제 아우들도 도움을 얻고 싶어 합니다."

그 말에 노천의 시선이 뒤로 향했다. 봇짐을 진 곡전풍과 황진수가 고개를 갸웃거리며 그를 바라보고 있었다.

"뭐 하느냐! 빨리 청을 하지 않고."

능자진의 거듭된 말에 그들은 그제야 그 의미를 알아차리고는 곧장 노천의 앞에 주저앉았다.

"가르침을 내려주십시오!"

"부탁드립니다!"

그 말에 노천이 고개를 갸웃거렸다.

"흐음, 두 명이라."

뭔가 고민하듯 말하던 노천은 갑자기 온화한 미소를 띠었다.

"좋은 재목들이구나."

"……."

"따라오거라. 마침 좋은 것이 들어왔다."

노천이 말하고 돌아섰음에도 그들은 자리에서 일어나지 못했다.

좋은 재목? 좋은 것?

곡전풍과 황진수는 서로를 마주 보며 고개를 갸웃거렸다.

한편, 그들을 보던 능자진은 애써 웃음을 참으며 내심 중얼거렸다.

'혼자 당할 수야 없지. 크크큭.'

＊　　　＊　　　＊

묵객은 이 층 누각 위에서 담명이 조사해 온 얘기를 듣고 있었다.

밝은 얼굴로 그의 말을 경청하던 묵객은 개방 방주의 이름이 거론되자 점차 굳어졌다. 그리고 불가(不可)라는 회신과 함께 방주의 직인이 찍힌 얘기를 들었을 때는 표정이 급격히 굳었다. 뒤이어 맹주가 직접 모용세가를 방문했다는 말에는 거의 입을 다물지 못한 얼굴로 담명을 바라봤다.

"사연이 많은 인물 같았습니다."

"……."

"그리고 오늘 들었습니다. 팽가에 쳐들어가 교두 여덟을 때려 눕혔다지요?"

"흐으흠."

묵객은 헛기침을 하며 별다른 말을 하지 않았다.

잠시 표정이 굳어졌던 담명은 이내 밝은 얼굴로 변해 입을 열었다.

"뭐, 아무럼 어떻습니까. 소문은 조금 와전되게 마련이지요. 곧 묵객께 패해 바닥에 드러누울 위인이지 않습니까? 안 그렇습니까?”

“응. 응?”

담명의 말에 묵객은 잠시 머뭇거리다 이내 눈을 크게 뜨며 고개를 끄덕였다.

“당연한 것이지. 한 번에 제압이 가능한 녀석이다. 하하하.”

묵객은 웃었지만 그의 목소리엔 힘이 없었다. 맹주가 나섰다는 것만으로도 실상 범상치 않은 인물임에는 틀림이 없었다.

저벅저벅.

그때, 멀리서 한 명의 사내가 천천히 걸어오고 있었다. 등 뒤의 괴이한 도를 보면 모르려야 모를 수가 없는 인물, 광휘였다.

“오랜만이오.”

“흠흠… 오랜만이외다.”

광휘는 자신을 바라보는 묵객을 올려다보며 인사했다.

묵객은 말끝을 흐렸다. 소문을 들어서인지 예전처럼 그를 대하기가 껄끄러웠다.

‘확인해 보는 것도 나쁘지 않을 것이다.’

광휘는 우연이 아니라 일부러 찾아왔다. 앞으로 싸움은 길어질 것이다. 그런 만큼 칠객 중 하나라는 묵객이 어느 정도의 실력인지 알고 있어야 했다.

“앞으로는 많이 바빠질 듯하오.”

광휘의 말에 묵객은 별다른 반응을 보이지 않았다.

“해서 말인데……”

잠시 시선을 다른 곳에 두던 광휘가 묵객을 보며 말을 이었다.

"그때 못다 했던 대결, 지금 해보는 건 어떻겠소?"

처억.

이 층 난간을 밟고 곧장 뛰어내린 묵객이 광휘 앞에 섰다. 그러고는 조용히 광휘를 응시했다.

"여기서 할 거요?"

광휘가 물으며 주변을 훑었다. 좌우 폭만 넓을 뿐, 앞과 뒤는 누각과 묘목 때문에 공간이 좁았다.

"장소가 중요하오?"

묵객은 가릴 게 없다는 듯 대답했다.

조금 전 담명을 통해 상대의 비범함에 대해 들은 그는 오히려 강렬한 투지를 뿜어내고 있었다.

"그렇군."

광휘가 고개를 끄덕였다.

스르릉.

묵객이 어깨에 찬 단월도를 거침없이 꺼내 들었다.

철컥.

광휘도 그에 맞춰 칼날이 위로 향하게 괴구검을 빼 들었다.

사내 둘이 칼을 꺼내 들자 일대에 긴장감이 퍼져 나갔다. 두 장의 거리를 두고 서로 마주 보고 선 묵객과 광휘. 두 사내의 눈빛이 점점 더 예리해져 갔다.

타닷.

먼저 움직인 쪽은 묵객이었다. 광휘는 자신의 귓가로 쇄액 하는 바람 소리가 들리자마자 곧장 검을 세웠다.

카아앙!

서로의 칼이 부딪치는 순간, 광휘가 조금씩 뒤로 밀렸다. 묵객은 떨어지지 않고 그대로 밀어붙였다.

츠츠츠측.

광휘가 칼을 맞댄 채로 몇 걸음 더 뒷걸음을 치다 멈췄다. 그때쯤 묵객이 속삭이듯 말했다.

"맹주와는 무슨 사이요?"

"뭐?"

광휘가 잠시 멈칫하는 찰나.

휘릭.

묵객은 옆으로 몸을 움직이며 공간을 빠져나왔다. 그 후, 즉각 도를 들어 사선으로 휘둘렀다.

캉! 캉! 캉!

청명한 쇳소리와 함께 칼이 세 번 맞부딪쳤다.

묵객은 계속 옆으로 돌았다. 시각과 거리, 동작과 움직임을 바꿔가며 공격하기 위해서였다.

쉬식. 캉! 쉬쉭. 쾅!

피하고 베는 것이 수레처럼 맞물리며 돌아갔다.

캉!

어느 지점에서 광휘가 하단 베기를 시도했다.

'허점!'

의도를 알아차린 묵객이 사뿐 뛰어오르며 가로로, 연이어 수

직으로 내리그었다.

휘리리릭.

그 순간 광휘의 검 자루가 변화했다. 재빠르게 검 자루에 손목을 넣은 뒤 돌려 검신을 아래로 내려가게 만든 것이다.

캉!

그러고는 묵객의 도를 수월하게 막아냈다.

'그런 거였나……'

묵객은 묵객대로 잠시 물러나 광휘를 보았다.

사(ㅅ) 자 모양의 검 자루. 왜 저렇게 생겼나 했는데 손목을 이용해 검을 회전하기 위한 것이었다.

휘리리릭.

그사이 광휘가 다시 검신을 위로 올린 후.

쇄애액.

묵객을 향해 달려들었다.

타닷.

뒤를 슬쩍 바라보던 묵객이 이 층 난간으로 단번에 뛰어올랐다.

광휘도 머뭇거림 없이 재차 그를 따라 도약했다.

캉! 캉!

난간을 밟은 뒤 두 번의 교전. 이후 몸의 중심이 흔들리자 서로 처마 밑기둥을 잡은 채 칼을 휘둘렀다.

몇 번 칼을 맞댄 후, 이번엔 광휘의 표정이 어둡게 변해갔다.

'대체 이 도법(刀法)은……'

정말이지 특이한 궤적이다.

보통은 위력이 강한 베기를 통해 도법을 구사한다. 양쪽에 날이 있는 검과 달리 도는 한쪽 면에만 날이 서 있다. 두껍고 무거운 도는 베기의 위력을 더욱 강하게 끌어낼 수 있는 병기다.

하나, 묵객은 베기는 물론이고, 도객들이 잘 쓰지 않는 찌르기, 심지어 칼등을 이용한 방어까지 해온다. 도(刀)가 가진 모든 특성을 이용해 움직이는 것이다.

'혹시 해남파(海南派)와 무슨 연관이 있는 건가?'

광휘는 여러 문파들을 떠올렸다. 그리고 그중 남단 끝자락, 해남도(海南島)에 위치한 문파를 기억해 냈다.

해남파 무공의 정수는 빠르기, 즉 쾌(快)에 있었다. 칼날을 기울여 휘두르고, 기세가 번개같이 빠르고 날카로웠던 것으로 광휘는 기억했다.

타앗. 타앗.

어느새 둘은 누각 뒤편, 숲속으로 들어와 있었다. 겨울이라 잎이 다 떨어져 나간 앙상한 가지들만 보였다.

"이제 알겠군, 당신을 상대로 대충 해서는 이길 수 없다는 것을."

묵객은 광휘를 향해 단월도를 천천히 들어 보였다.

"이제부터는 그에 걸맞은 대우를 해주려 하오."

묵객은 이전과 달리 웃음기 없는 진지한 표정을 짓고 있었다.

지이이잉.

순간 단월도에서 미묘한 변화가 일었다. 도 끝에 일렁이는 기운. 그리고 신경을 자극하는 기파. 드디어 그가 모든 힘을 발휘하려는 것이다.

처억.

광휘는 등 뒤에서 구마도를 꺼냈다. 그것을 눈앞으로 가져오자 묵객 못지않은 기세가 뿜어져 나왔다.

묵객이 입을 열었다.

"지난번부터 보고 싶었던 것이로군."

"……."

"단단히 각오해야 할 게요."

묵객은 단월도를 들었다. 그의 도신 끝에 피어오르는 기운은 더욱 강렬히 거세지고 있었다.

"자칫하면 죽을지도 모르니까."

*   *   *

묵객의 도가 횡으로 베는 순간.

처어억.

광휘는 구마도를 들어 앞을 막았다.

구우웅웅.

그리고 도신에서 강한 울림이 느껴지자 구마도를 옆으로 비틀었다.

차차차락.

옆에 있던 나뭇가지가 일렬로 잘려 나갔다.

그 후 차츰 조용해졌다.

‘이럴 수가.’

묵객의 눈이 가늘어졌다. 적당히 어깨를 스치게끔 하려 했는데 상대가 놀랍게도 자신의 기를 도신으로 흘려 버린 것이다.

‘사량발천근(四兩撥千斤). 무당의 무공을 이자가 어찌…….’

넉 냥의 힘으로 능히 천 근의 힘을 흘려낸다. 상대의 힘을 역으로 돌려 버리는 무공. 그것을 듣지도 보지도 못한 방법으로 상대가 구현해 낸 것이다.

스윽.

묵객이 눈을 치켜뜬 채로 서 있을 때쯤, 광휘가 홈이 파인 도신 부분을 오른쪽 눈으로 가져갔다.

“이번엔 내가 가지.”

“……!”

순간 광휘가 삽시간에 짓쳐들어왔다.

묵객은 그가 달려오는 순간 깨달았다, 공격할 빈틈이 보이지 않음을.

“합!”

묵객은 광휘가 눈앞까지 오자 그대로 도를 휘둘렀다.

이번에도 광휘는 도신을 잡고 옆으로 흘렸다. 그 이후, 묵객의 어깨 쪽을 빠르게 벴다.

캉!

찰나의 순간, 묵객은 몸을 뒤틀다시피 하며 가까스로 단월도로 막아섰다.

하지만 그것은 허초. 광휘는 구마도의 도면(刀面)을 이용해 묵객을 그대로 후려친 것이다.

퍼어억!

둔탁한 소리와 함께 묵객의 몸이 들썩였다.

그런데.

"……!"

광휘는 눈을 부릅뜨며 자신의 구마도를 바라봤다. 돌부리에 걸린 듯 끼어 더는 움직이지 않고 있었다. 그리고 그 자리엔 묵객이 있었다. 흙빛처럼 굳은 얼굴을 한 채로.

'내공……?'

순간적으로 힘을 실은 공격을 묵객은 몸의 힘만으로 버텨냈다. 내공만으로도 절정에 근접한 수준이었던 것이다.

"…….".

"…….".

서로를 노려보는 광휘와 묵객. 마주 보는 두 시선은 가라앉아 있었지만, 그들은 시작할 때보다 더욱 불타오르고 있었다.

그때였다.

"저곳에 있습니다."

담명이 뒤쪽에서 모습을 드러냈다. 갑자기 나타난 그의 주위에는 장씨세가 사람들이 모여 있었는데, 아마 담명은 그들을 부르러 갔던 모양이었다.

"장련? 이 공자……."

사람들을 확인한 광휘가 읊조렸다. 묵객의 표정도 어둡게 변했다. 묵객이 입을 열었다.

"할 수 없군. 누가 보면 좋을 장면도 아니니 다음으로 돌립시다."

광휘 역시 동의했다. 자신은 묵객의 실력을 알아본 것이지, 승부를 내려 한 것은 아니었으니까.

"무슨 일인데 이리 사람들을 끌고 왔느냐."

묵객이 그곳을 벗어나며 멀리 떨어진 담명에게 달려갔다. 웃음기 가득하고 자신감에 찬 그의 목소리가 주위에 쩌렁쩌렁 울렸다.

휘이이잉.

바람이 부는 사이, 광휘도 시선을 돌렸다. 묵객이 어느 정도 실력자란 것을 알았으니 되었다. 이만하면 칠객이라 불리는 것도 이해가 될 법한 실력이었다.

'호오.'

묵객처럼 사람들 쪽으로 가려던 광휘는 그의 등 뒤를 흘끗 보다 멈칫했다. 그리고 재차 등 뒤를 확인하며 자신의 눈을 의심했다. 바닥에 물기둥처럼 치솟은 듯한 형상의 잡초들이 보였기 때문이다.

그것은 기의 파장이 지나간 흔적이었다. 기는 눈으로 보이지 않는 것이지만, 뽑혀 나간 잡초들이 그 방향을 알려주고 있었다.

"기를 생성하는 것까지 보긴 했는데……."

광휘는 시선을 내리깔며 자리에서 움직이지 않았다.

기를 뿜어내기 위해선 시간이 필요하다. 몸의 기운을 칼이라는 물체를 통해 구현하기 위해선 더더욱. 하나 묵객은 그런 동작이 없었다.

'탈각(脫殼)인가……'

광휘의 고개가 묵객 쪽으로 향했다.

탈각.

오기조원(五氣朝元), 즉 어느 틀에서 벗어나기 직전에 머물러 있는 상태를 말한다. 만약 자신의 생각이 맞다면 그는 그 경지에 이르기 직전에 놓여 있다는 것을 뜻했다.

'묵객……'

광휘는 문득 고개를 들었다. 멀리서 묵객의 목소리가 들려왔다. 아무 일도 아니라는 그의 항변이 유쾌하게 들리면서도 어수룩하게 보인다.

하지만 광휘에겐 달랐다. 그런 모습이 여느 때처럼 가볍게 느껴지지 않았다.

"여러모로 재밌는 자군……."

광휘는 하늘을 올려다보며 다시 읊조렸다. 유독 푸르른, 마음이 편안해지는 맑은 날씨였다.

*　　　*　　　*

쿡. 쿡. 쿡. 쿡. 쿡.

노천은 말없이 절구에 절굿공이를 쿡쿡 누르고 있었다. 어디서 구해 왔는지 약초들을 한데 모아 빻고 있었는데, 그 모습이 왠지 어색해 보였다.

스윽.

밀실에 들어온 황진수는 초조한 표정으로 주위를 살폈다. 어딘가 찬바람이 부는 것 같은 삭막한 분위기. 마치 야밤에 주인 없는 초옥에 들어간 듯한 기분이 든 것이다.

"곡 대협, 뭐 하시오?"

"아, 아니오."

곡전풍이 움찔하며 그를 바라보았다. 별것 아니란 표정을 짓고 있었지만, 그 역시 황진수와 같이 서늘한 느낌을 받은 듯했다. 그도 그럴 것이 노천이 절구에 빻고 있는 약재 냄새. 코가 떨어져 나갈 것 같은 역한 냄새가 그들에게 공포를 심어주었기 때문이다.

"걱정 말거라. 이것만 먹으면 천하제일 고수가 될 수 있느니라."

떠돌이 약장수와 비슷한 그의 과장된 말투가 곡전풍과 황진수를 더욱 불안하게 했다.

'이거 정말……'

'괜찮을지……'

기연을 얻을지도 모른다. 그 기대감 때문에 둘 다 속내를 꺼내지 못하고 침묵했다.

끼이익.

그때 밀실의 문이 열리며 능자진이 걸어 들어왔다. 그의 두 손에는 이름 모를 그릇 두 개가 올려져 있었다.

노천은 그를 보자 화색을 띠며 물었다.

"받아 왔느냐?"

"예, 어르신."

능자진은 조심스러운 동작으로 노천 앞에 탕약 그릇을 내려 놓았다.

"내가 말한 그것들은?"

"여기 있습니다."

그는 기다렸다는 듯 품속에서 허연 약봉지도 꺼내 건넸다.

노천은 그것을 잡아 들고는 안을 슥 열어 본 뒤 만족스럽게 고개를 끄덕였다.

"구하기 어려웠을 텐데. 하긴, 여기저기 들쑤시고 다니길 좋아하는 거지들이니……."

알 수 없는 읊조림에 곡전풍과 황진수는 고개를 갸웃거렸다. 대체 저 탕약은 뭐고 허연 봉지는 뭔가.

"뭐… 그래도 탕약은 먹을 만해 보이네."

"으음……."

곡전풍은 황진수를 향해 안심시켰다. 출처 불명의 허연 봉지와 노천이 빻고 있는 절구 안 약초들과 달리, 탕약은 색깔도 냄새도 그다지 거북스럽게 느껴지지 않았다.

털털털.

그때 노천이 약봉지를 잡고는 탕약 그릇에 조금씩 털어냈다.

꿈틀꿈틀.

괴상한 벌레 몇 마리가 꿈틀대며 탕 안으로 떨어졌다.

치이이이.

"……!"

"……!"

순간 곡전풍과 황진수는 눈이 튀어나올 정도로 부릅떴다. 벌레가 그 안에 들어가자마자 타는 소리와 함께 녹아내린 것이다.

황진수와 곡전풍은 눈을 껌뻑이며 서로의 얼굴을 보았다. 그들의 이마에는 한 줄기 식은땀이 흘러내렸다.

"흠, 잘 달였군."

노천은 만족스러운 얼굴로 능자진을 바라보았다. 능자진 역시 칭찬을 받고 싶었는지 밝은 얼굴로 화답했다.

"노사께서 말씀하신 그대로 만들었습니다."

노천은 고개를 끄덕이며 탕약 그릇을 든 뒤 곡전풍과 황진수를 향해 그것을 내밀었다. 그러고는 누구보다 확신에 찬 목소리로 말했다.

"자, 쭉 들이켜게. 쭈욱."

第二章

불명기

"어, 어르신……."

"잠시, 잠시만."

곡전풍과 황진수는 당황하며 말을 버벅거렸다. 그럼에도 노천은 더욱 강경하게 밀어붙였다.

"원래 몸에 좋은 것은 입에 쓰다. 괜히 괴로워하지 말고 눈 감고 한 번에 쭈욱 들이켜면 다 끝나."

"어, 어르신!"

곡전풍이 급하게 손을 들었다. '다 끝난다'라는 말에 엄청난 불안감이 엄습해 온 것이다.

"다시 한번 생각해 보겠습니다. 아무래도 뭔가 정당하지 못한 방법 같습니다, 무인으로서."

곡전풍의 말이 그의 심장 박동처럼 빨라졌다.

황진수 역시 다르지 않았다.

"그렇습니다. 노력으로 실력을 쌓아야지, 약의 힘으로 쉽게 쉽게 얻는 힘이 무슨 의미가 있겠습니까. 곡 대협도 저도 그걸 망각했습니다."

"맞는 말씀이오, 황 대협. 고된 역경과 노력으로 실력을 쌓는 것이 지당한 게요."

그들은 노력으로 성취하겠다고 부르짖었지만, 노천은 흐뭇한 웃음만 지어 보였다.

"기특하구나. 모름지기 무사란 그래야 하는 것이지. 그러니 나 같은 기인을 만나 기연을 맞을 기회를 얻은 것이지."

"아니, 아니, 아니, 아니."

다시금 얼굴이 거메진 곡전풍이 고개를 도리도리 흔들며 손을 내저었다.

"정말 이걸 먹으면 안 될 것 같습니다. 벌레가 그 약에 빠지자마자 타들어갔습니다. 그것은 얼마나 몸에 좋지 않은지를 증명하는 것이 아닙니까."

상황이 다급하게 흘러가자 그는 결국 진실된 속내를 털어 놓았다.

"맞습니다. 살다 보면 뭔가 '이건 위험하다'라는 느낌이란 게 있지 않습니까. 지금이 그땝니다. 이걸 먹으면 왠지 내 몸이 내 것이 아니게 될 것 같은……."

황진수도 벌벌 떨며 거들었다.

"이놈들!"

그 순간 능자진이 끼어들었다.

"강해지겠다고 너희들이 부탁해 어르신에게 긴히 간청을 했다. 한데, 이제 와 이리 나오면 내가 어르신께 뭐가 되겠느냐!"

"……"

"불안해하지 말고 나를 봐라. 나는 내 몸을, 모든 것을 어르신께 맡긴 뒤 이 넘쳐나는 내력을 손에 넣었다. 너희가 나를 형이라 부른다면 내 말 또한 믿어라!"

능자진의 강한 어조에 곡전풍과 황진수의 불안함이 차츰 가라앉았다. 지금 눈앞의 약사발은 분명 의심스럽긴 하지만, 그래도 능자진이 연무장에서 보였던 무위는 정말 벽을 뛰어넘은 것이었다.

'그래, 고수가 될 기회야!'

'살아 있기만 하면 돼. 살아 있기만 하면……'

잠시 흔들거렸던 그들은 능자진의 말에 다시 마음을 다잡고 불꽃같은 열망을 두 눈에서 발산했다.

꿀꺽꿀꺽.

그리고 끝내 결심한 듯 두 사람은 동시에 탕약 그릇을 비워 버렸다.

덜그럭.

"그만 나가자꾸나."

탕약 그릇이 바닥에 떨어지자 노천이 급히 일어나 능자진을 향해 말했다.

"왜 어르신……"

"어허! 빨리 자릴 뜨자고!"

그 말에 능자진도 고개를 갸웃거리며 그를 따라나섰다.

그렇게 문을 닫는 순간이었다.

"끄아아아아!"

"으아아아아악!"

엄청난 괴성이 밀실 안을 뒤흔들었다.

문밖에 서 있던 능자진은 오금이 다 저려옴을 느꼈다.

＊　　＊　　＊

"이제 끝난 것 같구나."

한 시진가량 바깥에서 이제나저제나 하던 노천이 입을 열었다.

"저도 저랬습니까?"

옆에 있던 능자진이 걱정스러운 어조로 운을 뗐다.

"더했다. 거의 나흘 동안 비명만 질러댔으니……."

"나흘씩이나요?"

"그래."

능자진이 놀라워하다 이내 고개를 갸웃거렸다.

"한데, 저들은 왜 한 시진 정도밖에 비명을 지르지 않지요?"

"아마도 몸이 약효를 잘 받아들인 거겠지. 뭐랄까, 타고났다고 해야 할까?"

"저 녀석들이 그런 몸을 타고났을 리가……."

능자진은 말을 흘리다 그만두었다. 괜히 속내를 꺼냈다 한 소리 들을까 염려되었던 것이다.

"뭐, 직접 보면 알 일이지."

노천은 밀실의 문을 열며 말했다. 능자진은 종종걸음으로 그의 뒤를 따라 걸어갔다.

끼이이익.

적막한 밀실 안으로 들어가던 능자진의 표정은 점차 어두워졌다. 가부좌를 틀며 고통에 익숙해져 있으리라는 기대는 하지도 않았다. 바닥을 벌벌 기며 끙끙 앓기만 해도 다행이라 생각했었다.

그런데 지금 광경은 그 예상도 뛰어넘은 것이었다. 황진수도 곡전풍도 게거품을 물고 바닥에 쓰러져 있었던 것이다.

"아, 어르신!"

능자진은 당황한 얼굴로 노천을 불렀다.

"걱정 마라. 몸이 잘 받아들이고 있다는 증거다."

"아, 그렇습니까."

노천의 말에 능자진은 그제야 안심이 되었다. 자신을 한 단계 더 높은 경지로 이끈 사람이니 능자진은 자신이 모르는 뭔가가 있을 거라 여긴 것이다.

"어디 보자."

노천은 의연한 표정으로 다가가 말없이 진맥을 시작했다.

쿵. 쿵. 쿵.

맥이 약하고 느리다. 그리고 매우 불규칙적으로 뛴다.

"어떻게 됐습니까?"

"이거 완전히 망했……."

"예?"

"아, 아니다, 아니야. 허허허."

노천이 멋쩍게 미소를 짓자 능자진은 고개를 갸웃거렸다.

노천은 품속에서 붓과 종이를 꺼내 들었다.

슥슥슥.

그러고는 뭔가를 쓰더니 능자진에게 건넸다.

"이걸 요 앞에 대기하고 있는 거지에게 주고 오너라."

"이게 뭐……."

"빨리! 시간이 없다!"

다급한 그의 말에 능자진은 뭔가 잘못됐다는 걸 느꼈다. 그는 급히 자리에서 일어서 냅다 밖을 향해 뛰쳐나갔다.

"으어어어어."

"허으으으."

곡전풍과 황진수의 앓는 소리가 흐르기 시작했다.

"돼지에겐 통했었는데……."

노천은 몇 올 남지 않은 머리를 북북 긁더니 뒤이어 난처한 표정을 지었다.

서서히 몸을 일으키는 곡전풍과 황진수, 그들의 눈에 피어오르는 시뻘건 욕망을 보고.

퍼억!

"누워 있어라, 이놈들아."

마치 더러운 것을 만졌다는 듯 그는 두 장정을 때려눕힌 후 손을 탁탁 털었다.

"쩝. 그러고 보니……."

노천의 표정이 묘하게 변해갔다.

"발정제를 좀 과하게 넣었나?"

두 사람이 들으면 기겁할 이야기를 내뱉으며.

＊　　　＊　　　＊

풀썩!

수풀로 가득 뒤덮인 산 중턱.

마른 풀을 헤치는 소리와 함께 팽인호가 모습을 드러냈다. 그리고 그를 이름 모를 사람들이 뒤따르고 있었다.

모두 여섯으로 노인 두 명에 여인 둘, 그리고 사내 둘이었다.

"저깁니다."

팽인호는 자신을 따라온 사람들이 보게끔 한편에 지어진 목옥을 가리켰다. 그리고 가장 먼저 그곳으로 발걸음을 옮겼다.

"안에 계십니다."

문 앞에 서 있던 무사가 팽인호를 향해 말하고는 곧장 자리에서 비켜섰다.

팽인호는 문고리를 잡고 움직였다.

드르르륵.

방 안은 적막한 분위기가 흘렀다. 창이 없기 때문이기도 하지만, 벽에 밀착된 진열장 위로 수십 개의 칼들이 스산한 분위기를 자아내고 있었기 때문이다.

그리고 그 중앙. 머리를 묶어 뒤로 넘긴 장년인, 팽오운이 고개를 들었다.

"어서 오시오."

그의 허락에 팽인호가 맞은편에 앉았다. 그리고 자신을 뒤따라 온 여섯 명 중 두 노인을 바라보며 말했다.

"이쪽입니다."

팽인호 좌우측에 있는 두 개의 의자.

드르륵.

노인 둘은 그곳으로 걸음을 옮겼다.

"이분들이시오?"

자리에 앉는 노인들을 보던 팽오운이 물었다.

"그렇습니다."

팽인호는 고개를 끄덕이며 말을 이었다.

"우선 소개부터 하겠습니다. 제 좌측에 계신 이분은 화월문 문주십니다."

"처음 뵙는군요. 조화룡이라 합니다."

평범한 무복에 광대뼈가 도드라진 노인이 읍을 해 보였다.

"팽오운입니다."

그 역시 같은 동작을 했다. 그러다 잠시 시선을 뒤쪽으로 돌리니 낯익은 여인의 얼굴이 보였다. 팽오운의 시선을 받은 비연단주가 짧게 묵례를 해왔다.

"이분은 천외문 문주십니다."

팽인호의 설명에 팽오운의 시선이 그에게로 고정되었다. 조화룡과 달리 천외문 문주는 풍문으로도 들은 적이 거의 없기 때문이다.

복장도 조금 생경했다. 평범한 복장에 비나 눈을 막기 위해 옷 위에 껴입는 유삼(油衫)을 걸치고 있었는데, 이는 무인이라 보기엔 어려운 차림새였다.

"천가량(天價亮)이라고 하오."

"반갑습니다."

간단한 인사를 마친 팽오운이 입을 열었다.

"자, 말씀해 보시지요. 이분들을 모시고 온 이유가 대체 무엇이오?"

팽인호가 미소를 흘렸다. 짧게 기침을 한 그가 말했다.

"공자께서도 아시겠지만 장씨세가가 적극적으로 나오는 바람에 일이 좀 틀어졌습니다. 거기다 개방이라는 변수가 발생하면서 상황이 꼬이게 돼버렸고요."

팽오운은 알고 있는 내용이라 묵묵히 듣고만 있었다.

"개방의 이목이 있기에 우리가 움직일 수는 없는 형국입니다. 해서 이분들을 데리고 온 것입니다."

팽오운의 시선이 양쪽에 앉아 있는 문주들에게 향할 때쯤 팽인호는 재차 말을 이었다.

"이분들로 하여금 사파 세력을 끌어들일 생각입니다."

"팽 장로!"

팽오운은 언성을 높였다. 그리고 굳어진 얼굴로 재차 말했다.

"그건 안 되네."

"공자, 지금 이 상황에선 운수산을 차지하는 데 모든 신경을 써야 합니다. 왜 그래야 하는지 공자께서도 알지 않습니까?"

"그래도 사파는 안 돼!"

팽오운은 목에 힘을 주어 말했다. 하지만 팽인호는 쉽게 물러서지 않았다.

"공자께서 무슨 우려를 하는 것인지는 저도 압니다. 사파 세력은 자신들의 이익만을 위해 움직이는 집단입니다. 그러니 다루기도 쉬울 겁니다."

"하지만……."

"여차하면 다 묻어버리면 됩니다. 그럼 누가 어찌 알겠습니까."

묻는다……?

그 말에 팽오운의 화가 조금씩 가라앉았다. 그의 말대로 마무리를 정말 깔끔하게 할 수 있다면 필사적으로 거부할 명분은 없다.

"무엇보다 공자, 지금 장씨세가와 개방은 석가장이 아닌 우리가 이 일에 개입했다고 생각합니다. 이 와중에 사파들이 나선다면 지금 분위기를 완전히 역전시킬 수 있습니다."

이어지는 말에 팽오운의 눈빛이 흔들렸다.

본 가에 쏠린 의심을 사파에게 돌린다? 그리고 소리 없이 모두를 묻는다? 하기에 따라서 상당히 괜찮은 방법일 수 있다.

팽오운은 두 노인을 바라보았다. 듣기로 화월문은 적사문, 천외문은 귀문과 연이 닿아 있다고 알고 있었다. 연결 통로는 이들이 담당할 터였다.

"맹에서 허락한 사안인가?"

팽오운이 진지한 표정으로 다시 묻자 팽인호가 대답했다.

"서기종에게 확답을 받고 오는 길입니다."

"흐음."

무림맹의 총관 서기종. 팽인호의 말대로 그가 허락을 내렸다면 그나마 부담은 덜할 것이다.

"이 일을 알고 있는 명문 대파와 세가들은?"

"그 역시 손을 써두었습니다."

팽인호는 짧게 설명했다. 서기종이 청성파, 화산파, 남궁세가, 초가보에 직접 방문하여 이번 일에 대해 적극 해명했음을.

명문 정파와 세가 입장에선 맹에서 직접 발걸음을 했으니 운수산 일에 더는 끼지 못할 터였다.

잠시 생각을 정리하던 팽오운이 입을 열었다. 현실적인 부분이 아직 남았기 때문이다.

"개방엔 고수들이 많다는 건 알고 있을 거네. 또한 장씨세가에도 묵객과 광휘라는 호위무사가 있어."

팽오운은 속내를 간접적으로 표현했다. 그들이 있으니 웬만한 자들로 상대가 되겠냐는… 어찌 보면 당연한 얘기였다.

개방의 힘은 화월문과 천외문만으로는 상대할 수 없었다. 팽가와 비등할 정도라 보지 않는가.

"정면으로 부딪치는 일은 없을 겁니다."

"……?"

"그들이 석염이 묻혀 있는 곳에 들어갈 때쯤 폭굉을 사용할 테니까요."

"······!"

팽오운은 눈을 부릅떴다.

'묻는다'라는 말은 그냥 죽이겠다는 것도 아닌, 그 단어 그대로의 의미였다는 걸 그제야 깨달은 것이다.

"물론 그들을 붙잡아줄 고수들 역시 필요할 겁니다. 해서 그 공간을 메워줄 적임자를 부를 생각입니다."

팽인호가 재차 말을 이었고, 화월문의 문주 조화룡이 간단히 첨언했다.

"야월객(夜月客)을 말이지요."

야월객. 적사문을 대표하는 자객단. 다섯 명으로 구성된, 스스로 중원 최고라 하는 자객들이었다.

"저희는 불명귀에게 연통을 넣어두었습니다."

이번엔 천외문의 문주 천가량이 말했다. 순간 팽오운의 눈이 커졌다.

"그들은······?"

"예, 맞습니다. 열두 명 귀문의 최고 고수들. 과거 맹의 부대에 의해 사라진 뒤 다시 태어났지요. 더욱 강해졌다고 보면 됩니다."

열두 명의 불명귀. 그중 셋은 검기를 쓰는 절정고수라 알려져 있었다.

"흐음······."

팽오운이 의식적으로 숨을 내쉬었다. 약간의 의문이 스쳐 지나간 것이다.

"듣기에는 좋은데… 그들이 그렇게 쉽게 자파의 최고 고수들을 내어주겠소?"

"걱정하지 마십시오. 우리가 보유했던 폭굉의 일부를 넘겼고, 성공 시에는 더 많은 양을 넘기기로 했으니까요."

폭굉.

그 위력을 아는 팽오운은 그제야 수긍했다. 그쯤 되면 사파 세력은 최고의 고수들을 파견할 수밖에 없을 것이다. 정도인 팽가와 달리, 이익을 위해서는 수단과 방법을 가리지 않는 사파에게 폭굉 같은 끔찍한 폭약이란 황금보다도 더 유용할 테니까.

"…그 정도면 어떻게든 되겠군."

"어떻게든이 아니라 차고도 넘칠 전력이지요."

팽오운의 말에 팽인호가 웃으며 예를 표했다.

그가 일어나자 다른 이들도 밝은 얼굴이 되어 밖으로 나갔다.

혼자 남은 팽오운은 그들이 나간 문을 바라보며 조용히 읊조렸다.

"한번 겨뤄보고 싶었는데……."

쓸쓸함과 아쉬움이 밴 목소리였다.

불명귀와 야월객은 사파 최고의 고수들이다. 그들의 은밀한 습격에 폭굉의 위력이 더해진다면 무슨 일이 일어나더라도 그가 살아남을 가능성은 없다.

"만약 그 속에서도 살아남을 수 있다면……."

팽오운은 고개를 들었다. 처음 중정에서 광휘를 봤던 그때가 눈앞에 투영되고 있었다.

"인정해 주마. 네놈이 건방지게 떠들던 그 정묘함까지 포함해서."

＊　　＊　　＊

광휘는 장서고에 도착했다. 잠시 혼자 시간을 갖고 싶어 예전에 기거했던 처소에 들른 것이다.

방은 깨끗했다. 예전에 하루가 멀다 하고 마셨던 술병도, 과거 수납장 위에 있던 서책도 없었다. 창 두 개가 뚫려 있는 텅 빈 공간. 광휘는 그곳에서 알 수 없는 편안함을 느꼈다.

스윽.

그는 한쪽에 구마도를 세웠다. 그런 다음 허리춤에 찼던 괴구검도 나란히 세워놓았다.

병장기를 모두 푼 뒤 조용히 바닥에 앉아 명상에 잠겼다. 조금 전 묵객과 싸웠던 비무가 떠올랐다. 예상보다 그는 빠르고 강했다. 거기다 쏘아져 나간 도기를 휘어지도록 운용하는 놀라운 능력을 보였다.

"비무라… 실로 오랜만이구나."

광휘는 즐거웠다. 예상외로 뛰어난 묵객의 실력을 떠올려서 그런지 표정이 밝았다.

스르륵.

한참 동안 묵객에 대한 생각을 하던 광휘는 이내 그것을 접고 눈을 감았다. 그러고는 조용히… 조용히 상념에 잠겼다.

"칠 조 조장."

"……."

"칠 조 조장."

맨바닥에 주저앉은 광휘가 고개를 들었다. 화창한 햇빛 속, 그곳
엔 여인처럼 선이 고운 미공자가 자신을 바라보고 있었다.

"여기 있었나?"

나이에 맞지 않게 젊은 얼굴. 머리를 묶은 사내는 보는 사람들
로 하여금 기분 좋은 웃음을 보여줬다. 살수 암살단 부단주를 맡
고 있는 자였다. 자신과 같은 시기에 이곳에 들어온.

"옆에 좀 앉아도 되겠나."

이미 광휘의 옆자리에 앉아 놓고 부단주가 뒤늦게 양해를 구하
는 척을 했다. 광휘는 별다른 말 없이 그를 바라봤다.

"삼 조 조장에게 박살 났다면서?"

"……."

"허. 삼 조가 예상외로 엄청난 놈을 데려왔군. 그래도 그렇지,
칠 조의 조장을 십 초 만에……."

"…십삼 초였소."

광휘는 부지중에 입을 열다 재미있다는 듯 미소 짓는 부단주를
보고 혀를 찼다. 애도 안 걸릴 도발에 걸려들고 만 것이다.

"뭐, 그렇겠지. 자네 실력도 부쩍 늘었으니까."

그러거나 말거나 부단주는 흘흘 웃기만 했다.

광휘는 더욱 기분이 나빠졌다. 부단주와 말을 하다 보면 왠지

모르게 자신이 어린애처럼 되어가는 것이다.

"실력이 늘었다고요? 제대로 방어도 해보지 못하고 패했는데?"

"내가 보기엔 늘었어. 그것도 많이."

광휘는 여전히 인상만 구겼다.

부단주는 비무 광경을 보지도 못했다. 그런 사람이 어떻게 실력이 늘었느니 말았느니 하는 평을 한단 말인가.

"이러니저러니 해도 자넨 검기를 완벽하게 쓰질 않나."

"상대는 강기를 쓰오."

"그렇다고 못 이길 건 없지. 방법이라면 내가 가지고 있네."

광휘는 반사적으로 고개를 돌려 그를 노려봤다. 그가 자신을 놀리고 있다는 생각이 든 것이다.

강기(罡氣).

무인이 자신의 내기를 담아 펼쳐내는 가장 파괴적인 공격. 자신의 검기로는 그걸 뚫지도, 막지도 못한다. 광휘 자신이 생각하기에도 이건 괜한 호승심에 불과하다고 결론 내리고 있던 참이었다.

"말도 안 되는 소리 하지 마시오. 검기를 쓰는 무인이 강기를 쓰는 고수를 이겼다는 말은 내 들어본 적도 없소."

"강기를 쓰기 전에 끝내 버리면 되지 않은가."

"……!"

그러나 부단주의 말은 광휘가 한 번도 생각해 보지 못한 방향이었다.

"싸우려면, 그리고 이기려면 상대를 잘 아는 것이 먼저지. 자네 생각에, 강기를 운용하는 고수들에게서 가장 조심해야 할 것이 무엇 같은가?"

"역시 강기 아니겠소?"

광휘는 또다시 강기를 꺼내 들었다.

"아니, 틀렸어. 자네 말대로 검기를 쓰는 무인은 강기 고수를 이길 수 없지. 하지만 그것보다 더 중요한 것이 있어. 강기를 쓸 정도면 대부분이 경지에 이른 무인. 검기든, 강기든, 그가 체득한 실전 경험은 검기 무인보다 월등히 많아. 승패가 정해져 있는 건 그 때문이지."

"……."

광휘는 말을 하지 않았지만 동의했다. 부단주의 말대로 삼 조 조장의 강기는 매서웠지만 자신이 패배한 건 강기 때문이 아니었다. 일반적인 초식의 흐름도, 내력도, 삼 조 조장은 모든 면에서 자신을 앞서 있었다. 그건 광휘 역시 이미 느끼고 있던 바였다.

"그럼 어떻게 해야 합니까, 그를 이기려면?"

"무공을 버려야 해."

"허어……."

광휘는 고개를 절레절레 저었다. 작년에 죽은 청성파 부단주의 말이 머릿속을 스쳐 간 것이다.

"이보시오, 부단주."

광휘가 노려보자 부단주는 다시금 웃었다.

"칠 조 조장, 우리는 무공을 겨루기 위해 이곳에 온 게 아니란 걸 알 거네. 그러려면 무술 대회에 나가 사람들의 환호와 갈채를 받는 게 맞는 게지."

어느 순간 그는 진지해졌다. 농담하는 기색이라곤 전혀 없었다.

"우린 살수를 죽이는 암살단이네. 그것도 적을 죽이고 동료를 지켜야 하는 구표지. 거기다 자신 또한 살아남아야 하네. 이 얼마나 어려운 임무인가."

"……."

"살아남기 위해 버릴 수 있는 모든 것을 버려야 해. 멋지게 이기겠다는 승부욕, 필요 이상의 내공, 자존심도 말일세. 그 첫 번째 길이 바로 무공을 버리는 것이야."

"부단주……."

광휘는 이제야 알 것 같았다. 무인의 자존심. 더 높은 경지를 바라는 호승심. 무공을 익힌 무인에게 그건 당연한 것이다. 버리려고 해도 버릴 수가 없는 것이다.

"강기를 버리고, 검기를 버리고, 검조차 버리게."

"……."

"검이 없는 채로 검을 든 고수와 싸워 이기려면 어떻게 해야 할까?"

"…더 빠르게. 몇 배는 조심하고. 상대의 움직임을 살피며 단 일수에 치명적으로 승부를."

부단주는 조용히 고개를 끄덕이며 말했다.

"그와 같네. 지금 자네의 무기인 검기를 버리면 지금보다… 몇 배는 더 빨라질 걸세."

"……."

"그리되면 상대의 움직임도, 내기도, 내력도, 무엇도 파훼해 낼 것이야. 그리고 그쯤 되면 상대가 검기를 쓰든 강기를 쓰든 아무 상관이 없어지지."

"부단주, 그건……."

광휘는 말끝에 한숨을 내쉬었다.

"신검합일이 아니오?"

"사내라면 그 정도는 노려봐야 할 것 아닌가?"

부단주는 껄껄 웃으며 광휘의 어깨를 두드렸다.

"정진하자고. 우리의 길은 가장 어렵지만… 가장 빠른 길이기도 하니까."

그는 말하고 있었다. 비무의 승패 따위에 연연하지 않고 오직 생사투(生死鬪)에서 살아남는 것이 최우선임을.

광휘는 눈을 떴다. 긴 꿈을 꾼 것처럼 몸이 나른해졌다. 마치 과거로 돌아간 듯 이상하게 기분이 들떠 있었다.

"오늘따라 문득……."

그는 자리에서 일어나 창가로 걸어갔다. 시간이 꽤 지난 것 같았는데 날씨는 여전히 화창했다.

"보고 싶어지는 얼굴이 많구나."

*　　　*　　　*

어둠이 서서히 몰려오는 저녁.

서산 산마루 끝에서부터 시작된 불기둥이 세상을 환하게 물들였다. 황하는 붉은 빛깔로 넘실거렸고, 그것이 내려다보이는 언덕 위, 관작루(鸛雀樓)에 있던 사람들은 그 절경에 취해 한동안 말을 하지 않았다.

관작루는 백여 년 전 불에 타 소실된 곳이었다. 그러다 누군가 이곳에 이 층 누각을 세운 뒤 객잔을 차렸고, 하나둘씩 사람들이 드나들면서 다시금 붐비기 시작한 것이다.

저벅저벅.

붉은 노을빛을 등에 진 한 장년인이 계단을 오르고 있었다. 이 층에 도착한 그는 잠시 두리번거리더니 황하가 내려다보이는 서쪽 가장자리에 시선을 고정시켰다.

그곳엔 세 명의 사내가 앉아 있었다. 남색 무복 차림에, 허리춤에는 칼집을 찬 채 다들 편안한 자세로 앉아 있었다.

장년인은 그곳으로 발걸음을 옮겼다.

끼이익.

사내들이 시선을 올릴 때쯤 장년인은 원탁 사이에 있던 의자 하나를 빼며 말했다.

"늦어서 미안하군. 전갈을 늦게 받다 보니."

사내들은 그가 자리에 앉을 때까지 그를 바라봤지만 별다른 말을 꺼내지는 않았다. 이마에 검흔이 난 장년인의 이름은 일령귀(一嶺鬼). 불명귀 중 가장 무위가 뛰어난 자였기 때문이다. 사실 그만이 아니라 여기 있는 세 명의 사내 모두가 불명귀 중에서도 손에 꼽히는 자들이었다.

"그러니까… 우리 일이 정파 놈 몇만 죽이면 끝난다는 거야?"

장신의 키에 마른 체격의 사내, 삼영귀(三影鬼)는 잠시 멈췄던 대화를 이어갔다.

"그렇다는군."

맞은편, 청수한 얼굴의 사내가 말을 받았다. 그는 대화 도중 쟁반 형상의 병기를 습관처럼 탁자에 쿡쿡 찍어 대고 있었다.

이수야귀(二水夜鬼). 강호에서도 보기 힘든 건곤권(乾坤圈)을 병기로 사용하는 자였다.

"의아하군. 고작 사람 몇 명 죽이는 데 우리 불명귀 모두를 불러들이다니. 그것도 명문 대파 장문인이 아니라 그저 이름도 없는 세가 놈들을 말이야. 그런데 장씨세가? 대체 그건 어디에 붙어 있는 거야?"

얼굴 반쪽에 화상자국이 나 있는 중년인이 끼어들며 불만스러운 목소리를 토해냈다.

사군패검(四君敗劍). 눈으로 보아도 횡횡한 소리가 들릴 것처럼 강렬한 기운을 뿜어내는 자다.

삼영귀는 눈을 찌푸렸다.

"그동안 뜸했으니 휴가라도 다녀오라고 시킨 거겠지. 그러지 않고서야 문주께서 친히 우리를 보냈겠어? 여기에 오지 않은 다른 불명귀도 있다고."

"그건 아닌 것 같은데. 자칫 잘못하면 개방을 상대할 수도 있다는 얘길 들었거든."

이수야귀가 반박하자 삼영귀가 고개를 저었다.

"나도 들었어. 하나, 개방의 장로들이 모두 오는 것이 아니지 않은가. 전국에 있는 개방 거지들과 분타주, 장로들과 당주들도 역할이 있어. 들으니 오결 제자와 삼결 제자 몇 명만 상대하면 된다 하던데 말이지."

그 말에 불명귀들은 수긍했다. 아무리 생각해도 자신들이, 아니 불명귀 전원이 이 일에 달려들어야 하는 건지 납득할 수 없었기 때문이다.

"이건 듣지 못했나 보군."

그때쯤 침묵을 지키던 일령귀가 입을 열었다. 그러고는 불명귀를 한 명씩 둘러본 후 천천히 입을 열었다.

"야월객이 움직인다고."

"……!"

"……!"

"……!"

불명귀의 표정이 동시에 급변했다. 그들은 듣지 못한 얘기였기 때문이다.

"야월객까지……. 그렇게까지 대단한 임무인가?"

"우리가 알지 못하는 뭔가가 있는가 보군."

"십대고수라도 있는 건가?"

세 명의 불명귀는 저마다 한마디씩 토해냈다.

어둠 속 살수들. 그들이 온다는 것은 이번 일이 매우 위험할 수 있다는 방증이었다.

그렇게 잠시 침묵이 일 때쯤 일령귀가 다시 입을 열었다.

"칠객이 있으니까."

"……!"

세 사내는 모두 눈을 치켜떴다.

칠객. 백대고수 중에서도 상위라는 그들의 존재가 언급된 것이다. 정보에 능한 사람일수록 칠객을 높게 평가한다. 그러나 불명귀만큼 그들을 잘 아는 사람이 없다. 과거 칠객에 의해 동료들이 얼마나 많이 죽었던가.

"칠객 중… 누군가?"

삼영귀가 어느새 싸늘해진 목소리로 물었다.

"묵객."

"허."

다시 침묵이 일었다.

하지만 길지 않았다. 이수야귀가 슬쩍 웃음을 띤 것이다.

"그나마 불행 중 다행이군. 묵객이면 칠객 중에서도 말단이……."

"말단은 아니다."

순간 사군패검이 끼어들었다. 그는 화상자국이 나 있는 볼을 씰룩거리며 말을 이었다.

"기억하지 못하나? 그는 이 년 전, 불야성(不夜星)을 죽였다."

불야성. 녹림십팔채의 채주 중 한 명으로 명실공히 백대고수 중 한 명으로 불리는 고수.

그 사건을 거론한 것이다.

사군패검의 말에 다들 잊었던 기억이 상기된 듯 더는 말을 꺼내지 않았다.

칠객 중 만만한 자는 없다. 그것을 누구보다 가장 잘 아는 자들이었으니까.

"그리고……."

일령귀는 잠시 뜸을 들이다 말했다.

"소위건을 제압했다는 자가 있다고 하더군. 팽가에 들어가 교두 여덟 명을 일거에 쓰러뜨리기도 했고."

"소위건? 백대고수에 준한다는 그자 말인가?"

"…팽가의 교두 여덟이라."

일령귀의 입에서 이름도 출신도 모르는 고수들이 계속 거론되자 분위기는 더욱 가라앉았다.

"누구지? 출신 내력은?"

잠시 침묵을 지켰던 삼영귀가 일령귀에게 물었다.

"알려지기로는 광휘란 자다. 장씨세가 호위무사를 하고 있다더군."

"……."

잠시 정적이 일었다. 그리고 어느새 불명귀들의 눈에는 살기가 돌고 있었다.

탁.

그때 일령귀가 품속에서 하나의 패를 꺼내 들었다. 그리고 모두를 바라보며 말했다.

"불명귀에게 지시할 권한을 문주께 받았다. 이번 일은 나를 따라주길 바란다."

일령귀의 말에 다들 무언의 승낙을 했다.

第三章

독의 부작용

"좀 어떻습니까?"

장원태를 바라보던 장웅이 물었다. 부친의 안위를 살피기 위해 처소로 들어온 것이다.

"괜찮아졌구나."

그런 그에게 장원태는 밝은 미소를 보였다.

장원태의 말에도 장웅의 마음은 편치 못했다. 의원이 많이 회복됐다고 했고, 그 역시 괜찮다고 말하고 있지만 자신의 눈엔 지나칠 정도로 수척해 보였기 때문이다. 얼굴도 예전보다 더 몇 년은 늙어 보였다.

"개방 장로들께서 오셨다고 들었다. 본 가에 잘 적응하시더냐?"

그런 장웅의 마음을 아는지 장원태는 화제를 돌렸다.

"좋아하십니다. 하루 다섯 끼 먹는 거나 씻는 걸 싫어하는 것 빼고는요."

"껄껄껄. 그럴 게다. 원체 바람 부는 대로 사셨던 분들 아니냐."

장원태의 말에 장웅도 웃었다. 농담을 받아줄 만큼 마음의 여유를 되찾은 듯했다.

"그래, 어떤 말이 하고 싶어 날 찾은 게냐?"

장웅이 뜨끔한 표정을 짓자 장원태는 환한 미소로 말했다.

"그리 놀랄 것 없다. 아비는 너를 어릴 때부터 봐왔느니라. 하고 싶은 말을 하기 전에 농담하는 버릇을 모를 줄 아느냐?"

장웅은 대답하지 않았다. 부끄럽기도 했고, 한편으로는 자신에게 그런 점이 있다는 것에 대해 민망하기도 했다.

"이걸 드리려고 왔습니다."

장웅은 품속에서 뭔가를 꺼내 들었다. 서류들이었는데, 장원태는 그것을 보지 않아도 무언지 알 것 같았다.

"운수산의 땅문서로구나. 그것이 왜?"

"여차할 경우, 모든 권리를 양도한다고 하십시오."

"흠."

장원태는 묘한 눈빛으로 장웅을 바라보았다. 그러고는 잠시 뒤 입을 열었다.

"무슨 생각이냐?"

"저는 곧 운수산에 갈 일이 생길 겁니다. 광 호위도, 묵객도 함께 동행하게 되어 있습니다. 지금의 인선으로는 본가에 계신 아버님을 지킬 사람이 부족해지게 됩니다."

"그러니 여차하면 항복하라?"

"항복이라기보다… 후일을 위한 것입니다."

장원태를 보며 장웅이 입을 열었다.

"지금 상황에서 최악을 가정해 보면, 저희가 없을 시 팽가가, 혹은 팽가와 손을 잡은 다른 세력이 아버님을 노릴 수도 있습니다. 일어나선 안 될 일이지만, 만약 그런 일이 생기면 원하는 것을 손에 쥐여주십시오. 애초에 그들이 원했던 것은 운수산의 권리입니다."

"선산도, 명분도, 기껏 얻은 장씨세가의 이름도 모두 내어주라는 말이구나."

"사람만 살아 있으면 그런 건 어떻게든 되찾을 수 있습니다."

장웅은 조용히 눈 속에 불꽃을 담으며 말했다.

"하지만 아버님은 되찾을 수 없습니다. 어렵던 본 가를 여기까지 일으켜 세우신 아버님입니다. 저와 련이의 아버지이십니다. 본 가 삼백 식솔들의 마음을 받쳐주는 가장 큰 기둥이십니다. 운수산의 가치가 무어라 한들."

장웅은 거기서 말을 끊더니 이내 또박또박 다시 말했다.

"아버님보다 중하지는 않습니다."

"……."

장원태는 창가 한편에 놓인 유등을 잠시 바라보았다.

그렇게 침묵이 일 때쯤 그가 다시 입을 열었다.

"련이는 뭐라 하더냐."

"제 의견에 따른다고 했습니다."

장원태는 고개를 조용히 끄덕였다.

"그렇구나."

"그렇지요? 하아, 아버님께서 그리 말씀해 주시니 소자, 이제 마음 편히 운수산에 갈 수 있을 것 같습니다."

장웅은 밝게 웃었다. 장원태도 짧게 미소를 보였다.

드르륵.

장웅이 자리에서 일어나려던 때였다. 오히려 장원태가 먼저 일어나더니 창가 쪽에 올려진 유등 앞으로 다가갔다. 그의 의아한 행동에 장웅은 고개를 갸웃거렸다.

치익.

장원태는 유등을 덮고 있는 천을 떼어냈다. 그리고 강한 불빛을 뿜어내는 그것을 잡았다.

"아, 아버님!"

순간 무슨 의도인지 눈치채고 그를 불렀다. 하지만 이미 늦었다.

활활활.

종이는 활활 타며 삽시간에 재로 변했다.

장웅이 충격에 입을 다물지 못하자 그 모습을 보던 장원태가 말했다.

"현실을 직시하거라, 장웅아. 우리에겐 지금 만약이란 건 없다."

"아버님……."

"모든 총력을 다해도 모자란 상황이야. 그런 판국에 이 문서 따위가 너의 의지를 약하게 해선 안 된다. 나 또한 너의 발목을 잡지 않을 것이다. 이런 게 너를 약하게 한다면 없는 게 더 맞겠지."

"아……."

장원태가 눈을 붉히며 말했다.

"저들은 우리가 이것을 들고 있다는 것을 알고 있고, 우리 역시 그렇게 여기고 있다면 그것이 진실인 것이다. 하니, 이렇게 불태워도 상관없다."

장웅은 말없이 고개를 숙였다. 만약의 경우를 대비해서 그것을 이용해 흥정했으면 하는 자신의 숨은 뜻을 장원태가 꿰뚫어 본 것이다.

장원태가 말했다.

"이제 어떤 유혹이 오더라도 나는 당당해질 수 있다. 그러니 아비를 더 부끄럽게 하지 말거라."

"죄송합니다."

장웅은 스스로를 자책했다. 만약의 상황이라는 건 없다. 가주 장원태도 그리 생각하고 있었다.

"네가 이번에 운수산에 올라간다면."

장원태가 그를 주시하며 말했다.

"네 호위무사로 광 호위를 쓰거라."

"그럼 련이는……?"

"묵객을 붙여야겠지."

장웅은 잠시 말을 잇지 못하고 장원태를 바라봤다.

"너는 운수산으로 향하는 일행 중에서 가장 중요한 인물이다. 내 뒤를 이어 본 가의 가주가 될 테니까."

"하지만……."

"이번만큼은 아비의 말을 따르도록 하거라. 묵객 역시 실력을 의심할 나위 없는 분 아니시더냐."

장웅은 별다른 말을 하지 못했다. 장원태의 입장에선 묵객보다 광휘를 자신에게 더 붙이고 싶어 하는 것이 당연한 것이다. 그가 얼마나 대단한지는 말할 가치도 없으니까.

"소자, 아버지 말씀을 따르겠습니다."

"그래. 묵객께도 기회는 드려야지."

"예?"

"아니다. 그런 게 있느니라."

장원태는 헛기침을 하며 고개를 저었다.

*　　　*　　　*

노천과 능자진은 흥분된 시선으로 누워 있는 두 사내를 주시하고 있었다. 추가로 만든 탕약을 입에 집어넣고는 그 경과를 기다리고 있었던 것이다.

"누, 눈을 뜹니다."

황진수가 손가락을 꿈틀대는 것을 본 능자진이 소리를 질렀다. 때마침 노천도 곡전풍의 눈꺼풀이 흔들리는 모습을 확인하며 말했다.

"이놈도 눈을 뜨는가 보다."

조금씩 뭔가 움직인다는 느낌을 받기를 일각. 그들은 마치 약속이나 한 듯 온전히 눈을 떴다.

"아, 보이느냐?"

기쁜 마음에 능자진이 그들에게 다가와 손가락을 움직였다.

"보입니다, 능 형."

"저도 보입니다."

곡전풍과 황진수가 대답했다. 목소리에 힘이 넘치는 것이, 의식을 차린 것이다.

"아……."

둘의 행동에 능자진은 어깨에서 힘이 쭉 빠지는 듯했다.

노심초사했던 마음을 가라앉히며 노천에게 고개를 돌렸다.

"흐음."

어느새 팔짱을 낀 노천이 근엄한 표정을 짓고 있었다.

조금 전 능자진과 함께 발을 동동 구르던 그 모습은 완전히 사라져 있었다. 말투에서도.

"그러기에 노부가 별일 없을 거라 하지 않았느냐. 이제 곧 기연을 얻을 텐데 경건한 자세로 있어야지, 무슨 그런 소란을 떨었던 게야!"

능자진은 조금 전 기억을 지워 버리곤 존경스러운 시선으로 고개를 숙였다.

"죄송합니다."

"죄송해야지, 암. 그리고 앞으로는 내 앞에서 경거망동하지 말거라. 이번 한 번만 그냥 넘어가는 것이다."

능자진은 다시 한번 고개를 숙였다. 어떤 말을 해도 좋았다.

자신이 괜히 험한 길로 끌어들여 이들에게 피해를 입히지 않은 것만 해도 다행이었다.

"그래, 기분은 어떠냐?"

그 말에 곡전풍이 눈을 부릅떴다.

"뭔가 힘이 느껴집니다. 단전에서 거대한 힘이 샘솟는 것 같습니다."

황진수도 말했다.

"날아갈 것 같은 느낌입니다. 기분이 정말 좋습니다."

"그래? 그럼 이제 일어나 보거라."

노천이 고개를 빳빳이 들며 말했다.

그런데.

스윽.

편하게 일어나는 곡전풍과 달리 황진수는 일어나지 않았다. 그 모습을 본 노천이 눈을 찌푸리며 말했다.

"일어나라 하지 않았느냐."

"아, 예, 어르신."

황진수는 웃으며 대답했다. 하지만 여전히 자리에서 일어나지 않았다.

능자진과 노천의 의아한 시선이 그에게 향하던 순간이었다. 황진수의 동공이 급격하게 떨리며 그는 말을 이었다.

"일어나지지가 않습니다."

"뭐?!"

"다리에 힘이……"

"……!"

노천은 당황한 표정을 지었다.

"저는 손이 움직여지지 않습니다."

자리에서 일어선 곡전풍이 시뻘게진 얼굴로 능자진을 바라보았다. 그리고 둘의 시선은 다시금 노천에게로 향했다.

"하, 하하, 하하하하!"

갑작스럽게 노천은 박장대소하기 시작했다. 그 모습에 둘은 고개를 갸웃거렸다.

"일시적 증상이다. 너무 걱정 마라. 너희들은 곧 회복될 것이다. 몸에 새로운 기운이 들어와서 그런 것이다."

"……."

"단전에 기운이 다 차지 않았느냐. 그것만으로도 이미 효과가 나타났다는 것이다."

그 말에 곡전풍과 황진수가 서로를 바라보았다.

"아, 확실히 기운이 넘칩니다."

"저도 예전과 달라진 느낌입니다."

배를 만져본 곡전풍이 고개를 끄덕였고, 황진수도 동의했다.

"그렇다. 하루 푹 자고 나면 모든 것이 나을 테니. 그럼 쉬거라."

노천은 여유롭게 뒤로 돌았다. 여전히 능자진의 표정엔 의아함이 가득했지만 그는 애써 위안하고는 문밖으로 걸어갔다.

'망했다. 완전히 망한 게야…….'

아무래도 이번 비방도 뭔가 모자란 듯했다. 그는 내심, 조금 더 독한 방도를 써보기로 결심을 굳혔다.

＊　　　＊　　　＊

이름 모를 수풀 사이로 들어갔을 때였다.

몸을 잔뜩 움츠린 모습으로 서 있던 능시걸이 광휘를 보자마자 손을 흔들었다. 평소 그를 아는 사람이 그의 싱글벙글한 미소를 봤다면 두 눈을 의심할 만한 광경이었다.

"움직이기 시작했네."

광휘가 지척까지 다가오자 미소를 입가에 건 능시걸이 입을 열었다. 광휘가 아무 말 없이 응시하자 그는 계속 말을 이었다.

"이레 전, 화월문과 천외문 문주들이 어디론가 모였다는 첩보를 입수했어. 그리고 며칠 뒤, 귀문과 적사문 내의 움직임이 심상치 않다는 얘길 들었네."

"……"

"사파가 무인들을 통제한다는 것이 무슨 뜻인 줄 알 거네."

광휘는 고개를 끄덕였다. 문주가 직접 손을 쓰고 있다는 뜻이었다. 그리고 그것은 곧 이번 일과 연관이 있다는 뜻이고.

"아직은 시간이 있구려."

"그렇네. 귀문은 보름 안에 당도할 테고, 적사문은 귀주(貴州)에 있으니 아무리 빨라도 한 달은 걸릴 걸세."

이번 목표가 된 운수산. 그들은 이곳에 모든 전력을 쏟아부을 것이다.

"맹의 반응은 어떻소?"

광휘는 문득 맹의 움직임이 궁금해졌다. 맹은 다른 곳보다 개방과 가장 친밀한 관계이지 않은가.

"한번 찾아가 봤는데 따로 언급을 하지 않더군. 물론 당주급이라서 모를 수도 있긴 하지만……."

그는 잠시 하늘을 올려다본 뒤 말을 이었다.

"이미 파악했네. 지금쯤 맹의 총관은 사천의 청성파에 당도해 있을 테니까."

"그럼……."

"그렇네. 이번 일에 관여했던 명문 대파와 세가는 그가 다 찾아갈 게야. 맹에서 직접 갈 테니 나서지 말라고 설득할 것이네."

"결국 장씨세가와 개방만 참여하게 되겠구려."

그 말에 능시걸은 말없이 침묵했다.

광휘는 바닥에 시선을 내리깔았다. 예상은 했지만 역시 한 발짝 빠르게 움직인다. 맹이 움직였다는 것은 서서히 큰판을 짜기 시작했다는 것이다.

"아직 조사가 더 필요하네. 귀문과 적사문에서 고수를 파견할 것 같은데, 우리의 존재를 눈치챘는지 매우 은밀하게 움직이네. 어떤 고수들을 움직이는지 파악하는 게 중요해지겠어."

귀문과 적사문에는 알려진 고수들이 많다. 그중 어느 수준의 고수들이 움직이는지를 파악하는 것도 이 싸움에서 중요한 척도가 될 것이다.

"더 정보가 오면 알려주겠네. 그럼 수고하게."

능시걸은 전해줄 말이 끝난 모양인지 곧장 뒤돌아섰다. 하지만 그는 몇 걸음을 걷지 못했다. 광휘가 말을 걸어왔기 때문이다.

"좀 의문이 드오."

"뭐가 말인가?"

"팽가가 왜 그런 짓을 저질렀을까 하는 것 말이오."

능시걸은 광휘에게 시선을 고정하고 말을 이었다.

"이유는 충분히 알고 있지 않은가?"

"그래서 더욱 의문이 드는 거요."

그 말에 능시걸은 의아한 시선으로 광휘의 대답을 기다렸다.

"내가 천중단 흑우단에 있을 때 팽가에 소속된 무인 한 명을 수하로 둔 적이 있소. 너무 성정이 곧은 것이 흠이긴 했지만 누구보다 의협심이 강했던 자였소. 위기의 순간 벽력탄에 몸을 던졌을 만큼 말이오."

"……"

"어르신도 알 게요. 그건 그렇게 해야겠다고 맘먹어서 되는 게 아니오. 어릴 적부터 좋은 환경에서 훌륭한 교육을 수없이 받아야 가능하오."

능시걸은 흥미를 느끼며 광휘의 말에 귀 기울였다.

"팽가는 명가요. 오랫동안 하북의 명가였고, 장부를 대표하는 자들도 많았소. 물론 매우 호전적이고 자부심이 강해 일을 그르치기도 하지만, 그는 기본적으로 공명정대하고 옳고 그름을 구분할 줄 아는 자였소."

"…이유가 있다고 말하고 싶은 건가?"

능시걸은 광휘가 하는 말의 의미를 알아채고 운을 뗐다. 광휘는 고개를 끄덕였다.

"흐음."

능시걸은 턱을 괴었다. 광휘의 말을 조용히 되새기던 그는 조용히 읊조렸다.

"그러고 보니 기본을 잊고 있었군."

정보를 다루는 자들이 빠지기 쉬운 가장 위험한 함정, 선입견을 지적하는 것이다.

"그것도 염두에 두고 움직이도록 하지."

능시걸은 광휘를 보며 미소를 지어 보였다.

✳ ✳ ✳

웅성웅성.

산동(山同) 성도 북쪽에 자리 잡은 화원가.

지방 유지들이나 관리들이 찾아오는 곳으로, 산동에서는 제일 유명한 화백이 있다고 알려져 있었다.

"다들 좀 조용히 해주시오."

열두 채의 건물 중 유독 발 디딜 틈 없이 사람들로 꽉 찬 화원. 번잡하게 모여든 사람들 사이로 한 중년인이 통제하고 나섰다. 웅성임이 잦아들자 그는 순번이 적힌 장부를 들여다보다 입을 열었다.

"다음은 감원 댁(柑園宅) 나칠이."

"나요! 여기 있소!"

중년인이 호명하자 순백한 얼굴의 장년인 한 명이 가슴에 보따리를 품은 채 앞으로 걸어 나갔다. 중년인은 그의 행색을 한 번 훑고는 고갯짓을 했다.

"저기로 들어가 보시오."

"감사합니다, 어르신."

드르르륵.

잠시 뒤, 장년인은 화원방 문을 조심히 열었다. 방은 전체적으로 어두웠다. 군데군데 밝은 색조를 덧씌운 유등이 따뜻한 분위기를 느끼게 했다.

"그래, 어떤 그림을 원하시오?"

촤라락.

장년인이 배정된 자리에 앉을 때쯤 맞은편, 구슬주렴 너머의 화공이 화선지를 교체하며 말했다.

이렇듯 사람이 자리에 앉으면 원하는 그림이 무엇인지 말하라 요구한다. 보통은 인물화이며, 때론 풍경화나 산수화를 그리기도 했다. 주위를 둘러보던 장년인은 그의 말에 고개를 숙이며 입을 열기 시작했다.

"스물이 넘지 않은 여인이오. 머리카락을 풀면 허리까지 닿소. 얼굴은 전체적으로 둥그스름하지만 턱은 계란형이오. 눈은 보통 사람보다 작고 눈꼬리는 아래로 내려왔소."

터억.

장년인은 서늘한 느낌의 검은 패(牌)를 내려놓았다. 그러자 구슬주렴 너머 화공의 어깨가 가볍게 굳었다.

"얼굴의 크기는 장정의 손바닥을 펼친 정도. 소신을 굽히지 않는 인상이 엿보이며 키는 오 척 세 치에다……."

슥슥슥.

맞은편 화공은 말없이 붓을 놀렸다. 그러다 잠시 뒤 다른 화선지로 교체하자 그때쯤 장년인이 입을 열었다.

"두 번째는 약관을 넘은 청년이오. 눈은 크고 둥글며 영리하게 생겼소. 일견 겁이 많아 보이지만 때론 고집도 있어 보이는 인상이오. 조금 메말랐지만 전체적으로 젖살은 다 빠지지 않았소. 키는 오 척 반 정도. 그리고……."

장년인은 맞은편 화공을 위해 잠시 기다려 주었다.

그렇게 꽤 오랜 시간을 들여 인물들에 대해 설명했다.

슥슥슥.

맞은편의 화공은 그의 말에 따라 거침없이 손을 놀렸다.

한 번쯤 궁금한 것이 있을 법한데도 불러주는 족족 붓을 움직였고, 단 한 번도 막히는 부분이 없었다.

"…이상이오."

그리고 그가 한 노인의 인상착의를 말하는 것을 마지막으로 말을 멈췄을 때였다. 맞은편의 화공도 행동을 멈췄다. 그러고는 자세를 바로잡고 붓을 천천히 내려놓으며 말했다.

"더 없소?"

"알려진 것까진 그렇소."

장년인의 말에 화공은 책상에 펼쳐진 그림을 바라보았다. 얼굴의 생김새뿐만 아니라 근육과 뼈대를 이루는 양감(量感)이 살아 있는 열다섯 명의 사람들이 그려져 있었다.

"금액은?"

인물도(人物圖)를 한참 내려다보던 화공이 고개를 들었다.

장년인은 짧게 대답했다.

"은 만 냥. 전표도 아닌, 전부 현물."

"……."

화공은 잠시 침묵했다. 구슬주렴 때문에 그의 표정은 자세히 보이지 않았지만 분명 심경의 변화가 생긴 것이 틀림없었다.

은 만 냥은 그런 금액이었다.

"거절하겠소."

화공의 목소리에는 미련이 느껴지지 않았다. 받을 수 있는 금액이 아니라고 판단을 내린 것이다. 그도 그럴 것이 그가 이제껏 받아보지 못한 최고의 청부 금액이기 때문이다. 금액이 엄청난 만큼 목숨 역시 보장받지 못한다.

"거절은 못 해. 문주께서 직접 하달하신 명이니까."

그 순간 순박했던 장년인의 시선이 맹수처럼 변했다.

찌릿.

반사적으로 화공의 눈빛 역시 표독해졌다.

"오해하지 마. 당신이 마지막이야. 나를 포함한 야월객들은 전부 승낙했어."

"전부?"

"그래."

화공의 시선이 이제껏 자신이 그려냈던 용모파기로 향했다. 자신을 제외하고도, 전국 각지의 야월객이 모두 투입되는 일이면 필시 보통 일이 아닐 것이다.

"참고로 불명귀도 전원 투입됐더군."

"……!"

화공은 내렸던 시선을 다시 한번 들었다. 어느새 진지한 표정으로 변해 있었다.

"상대가 구대문파 장문인인가?"

"아니."

"그럼 맹과 관련된 일인가?"

"아니."

"그럼 대체……."

"장씨세가와 개방이다."

"개방이야 그렇다 쳐도… 장씨세가?"

스윽.

사내의 시선이 좌측 창가로 움직였다. 맹도 아니고 장문인도 아니다. 그런데 사파의 최고 고수라는 불명귀와 야월객 전원이 투입될 사안이라.

촤르륵.

잠시 뒤, 사내가 구슬주렴을 치우며 모습을 드러냈다. 남자치고는 눈썹이 정갈하며 선이 곱고 무예를 익히지 않은, 전형적인 화공의 인상이었다.

"조금 더 얘길 들어보지. 그 정도 목표를 청부하려고 저런 돈이 걸린다는 건 말이 안 될 텐데?"

"이번 일만 성사되면 그 돈을 뽑고도 남을 만한 걸 얻는다더군."

"뭐길래?"

"벽력탄."

"하하하."

사내는 실없는 사람처럼 웃었다. 웃으며 고개를 이리저리 젓는 모습만 봐도 이 사안이 얼마나 믿기 힘든지를 알 수 있었다.

"뭐가 그렇게 웃겨?"

반면, 장년인의 표정은 여전히 진지했다. 그에 사내가 다시 장년인을 주시하며 입을 열었다.

"아무래도 문주가 맛이 간 모양이군. 벽력탄 따위로 그만한 돈을……."

"그냥 벽력탄이 아니라면?"

"……!"

"십대고수도 죽일 수 있는 벽력탄이라면 거래할 만하지 않겠나?"

＊　　　＊　　　＊

"흠! 크흠! 소저, 날도 추운데 말이오……."

장련은 묵객과 같이 한정당을 걷고 있었다. 무슨 이유인지 명호에게 잠시 자리를 비켜달라고 청한 뒤, 이리로 왔던 것이다.

함께 걷는 묵객의 표정은 평소와 달리 많이 어색해 보였다. 늘 밝고 쾌활하던 모습은 어디 가고 어색함만이 잔뜩 묻어 있었다.

"소저, 이왕이면 우리 둘이 부용루에서, 연못으로 둘러싸인 그곳에서 따듯한 차나 한잔하는 게 어떻겠소?"

"화해 먼저 하면요."

"콜록콜록!"

장련의 부드럽게 웃는 목소리에 묵객이 목에 가시가 걸린 듯 기침을 몇 번 했다. 그녀가 자신을 찾아온 이유를 깨달은 것이다.

"싸운 적 없소. 그저 무공 실력이 궁금하다기에 응대해 줬을 뿐이오."

"정말인가요?"

"……."

"정말요?"

"허……."

묵객은 머리를 긁적이다 고개를 숙였다. 그러고는 입을 열려고 할 때 장련이 한 곳을 가리켰다.

"저기 앉아요."

어느새 이름 모를 건물 한 채가 보였다.

삼면이 막힌 공간에 한쪽에는 나무들이 몰려 있었고 바닥 쪽에는 구멍이 나 있었는데, 아마도 땔감을 쌓아놓는 곳 같았다.

"여기 앉을까요?"

장련이 묵객을 향해 밝게 웃어 보였다.

"좋소."

잠시 분위기를 바꿀 수 있는 기회를 묵객이 거절할 리 없었다.

"아, 잠시만 기다리시오."

따닥. 따닥.

잠시 후, 묵객이 나뭇가지와 싸리들을 긁어 와 불을 지폈다. 원래 그러는 곳인지, 바로 앞에 모닥불을 피우기에 좋은 구덩이가 있었기 때문이다.

화르르르.

"후우."

모닥불의 온기가 피어오르자 묵객이 한숨을 쉬며 바닥에 앉았다. 그때 그의 옆에 다소곳이 앉아 있던 장련이 말을 걸었다.

"무인들은 왜 만나기만 하면 싸움을 하는 걸까요?"

"……."

"제가 보기엔 그래야 할 이유도, 그렇게 해서 얻는 이득도 보이지 않는데 말이죠. 왜 그런가요?"

"그, 그건… 음."

장련의 호기심 어린 눈빛에 묵객은 어색한 표정을 지었다. 잠시 뜸을 들인 그가 다시 말을 이었다.

"일단 무인이라면 자신의 실력이 어느 정도인지 증명하고 싶어 하오. 상대의 숨겨진 실력이 궁금하기도 하고."

"아, 그래서 비무를 하신 거군요?"

묵객은 멋쩍게 웃었다. 나름 변명을 한다고 했는데 장련은 전혀 넘어갈 기색이 아니었다.

"그래서 누가 이겼나요?"

장련의 말에 묵객은 머뭇거렸다. 하지만 계속 빤히 쳐다보는 그녀의 시선에 결국 허탈한 표정으로 말했다.

"승부는 보지 못했소."

"아, 그렇군요."

"뭐, 계속했다면 내가 이겼을 게요."

그 말에 장련은 놀란 표정으로 말했다.

"호위무사님도 엄청 강하신 분이던데… 묵객께서는 그보다 더 강하신가 봐요."

"그 뜻이 아니오."

"네?"

장련이 고개를 갸웃거리자 묵객은 멋쩍게 미소를 보이며 말했다.

"애초에 결과를 가리지 못했으니 그보다 강하다고 할 수는 없소. 더군다나……."

말을 이으려던 묵객이 머뭇거렸다. 상대가 무공을 쓰지 않았다는 말을 하려니 자존심이 상한 것이다.

"뭐랄까… 그는 애초에 비무에 큰 의미를 두지 않는 자였소. 마치 나 혼자 헛힘 쓰는 광대가 된 기분이었지."

"…아."

장련은 그가 왜 이제껏 미묘하게 불편한 얼굴을 했는지 알 것 같았다.

묵객은 그간 오랫동안 광휘와 승부를 내고 싶어 했다. 광휘는 이제껏 그와의 비무를 차일피일 미루며 그의 호기에 더욱 불을 질렀다.

그런데 막상 승부에서는 최선을 다한 묵객과 달리, 광휘는 승부 자체에 큰 의미를 두지 않는 투로 상대했다는 것이다.

'화가 난다 해야 할지, 모욕당했다고 해야 할지.'

묵객은 상념에서 빠져나오며 말했다.

"대체 왜 그랬는지 모르겠소. 분명 무인인데, 당연히 무인인데 왜 무공을 쓰지 않았었는지."

이어진 묵객의 목소리엔 침잠한, 조용하지만 깊은 분노가 담겨 있었다.

따딱따딱.

장련은 잠시 말없이 화톳불을 바라봤다. 아쉽게도 그녀는 묵객의 질문에 대답해 줄 답변이 없었던 것이다.

*   *   *

"왜 한 번에 제압하지 않으셨습니까?"

멈칫.

"명호?"

광휘가 방을 나오니 명호가 그곳에 서 있었다.

"소저는 어디 가고 네가 여기 있느냐?"

"한정당에 잠시 서계십니다."

"거긴 왜?"

"묵객하고 할 말이 있다고 해서요."

묵객이란 말에 광휘는 잠시 서성이듯 있다 말했다.

"고생했다. 이제부터 내가 호위할 테니 쉬거라."

그러고는 발걸음을 떼려 할 때였다.

"그러니까 왜 한 번에 제압하지 않으셨냐는 말입니다."

멈칫!

광휘는 발걸음을 멈췄다. 그러고는 말 대신 시선으로 명호에게 그 뜻을 물었다.

"묵객과 비무 하는 모습을 보았습니다. 제가 아는 단장님이라면 도기는커녕 자세를 잡기도 전에 먼저 결판을 내셨을 겁니다."

"……."

"삼 년입니다. 함께 작전에 나간 것만 해도 열세 번이고요. 제 말이 틀렸습니까?"

"흠."

광휘는 무슨 생각인지 잠시 침묵했다. 그러다 이내 고개를 들어 말했다.

"칠객이란 명성은 허명이 아니었다. 이미 검기를 운용하는 것을 넘어 변화까지 일으키더구나. 생각보다 훨씬 강한 자였다."

"그걸 제게 믿으라고 하시는 말씀이신 겁니까? 단장님께서는 무공을 거의 안 쓰셨잖습니까."

명호는 집요하게 물었다.

그는 궁금함을 푸는 정도가 아니라 화가 난 얼굴로 답을 기다리고 있었다.

*　　　　*　　　　*

"일부러 무공을 쓰지 않았다면 실력을 감췄다고 볼 수 있지 않나요?"

"그건… 아닐 게요, 아마도."

장련의 물음에 묵객은 잠시 생각한 후 말을 이었다.

"그의 움직임은 매우 대단했소. 그가 사용했던 병기 역시 놀라기에 충분할 정도로. 그 정도 실력이라면 이 공자를 구했던 것이나 팽가에 있었던 소문이 사실일 것이오."

"그렇군요."

장련이 조용한 어조로 수긍했다. 그러다 이내 고개를 갸웃거리며 물었다.

"생각해 보니 무사님은 맹에 계셨던 분이라 하셨잖아요. 그럼 애초에 무공의 고하(高下)를 가리는 것을 중요하게 여기지 않을 수도 있지 않을까요? 예컨대 져도 상관없다고 생각해서……"

"그러지는 않았을 게요."

묵객이 단언하듯 말했다.

"무인이라면 굽히지 않는 자존심이라는 게 있소. 다른 말로 하면 호승심이오."

"…호승심."

"아무리 양보한다고 해도 봐주기 위해 비무를 하는 자는 없소. 물론 상대에게 깨달음을 주기 위한 지도 비무가 있지만, 그건 실력이 몇 수 이상 차이가 났을 때 하는 것이오. 그걸 내가 못 느낄 리도 없고……."

묵객의 말에 장련은 이해할 것도 같았다. 아무리 광 호위가 대단하다 하더라도 칠객 중 하나라는 사람과 몇 수나 차이가 날 리가 없으니까.

"무인은 다 그런 건가요?"

장련이 혼잣말을 하듯 읊조리자 묵객이 친절히 답했다.

"그렇소. 무인에게 승패는 매우 중요하오."

＊　　　＊　　　＊

"너에겐 승패가 그리 중요하느냐?"

광휘가 명호의 말을 자르며 물었다.

"무인이라면 호승심이 있는 건 당연한 것이 아닙니까?"

"호승심이라……."

당당히 말하는 명호를 향해 광휘는 말끝을 흐렸다. 그러고는 혼잣말을 하듯 나직이 말했다.

"내겐 너무나 그리운 말이구나."

"살아남기 위해 버릴 수 있는 모든 것을 버려야 해. 멋지게 이기겠다는 승부욕, 필요 이상의 내공, 자존심도 말일세."

"그 첫 번째 길이 바로 무공을 버리는 것이야."

부단주가 그에게 해준 말이었다. 정작 말한 본인 역시 그 말을 완전히 실천하지는 못했지만, 그도, 그리고 광휘에게 수많은 깨우침을 주고 사라진 선배들도 다들 내린 결론이 같았다.

"우리는 무인이 아니다. 싸움은 목적이 아니야."

"우리에게 필요한 것은 오직 생존 그리고 결과다."

"버리지 않으면 얻을 수 없다."

광휘는 길게 한숨을 내쉬었다. 대답하기에는 너무도 복잡한 일들이, 그리고 너무도 교묘하게 엮인 감정들이 있었다. 그 모든 것을 구구절절이 설명하는 대신에 그는.

사박.

가려 했던 방향으로 발걸음을 옮기는 것을 택했다. 언제나처럼.

"단장님."

그때 명호가 다시 불렀다. 아직 묻고 싶은 것이 있는지 광휘에게서 시선을 놓지 않았다.

"신검합일은 이루셨습니까?"

"……."

"그것을 위해 많은 것을 희생하지 않으셨습니까. 무공도, 검기도, 내공도, 사람도 말입니다."

광휘는 잠시 걸음을 멈추고 눈을 감았다. 떠오른 것이다. 무공을 버림으로써 잃었던 많은 사람들. 구할 수 있었음에도 희생해야 했던 많은 동료들이.

"버리면 구할 수 있는 겁니까?"

"……."

"정말 무공을 버리면 동료를 구할 수 있는 겁니까!"

"이루어야지."

청성파 부단주에게 외쳤던 자신의 목소리가 머릿속을 스쳐갈 때쯤, 광휘는 명호를 지나쳐 먼 하늘을 바라보고 있었다.

"이대로 물러나기엔… 너무 억울하지 않느냐."

第四章

후유증

　해가 뜨고 날이 저물 때마다 장씨세가의 근심은 더욱 깊어졌다. 외원 방비를 위해 담을 높이고 이곳저곳 방비를 갖추고 있었지만 구색을 갖추려는 것일 뿐, 실상은 막연히 기다릴 수 없어 뭐라도 하려 했던 것이다.

　장씨세가와 다르게 개방의 움직임은 분주했다. 운수산에 동행할 전력으로 장로급 인사 세 명을 파견한 데 이어 당주급 인사 네 명과 분타주급 사내 셋을 추가로 보낸 것이다. 거기다 만약을 대비해 일결 제자 백여 명을 장씨세가와 팽가 주위에 집중적으로 배치했다.

　사실 개방의 저력에 비하면 이것도 적은 숫자다.

　오만여 명으로 추산되는 개방 방도의 거지들. 마음만 먹는다면 하북팽가와 전면전도 불사할 수 있을 정도의 거대한 병력이었다.

하지만 능시걸 마음대로 제자들을 부릴 수 없었던 것은 이번 일에 맹(盟)이 개입되어 있다는 사실 때문이었다.

혹여 운수산에서 장씨세가가 말했던 그것을 발견하지 못한다면?

그 후폭풍을 개방 혼자 온전히 감당해야 한다. 때문에 장로들과 호법들이 능시걸을 찾아와 설득했고, 그 결과 개방 전력의 반 이상을 하북으로 집결시키려던 능시걸의 계획은 무산되어 버렸다.

한정당 어느 나무숲.

휘익. 탁!

호선을 그리며 날아가던 비수가 목표한 지점에 정확히 박혀 들어갔다.

"훌륭하오."

명호는 표적을 맞힌 장련을 보고 곧장 감탄을 터뜨렸다. 제법 준수했다. 시간이 날 때마다 틈틈이 가르친 효과가 드디어 결실을 맺고 있었다.

"후우… 어때요?"

장련이 활짝 웃으며 물었다. 그녀는 한겨울인데도 불구하고 이마에 흐르는 땀을 닦았다.

나무에 등을 기대고 있던 광휘가 슬쩍 시선을 들어 보이고는 말했다.

"나쁘지 않았소."

"치……."

장련은 입술을 쭈욱 내밀었다.

칭찬해 주면 어디가 덧나느냐는, 그런 표정이었다. 그러다 뭔가 생각이 난 듯 다시 밝게 웃으며 말했다.

"너무 걱정 마세요, 무사님."

"……?"

"위험에 처하면 제가 또 구해줄 테니까요."

"흐흐! 읍!"

순간 웃음이 터진 명호는 깔깔대다 급히 입을 틀어막았다. 자신을 노려보는 광휘의 눈빛을 본 것이다.

"험험. 요즘 날씨가 참 좋습니다. 그렇지 않습니까?"

명호는 화제를 돌리기 위해 멋쩍은 표정으로 중얼거렸다. 그러고는 읍을 해 보이며 말을 이었다.

"그럼 먼저 가보겠습니다!"

그는 광휘의 눈빛을 보지 않기 위해 냅다 뛰었다. 평소에 볼 수 없던 민첩한 발걸음이었다.

"우리도 가요."

장련이 싱긋 웃으며 말했다.

저벅저벅.

장련이 처소로 향하자 광휘가 말없이 따라붙었다. 늘 그렇듯 그는 장련의 뒤에서 조용히 그녀를 따랐다.

"그거 알아요?"

그렇게 꽤 걸었을 때쯤, 장련이 걸음을 늦추며 광휘 쪽으로 고개를 돌렸다.

"요즘 자주 웃는다는 거."

"……?"

광휘는 장련을 말없이 응시했다. 웃는다는 말의 의미를 묻는 것이다.

"요 며칠 같이 지내면서 느꼈어요, 예전과 달리 조금씩 감정을 드러낸다는 걸. 제게 항상 무뚝뚝하셨잖아요."

광휘는 잠시 생각에 잠기다 입을 열었다.

"잘못 본 게요."

"아닌데요? 지금도 그래요. 무뚝뚝한 얼굴은 아니잖아요."

"잘못, 본, 게요."

광휘가 목에 힘을 주며 반박하자 장련은 걸음을 멈췄다. 그런 다음 광휘가 바라보는 방향 쪽으로 움직인 뒤 그를 빤히 쳐다봤다.

"자, 봐요. 처음 만난 날, 무사님의 눈이 원래는 이렇게 돼 있었어요."

장련은 자신의 두 눈을 옆으로 찢었다. 매섭게.

"지금은 이렇게 되어 있어요."

이번에 그녀는 미간에 가까운 쪽 눈꺼풀을 집고 위로 들어 올려 보았다. 눈을 초롱초롱 뜨며.

"흠!"

불쌍한 표정을 한참 지으며 장련이 쳐다보자 광휘가 기침하며 시선을 외면했다. 그 모습을 보던 장련은 뭔가 걸렸다는 표정으로 배시시 웃었다.

"거봐요, 제 말이 맞죠? 요즘 되게 잘 웃으시잖아요. 예전과는 정말 다르다고요."

"……."

"그런데 전 지금이 더 좋아요. 앞으로도 이렇게 밝았으면 좋겠어요. 제가 도와줄게요."

"……."

"그럼 가볼게요. 처소에 거의 다 온 것 같으니까."

장련은 싱긋 웃으며 처소로 뛰어갔다.

광휘는 그녀가 사라질 때까지 멍하니 바라보았다. 그러다 고개를 저었다.

"말려 버렸군."

광휘는 슬쩍 입꼬리를 올렸다. 장련의 장난이 이상하게 싫지는 않았다. 처져 있는 것보다 밝은 모습이 훨씬 더 보기 좋았던 것이다.

터억.

잠시 뒤, 뒤돌아설 것 같던 광휘가 또다시 멈칫했다. 그러고는 손을 들어 자신의 입을 매만지며 말했다.

"웃고 있다고?"

어색한 말이다. 감정의 변화를 느끼지 못하는 자신이, 병기가 되어버린 자신이 어떻게 웃을 수 있다는 말인가.

그때, 의아해하는 광휘의 귓가로 오래된 목소리가 들려왔다.

"꽤 오래됐지. 길을 걷는 것처럼 무덤덤하지. 최근에 가장 친했던 부단주가 죽었는데도 별다른 느낌이 없는 것을 보면서 확신했네."

"……."

"참 재밌지 않은가? 사람을 죽여도, 동료가 죽어도 아무런 느낌이 없으니 말이야."

스윽.

광휘는 장련이 간 방향으로 고개를 돌렸다.

그러던 그때였다.

"여기 있었나."

어느새 가까이 다가온 황 노인이 광휘를 바라보고 있었다.

"딴 게 아니고 말이야, 전할 말이 있어서."

"……?"

"팽가에서 서찰이 날아왔네."

광휘의 표정이 굳었다. 이어질 말을 이미 짐작한 것이다.

"그렇네. 팽가 가주의 병세가 호전되었다고 하네."

*　　　*　　　*

장련과 광휘가 대전에 도착했을 때쯤, 참석할 만한 사람은 이미 모두 자리에 착석해 있었다. 황 노인의 안내에 따라 장련은 장웅 맞은편에 앉았고, 광휘는 그녀의 등 뒤로 두 발짝 물러섰다.

"……"

장웅 뒤에 서서 광휘를 바라보는 묵객의 눈빛은 여전히 강렬했다. 마치 미련이 남은 듯한 눈빛. 하지만 광휘는 평소와 다르지 않은 모습으로 그의 시선을 담담히 받아들였다.

"무슨 일로 불렀는지는 다들 얘길 들었을 테니 짧게 말하겠소."

장원태가 입을 열자 좌중은 장원태의 말에 집중했다.

"내일 아침, 운수산에 동행할 본 가의 사람은 장웅과 련이, 일 장로, 이렇게 셋으로 정할까 하오."

웅성웅성.

장원태의 말에 대전에 모인 사람들은 조용히 대화를 주고받았다. 장원태는 그들을 힐끔 보며 말을 이었다.

"나는 몸이 좋지 않아 방해만 될 것이오. 하여 이들을 보낼 생각이오. 일 장로는 나를 제외하고 운수산 내의 지리를 가장 잘 알고 있는 사람이고, 장웅과 련이는 나를 대표하는 것이니 이렇게 가야 맞을 것이오."

그 말에 다들 동의하는 눈빛이었다. 일 장로만큼 운수산을 아는 사람이 없다. 자리에 맞는 사람과 적은 인원. 딱 세 사람만으로 충분했다.

"두 분께 할 말이 있소."

잠시 침묵이 일 때쯤 장원태가 장웅과 장련의 뒤를 번갈아 바라봤다. 묵객과 광휘였다.

"운수산으로 동행할 때 장웅은 광 호위께서, 련이는 묵객께서 호위해 주셨으면 하는데 어떻게 생각하시오?"

두 사내의 시선이 미묘하게 변했다. 묵객에겐 이채로움이, 광휘에겐 의아함이 깃든 것이다.

"웅이는 본 세가의 소장주이며, 앞으로 우리 가문의 앞날을 짊어지고 갈 아이요. 가장 중요한 임무이니만큼 가장 강한 고수께 호위를 부탁드리고 싶소만."

장원태의 말에 장로와 당주들의 안색이 변했다. 더 강한 이에게 더 중요한 인물의 호위를 맡긴다. 이치상으로는 틀린 것이 없다. 하지만 여기서 장웅의 호위를 광휘에게 맡긴다는 것은.

"가주, 묵객께서는 명성이 자자한 칠객의 일인……."

"그렇게 하겠습니다."

일 장로가 당황하며 말을 걸 때였다. 불쾌하게 여길 거라 생각했던 묵객이 대답한 것이다.

"광 호위의 실력은 칠객에 비춰봐도 모자람이 없을 정도니까요."

그리고 기분이 나쁘기는커녕, 오히려 잘되었다는 듯 미소까지 보이고 있었다.

"저 역시 따르겠습니다."

뒤이어 광휘가 대답했다. 장원태의 의중이 무언지 파악했기에 망설이지 않았다.

그들의 행동에 다들 놀람과 뿌듯함으로 고개를 끄덕이고 있었다.

'아…….'

한편, 상황을 말없이 지켜보던 장련은 이들의 대답에 급히 얼굴을 숙였다. 정확히는 광휘가 말하던 순간, 표정에 변화가 생긴 것이다.

야속했다. 따져보았을 때 아버지의 말은 틀린 것이 없지만, 왜 굳이 그렇게 해야 했는지, 그리고 왜 광휘가 아무런 거부를 하지 않는지 까닭 없이 속이 상해왔다.

"한 시진 뒤 출발할 예정이니 준비해 주시오."

그것으로 장원태는 말을 끝맺었다.

"무사님."

광휘가 밖으로 나갔을 때였다. 뒤따라 나오던 장련이 그를 불렀다.

"소저, 급한 일이 아니라면 나중에 따로 얘기해도 되겠소?"

"네?"

"미리 이 공자의 습관이나 생각을 먼저 파악하려고 하오. 내일 아침 따로 찾아뵙겠소."

광휘는 장웅이 가는 방향을 바라보고 있었다. 그를 향해 걸어가다 장련의 부름에 걸음을 멈춘 것이다.

"그래요. 그렇게 해요, 무사님."

힘없는 목소리에 광휘는 장련을 바라봤다. 이에 장련은 가볍게 인사를 하고는 광휘를 지나쳐 걸어갔다.

'갑자기 왜 저러지?'

돌연 무기력해진 그녀의 표정에 광휘는 고민했다. 저런 모습은 한 번도 보지 못했기 때문이다.

'이유라도 물어볼까?'

광휘가 아직 멀어지지 않은 장련의 모습을 보며 걸음을 돌리려 할 때였다.

"형장, 소저께 정말 너무하시구려."

어느새 묵객이 친근하게 다가오며 말을 걸었다.

"내가 뭔가 잘못한 게 있소?"

순간 광휘가 그를 응시했다.

"뭐, 그건 차마 말은 못 해주겠소. 말하면 내가 너무 없어 보일 것 같아서……."

"무슨 뜻이오?"

"그런 게 있소. 그건 그렇고……."

묵객은 슬쩍 주위를 훑다 광휘에게 한 발짝 더 다가섰다.

"난 자신 있었소."

"……."

"그때 그 비무 말이오. 형장께서 비무와 실전은 다르다고 생각하는 것 같아서."

"형장……."

"그리고 또 한 가지."

어느덧 신중한 표정으로 변한 묵객이 말을 이었다.

"이유는 모르겠지만, 솔직히 예상했던 것보다 형장의 검은 매섭지 않았소."

"……."

"그럼 이만."

그 말을 끝으로 묵객은 광휘를 지나쳤다. 광휘는 미묘한 시선으로 그의 뒷모습이 사라질 때까지 그를 바라봤다.

그날 저녁.

장웅과 대면한 후 광휘는 자신의 처소인 장서고로 돌아왔다. 갑자기 내린 빗줄기 때문인지 방 안에 가득한 오래된 고목나무 향이 광휘의 코끝을 간질였다.

광휘의 표정은 좋지 못했다. 조금 전 이곳으로 걸어오다 묵객에게 들었던 말이 신경 쓰인 것이다.

"이유는 모르겠지만, 솔직히 예상했던 것보다 형장의 검은 매섭지 않았소."

광휘는 그와 한 비무를 잊고 있었다. 반드시 죽여야 했던 싸움은 아니었으니까. 그러니 묵객의 뛰어난 무위에도 그다지 관심을 갖지 않았다.

그런데 오늘따라 신경이 쓰였다. 그의 도발 섞인 발언 때문이 아니라 그의 눈빛 때문이었다. 그는 진심을 담고 있었다. 우쭐대려는 마음보다는, 정말로 이길 수 있었다는 자신감이 보였다.

"쓸데없는 생각을……."

광휘는 말을 읊조리며 고개를 저었다. 무공을 뽐내기 위한 비무와 실전은 다르다. 아무리 자신이 방심한다고 해도 실전에서 그에게 패한다는 건 상상도 할 수 없었다.

콱.

광휘가 반쯤 열린 문을 닫고 방 안으로 들어설 때였다.

"가만……."

그는 뭔가 의아한 표정으로 동작을 멈췄다. 낯선 기분이 든 것이다. 아무것도 보이지 않는 공간에 홀로 선, 그런 갑갑한 기분이었다.

스윽.

곧이어 고개를 들어 천장을 바라보았다. 그리고 그는 좌우 벽, 마지막으로 바닥을 보고는 편안한 자세로 눈을 감았다.

퐁퐁퐁.

한동안 정적이 일었다. 창가 사이로 빗물이 떨어지는 소리, 나뭇가지 흔들리는 소리 외에는 아무것도 느껴지지 않았다.

그렇게 한동안 정적이 흘렀을 때쯤 광휘가 눈을 떴다.

"이게 뭐지……."

그는 미간을 찡그리며 눈을 껌뻑였다. 감각이 느껴지지 않는다. 공간. 지형. 거리. 예전엔 의식까지 파고들었던 감각이 백지장처럼 하얗게 변해 있었다. 마치 이곳, 텅 빈 방처럼.

광휘는 주위를 훑었다. 그리고 의식적으로 기억을 해내려 미간을 찡그렸다.

"가로 너비 열둘… 열셋… 세로 길이는 열하나… 아니, 아홉. 대들보 두께가… 천장과의 거리는… 제길!"

여전히 그대로였다. 아니, 오히려 눈을 감고도 떠오르던 감각이 육안으로도 거리를 잴 수 없을 만큼 그는 무더져 있었다.

"확인해 봐야 해."

쾅!

광휘는 상기된 표정으로 급히 방문을 나섰다.

* * *

떨어지는 것을 베는 것. 검술의 척도를 알 수 있는, 가장 기본적인 수련 방법 중 하나다. 어떤 형태로 베는지에 따라서 무위의 수준을 알 수 있기 때문이다.

쫘악.

빗물로 인해 생긴 안개가 자욱한 밤. 광휘는 장서고 근처 나무 밑에서 잡풀들을 뜯어내고 있었다. 그의 표정은 어둠처럼 가라앉아 있었다. 그리고 어느 때보다 진지했다.

"이걸로 알 수 있겠지."

광휘는 손에 쥔 잡풀들을 바라봤다. 왠지 모를 불안감은 상념을 지워 버렸다. 아직 아무것도 확실하지 않은 상황이었다.

휘이이익.

광휘는 지체 없이 잡풀들을 던졌다. 그 뒤 한동안 바닥을 응시한 자세로 서 있었다. 그러다 뭔가 아른거림이 느껴지는 순간.

패애애애액.

빠르게 검 자루를 잡고는 검을 휘둘렀다. 날이 수십 개로 불어난 듯 빠르게 좌우로 움직였다.

철컥.

어느 지점에서 광휘가 검을 빠르게 회수했다. 허공을 가르는 소리도 더 이상 들리지 않았다.

광휘는 천천히 고개를 내렸다. 떨어진 잡풀들을 보기 위해서였다.

"착각이었던가……."

잘려 나간 잡풀들을 보며 그는 한숨을 내쉬었다. 의도한 대로 이등분으로 나뉜 것이다.

처억.

광휘가 아무 생각 없이 떨어진 잡풀들을 집어 들 때였다. 갑자기 그의 동공이 흔들렸다.

"……!"

잡초들이 반듯하게 잘려 나가지 않았다. 그중에는 미처 베어 버리지 못한 잡초들도 섞여 있었다.

광휘는 잘려 나간 잡풀을 바라보며 손을 떨었다.

수만 번, 수십만 번 움직인 동작이다. 과거 산중에 은거할 때도 소홀히 하지 않았던 기본 검술이다.

비가 내리고 바람이 불었다곤 하나 결코 비껴 나가서는 안 되는 것이었다.

"거 봐요, 제 말이 맞죠? 요즘 되게 잘 웃으시잖아요. 예전과는 정말 다르다고요."

잡풀을 바라보는 광휘의 얼굴엔 작은 경련이 일어나고 있었다.
변화.
장련 소저가 말한 그 변화가 정말로 생겨나고 있었다.

"우리는 무인이 아니다. 싸움은 목적이 아니야."
"우리에게 필요한 것은 오직 생존, 그리고 결과다."
"버리지 않으면 얻을 수 없다."

살인 병기가 될 수밖에 없었던 과거. 그것으로부터 조금은 멀어졌다고 생각했던 광휘였다.
하나, 그것은 착각이었다.
형태가 변했을 뿐, 떨림과 환각은 사라지지 않고 여전히 광휘의 몸속에 기생하고 있었다.
그러다 감정의 변화가 생기자 일순, 감각을 차단해 버리는 괴물로 변한 것이다.

$$*\qquad*\qquad*$$

"예? 팽가 가주에게 서신을 말입니까?"
팽가가 보이는, 높게 치솟은 건물 꼭대기.

분타주 서의개(書懿丐)가 고개를 갸웃거리며 물었다.

"뭘 그렇게 쳐다봐?"

후개 백효는 턱짓을 하며 대답했다.

"이해가 안 가서……."

"뭐?"

머리를 벅벅 긁던 서의개의 행동에 결국 백효는 눈을 찌푸렸다.

"이 녀석아, 팽가 가주는 과거 성품이 지나치게 올곧아 팽가 안에서 눈총을 받은 적도 있었던 자다. 그런 그가 이번 일을 주도했다고 생각하느냐? 짐작컨대, 이번 일은 모르고 있을 공산이 커."

"그렇다고 하더라도 어떻게 서신을 보냅니까? 그곳은 팽가 무인들이 철통처럼 막고 있는데요."

"대공자가 있잖아."

"그러니까 하는 말입니다. 모두 한통속일 수도 있잖습니까."

"에휴… 명색이 분타주란 녀석이 이리 답답하다니. 쯧쯧."

후개는 혀를 찼다. 이 정도 말했는데도 눈치를 못 채는 것에 대한 한탄이었다.

"가주가 늙고 나서부터 팽가는 직계와 방계로 극명하게 나눠졌다. 이건 아느냐?"

"물론이지요."

"하면, 이번 일에 서로 입장이 다를 것이다. 가주가 죽었을 때 어느 쪽이 이익인가 따져보면 말이지. 예상컨대, 방계 쪽은 상황에 따라 변하겠지만, 적어도 직계인 대공자는 아버지의 용태를 더 걱정할 것이다. 그러니 지금 가주의 몸에 좋은 영약을 건네준다면 충분히 그의 시선을 끌 수 있을 것이야."

"설령 영약을 건넨다 하더라도 저희의 서신을 받겠습니까? 장씨세가를 도와줬다는 것만으로도 우릴 좋게 보지 않는 상황인데요."

"서신 한 장만 보내면 당연히 안 받지. 에휴… 개방의 미래는 아주 망했구나!"

후개는 머리를 감싸 쥐며 통탄했다. 한 수 앞을 내다본다는 얘기에 그간 중용하고 있었던 자다. 그런데 지금 말하는 걸 보니 개방에 갓 입문한 거지보다 나을 게 없었다.

"이 멍청한 놈아, 잘 들어. 가주의 병은 불치병이다. 피부가 점점 곪아가다 죽는……. 그런 상황에 증상을 완화시킬 영약을 보면 어떻겠느냐? 당연히 관심이 생기겠지?"

"그렇… 지요."

"우리가 전할 내용은 약봉지에 적고 그 안에 영약을 넣으면 되는 게다. 그것을 팽가 가주가 먹을 수 있게 만들면 서신을 쉽게 발견할 수 있을 테고."

"한데, 후개 어르신, 그가 약 봉투를 버릴 수도 있지 않습니까?"

"그러지 않게 해야지. 그 자리에서 바로 먹을 수 있는 가루약 같은 거 말이다!"

후개의 언성이 높아졌을 때쯤에야 서의개는 그의 계획을 이해했다.

약을 입에 털어 넣기 위해 약봉지를 펼칠 때 그곳에 쓰인 글자를 발견한다면 충분히 자신들의 뜻을 전할 수 있는 것이다.

"그럼 우리가 보냈다고 하지 말고 관료직의 이름을 대는 것이 어떨까요? 듣기로 팽가의 장로 중 하나가 당상관직이라 하니 조정에서 보냈다 하면 쉽게 받아들일 것입니다."

"이제야 장식으로 들고 다니던 그 머리통을 굴리는구나."

백효는 화를 누그러뜨리며 말을 이었다.

"너는 어서 빨리 본문의 비고에 있는 백화정분(百花精粉)을 꺼내 팽가에 보내거라. 물론 대공자에게 직접 전해지도록 하고."

개방에서도 몇 개 보유하지 않은 영약.

백화정분은 몸의 부종을 치료하는 데 탁월한 효과가 있었다. 불치병이기에 이 약을 먹고 병이 완전히 낫지는 않겠지만, 기력을 차리는 데는 도움이 될 터였다.

"아, 알겠습니다."

서의개는 날렵하게 뛰어나갔다. 무공 실력 하나만큼은 자신 있는지 삽시간에 후개의 시야에서 사라졌다.

"쯧쯧. 명색이 분타주란 녀석이 전체를 보는 눈이 없으니, 원……."

백효는 그의 모습에 혀를 찼다. 그를 보고 있자니 개방의 미래는 암울 그 자체였다.

"그나저나 이젠 알 수 있겠군."

터억.

의자 등받이에 기댄 그는 뭔가를 생각하다 눈을 초롱초롱하게 떴다.

"과연 대공자가 팽 장로와 어디까지 합작하고 있는지."

백효는 단순히 팽가 가주에게 전하려고 영약을 주는 것은 아니었다. 만약 대공자가 약을 가주에게 건네주지 않는다면? 그건 이미 방계 쪽과 손을 잡았다는 것이고, 자신이 생각한 팽가의 세력 구도가 완전히 달라지는 것을 뜻했다. 현재 그들의 입장을 알기 위한 수단으로는 이만한 방법이 없었다.

"우리 쪽도 달라져야 할 테고."

백효는 서쪽을 바라보았다. 팽가로 보이는 건물들이 시야에 들어왔다.

"그나저나……."

그는 고개를 남쪽으로 돌렸다. 안개가 낀, 드넓은 평야지대였다.

"지금쯤 그 사내는 뭐 하고 있을까?"

＊　　　＊　　　＊

어둠이 물러나고 창가로 여명이 밝아오는 시각.

광휘는 가부좌를 튼 채 다섯 시진 넘게 자리에 앉아 있었다. 잠이 든 것은 아니었다. 몸에 변화가 생겼다고 느낀 순간, 그는 밤새도록 정신을 집중하기 위해 이 자세를 풀지 않았다.

스륵.

광휘는 반나절 동안 감았던 눈을 그제야 떴다.

그때.

스스스스—

가로 너비는 열다섯 보.

세로 길이는 아홉 보.

머리 위 대들보까지 열 자 반.

대들보에서 서까래까지 한 자 반.

방 안의 구조가 머릿속에 들어오기 시작했다. 광휘가 우려했던 예리한 감각이 돌아온 것이다.

"분명 착각은 아니었다."

그는 어젯밤 일을 떠올렸다. 자신의 통제를 벗어났던 움직임. 그것이 집중력까지 무뎌지게 만들어 풀잎을 정확히 베지 못한 것이다.

떨쳐 버리고 싶었던 손의 떨림과 환각. 그것이 사라짐으로써 한숨을 돌릴 수 있었지만, 이제 보니 적을 제거할 때 도움을 줬던 예리한 감각도 같이 사라졌다.

물론 일시적인 증상일 수 있었다. 하지만 광휘는 그게 아니란 걸 알고 있었다.

"예전으로 돌아가야 해, 예전으로……."

그는 속으로 다짐했다.

자신에게 변화는 곧 독이다. 그 어느 때보다 지금은 예전의 감각을 유지하는 것이 중요하다. 이 싸움이 끝날 때까지는.

척척척.

감각이 돌아오자 문 밖의 인기척이 느껴졌다. 힘이 있고 당당함이 느껴지는 발걸음. 장씨세가에 이런 걸음을 하는 자는 많지 않다.

"계십니까?"

"들어오시오."

광휘가 자리에 일어나 말했다. 곧 문이 열리고 청년, 장웅이 들어왔다.

"곤히 자고 계시는 걸 방해한 건 아닌지 모르겠습니다."

"일어나 있었소."

장웅은 고개를 끄덕이며 말을 이었다.

"대협께서 어제 제게 당부했던 것이 있지 않습니까. 그걸 말씀드리려 왔습니다."

광휘의 눈에 이채가 서렸다.

"확인이 된 거요?"

"예. 대협께서 가신 후 어젯밤 아버님과 장로들이 한데 모여 대화를 나눴습니다. 정확하진 않지만 그런대로 맞을 겁니다."

"……."

"밖에서 기다리고 있겠습니다. 몸을 추스르신 뒤 천천히 나오십시오."

이 공자는 예를 표하곤 밖으로 나갔다. 광휘는 우두커니 서서 그가 문을 닫을 때까지 그의 뒷모습을 바라보고 있었다.

끼익.

문이 닫히자 광휘가 읊조렸다.

"감정을 지우고 병기가 되어야 해. 그래야 예전으로 돌아갈 수 있다."

그러고는 곧장 문으로 향했다.

이른 새벽.

광휘는 이제껏 한 번도 방문하지 않았던 건물 안으로 들어섰다. 내원 가장 북쪽에 있는 이곳은 창문이 그리 크지도, 공간이 그리 넓지도 않았다.

"오셨소, 광 호위."

문에 들어서자마자 세 명의 개방 장로가 광휘를 향해 예를 갖췄다. 일 장로와 사 장로, 오 장로였다. 광휘가 고개를 숙이며 예를 표하자 일 장로는 그를 안으로 안내했다.

방 안, 두 번째 문으로 들어가자 커다란 공간이 나왔다. 아무것도 없는 곳, 그 정면에는 거대한 지도가 걸려 있었는데, 광휘는 어떤 지형인지 곧장 알아챘다.

"예, 운수산입니다. 그리고 말씀하신 석염의 위치를 그려놓았습니다."

광휘가 몇 발짝 다가서며 지도를 주시했다.

일 장로는 지도 바로 앞까지 다가서더니 계속 설명을 이어나갔다.

"총 여덟 곳으로 대부분은 적은 양입니다. 그러나 이곳은 다릅니다."

일 장로는 한 지점을 가리키며 말했다.

"이곳엔 상당한 양의 석염이 묻혀 있으니까요."

광휘의 의아한 시선이 일 장로에게 향하자 그는 고개를 끄덕였다.

"석염이라고는 하지만 불순물이 많아 상품 가치가 없는 것들입니다. 그래서 개발을 하지 못했던 겁니다."

"그리고 또 한 가지 있소."

장웅이 일 장로의 말을 받으며 지도 앞으로 바짝 다가섰다. 그는 붓으로 그은 옆쪽을 가리켰다.

"이곳 바로 앞에 사당이 있습니다."

그 말에 광휘의 눈이 가늘어졌다. 공교롭게도 석염의 위치가 사당 뒤쪽이었다.

"한데, 대협, 석염은 왜 조사해 달라고 하신 겁니까?"

장웅은 궁금한 표정으로 물었다. 어제 광휘가 자신을 찾아와 석염이 있는 위치를 모두 알려달라고 했기 때문이다. 그날 밤, 가주와 장로들이 모인 것도 그 때문이었다.

"이번 사건과 관련되어 있소."

"예?"

"아직까지는 추측이오만."

광휘는 정확한 대답을 피했다. 폭굉의 존재를 거론하는 것은 시기상 너무 일렀다. 괜한 혼란만 가중될 테니까. 그는 이 공자를 향해 말했다.

"출발 때까지 시간이 얼마 남았소?"

"세 시진입니다."

"그럼 정문에서 뵙겠소."

그 말을 끝으로 광휘가 예를 표한 뒤 방을 나갔다.

*　　　*　　　*

풀썩.

팽가운은 처소 안에 들어오자 곧장 침상에 누웠다. 그간 아버지 문제로 정신이 없다 이제야 겨우 한숨을 돌릴 수 있었기 때문이다.

"급한 불은 껐지만… 안심이 되지 않는구나."

요즘 들어 가주의 상태는 점점 좋지 않은 쪽으로 흐르고 있었다. 호흡은 많이 진정되었지만

언제 다시 위독해질지 모르는 상황이었다. 그렇기에 긴장의 끈을 놓을 수가 없었다.

"지금이 어느 땐데……."

팽가운의 표정이 구겨졌다.

가문의 가장 큰 기둥이라 할 수 있는 아버님, 팽 가주의 안위가 널을 뛰듯 악화되다 다시 돌아오기를 반복한다. 이럴수록 바깥을 더 경계하고 힘을 집결해야 하거늘, 팽 장로와 그를 따르는 사람들은 내부로 눈을 돌려 가문 내의 영향력을 키우는 데만 몰두해 있었다.

이런 내분은 팽가 전체의 전력을 깎아 먹는데도 저들은 아랑곳하지 않는다. 게다가 폭굉, 왠지 그것을 이용하고 있다는 것을 느꼈다.

"정신을 바짝 차리지 않으면 큰일 나겠어."

잠시 미뤄두었던 장씨세가와의 문제. 그 문제가 더욱 복잡해질 것 같은 생각이 들어 팽가운은 다시 자리에서 일어섰다.

그때 문틈에서 그를 부르는 소리가 들렸다.

"공자님."

팽가운은 자리를 이동해 문을 활짝 열어젖혔다. 그곳엔 자신을 따르는 하인 한 명이 서 있었다.

"무슨 일이냐?"

"이것을 보십시오."

하인은 약으로 보이는 허연 봉지와 종이 한 장을 들고 있었다.

"이게 뭔가?"

"장대풍 어르신께서 보내셨다고 합니다."

"장대풍? 군정장관?"

도지휘사 장대풍의 이름이 거론되자 팽가운의 눈이 커졌다. 그는 즉시 서첩을 받아 펼쳤다. 서찰을 읽은 팽가운의 눈은 크게 꿈틀거렸다.

바스락!

얼마 후, 팽가운은 서신을 구기며 물었다.

"유 의원은 어디 있느냐?"

"약방에서 약을 달이고 있는 줄 압니다."

"빨리 불러오거라."

"예."

하인이 쏜살같이 달려 나갔다.

일각 뒤.

"무슨 일이십니까?"

유겸승이 팽가운의 처소에 도착했다.

"이 약을 한번 확인해 보시오."

팽가운은 약을 조금 덜어 유겸승에게 건넸다.

유겸승은 의원답게 약을 손가락으로 찍어 색을 보고, 냄새를 확인하고, 마지막으로 혀에 올려 맛을 본 후, 눈을 부릅떴다.

"이건… 설마. 대공자님!"

"백화정분이 맞소?"

"틀림없습니다."

그 말에 팽가운은 잠시 약봉지를 바라봤다. 그러고는 같이 온 서신을 바라보았다.

"이걸 어떻게 구하셨습니까?"

놀란 표정을 짓던 유겸승은 팽가운에게 연유를 물어왔다.

"뭐, 먼 곳에 있는 친구들이 보낸 것이오. 이것이 아버님의 환후에 조금이나마 도움이 될 수 있겠소?"

팽가운은 어떤 설명도 없이 약봉지를 그에게 건넸다.

"돕다마다요."

유겸승은 기쁜 기색이 만연한 표정으로 고개를 숙였다.

드르르륵.

그가 나간 뒤 팽가운은 잠시 서신을 바라봤다. 그곳엔 개방에서 보낸 글이 적혀 있었다.

가주께서 몸이 편찮으시다는 건 익히 들었소. 가주 팽자천(彭字千)은 중원에 협사로 정평이 난 자. 이번 일과 별개로 드리는 것이니 부디 사양치 마시오.

팽가운은 서신을 몇 번이고 곱씹었다. 하지만 아무리 생각해도 개방의 서찰에서 다른 음험한 기색은 찾을 수 없었다.

"개방주의 성품상 와병 중인 아버님을 굳이 해하려는 것은 아닐 테고……"

구대문파 중 협의를 최고의 가치로 치는 개방답게, 개방주는 독처럼 비열한 수단은 혐오하는 성미였다. 그리고 이번 일이 있기 전에는 팽가와 개방은 서로 사이가 좋은 편이었다.

알 수 없는 것이라면, 지금처럼 싸움이 벌어진 상황에서 굳이 왜 저들이 친절을 베푸느냐 하는 것인데…….

"무슨 의도인지 모르겠구나."

팽가운은 잠시 고민에 휩싸였다. 하지만 그리 길지 않아 자리에서 일어섰다. 시간이 된 것이다. 대전에 모이기로 한 시간이.

"아버님께 드리시오."

팽가운은 유겸승을 향해 이르고는 방을 나섰다.

第五章

변화하는 감정

대전엔 모인 자들은 모두 열 명이 넘었다. 팽가운과 팽월이 가장 앞쪽에, 둘째 줄에는 팽오운이 앉아 있었고, 셋째 줄에는 장로들과 당주들이 자리에 착석해 있었다.

"다 모였으니 제 의견부터 말씀드리겠습니다."

모두가 보이는 자리로 걸어 나간 팽인호는 팽가운을 보며 말을 이었다.

"우선 상황이 이리된 것, 확실히 매듭을 지어야 한다는 생각입니다. 팽가가 장씨세가와 함께 운수산에 가는 것으로요."

그 말에 곳곳에서 웅성대기 시작했다. 노골적으로 인상을 찡그리는 사람들, 그리고 적개심을 가지고 노려보는 사람들까지 다양했다.

팽인호는 사람들의 웅성임이 잦아들 때까지 기다린 후 말했다.

"다들 아시다시피… 오래전부터 장씨세가는 본 가와 드물지 않게 관계를 맺었던 곳입니다. 가주의 선친 때는 서로 왕래도 잦았다는 말도 있었으니까요."

그는 좌중을 바라보며 계속 말을 이어나갔다.

"근래 들어 장씨세가는 석가장과의 싸움으로 인해 많이 힘들 어했습니다. 본 가 또한 그에 신경 쓰지 못했었지요. 하여 이번 연회에 그들을 불렀습니다. 여기까진 다 아실 겁니다."

팽인호의 말에 몇몇의 노인들은 고개를 끄덕였다.

"한데, 갑자기 석가장 잔존 세력들이 쳐들어왔고 예상치 못한 피해를 입었습니다. 본 가도 피해가 있었지요. 하나, 본 가는 그들의 피해를 생각해 오히려 그들을 감싸 안으려 했습니다."

조금 어수선했던 시선이 팽인호에게 모아졌다. 다들 한 달 전에 있었던 그 일을 떠올렸다.

"한데, 그들은 어찌했습니까? 사과하기는커녕 납득할 수 없는 이유를 들며 저희에게 책임을 전가해 왔습니다. 더구나 명문 대파와 명문 세가 앞에서 적의를 띠며 노골적으로 말이지요. 그뿐입니까?"

감정이 격해진 듯 팽인호의 얼굴이 붉어졌다.

"개방에 이상한 얘길 퍼뜨려 방주까지 포섭하였습니다. 그로 인해 팽가의 입장은 이상하게 변했고, 베풀었던 호의는 결국 칼날이 되어 우리의 목 앞까지 왔습니다."

팽인호는 두 손을 불끈 쥐며 말했다.

"팽가는 지금 그 어느 때보다 위기에 처해 있습니다. 측은한 마음에서 베푼 호의를 외면하고 오히려 책임 전가를 하고 있다는 말입니다. 무가도 아닌, 문가도 아닌 상계의 집안인 장씨세가 따위가! 장씨세가 따위가! 명문 세가인 우리 팽가를 핍박하고 있다는 말입니다!"

그때였다.

"가만히 있을 수 없소이다!"

"당장 그들을 쳐 죽여야 합니다!"

도처에서 분노가 섞인 목소리가 들려왔다. 장로와 당주뿐 아니라 대전 문을 지키고 있던 장정들의 눈빛 역시 날카로웠다. 오직 한 사람만을 제외하고.

'생각지도 못한 수(手)다.'

팽가운은 표정을 감추기 위해 고개를 내리고 있었지만 매우 당황하고 있었다.

이번 사건에는 분명 팽인호의 책임이 있었다. 안 받아도 될 의심을 받았고, 모두가 보는 앞에서 팽가의 명예를 위축시켰다.

그의 주장이 모두 사실이라 하더라도 분명 강한 질책을 받아야 할 사안이었다. 때문에 이곳에서 그 점을 분명히 하려고 생각했었다.

한데, 그는 보기 좋게 빠져나왔다. 뿐만 아니라 모두를 이끄는 가장 높은 위치로 올라서기까지 했다.

"어떻게 생각하십니까, 소가주?"

좌중의 분위기가 잠잠해질 때쯤 팽인호는 팽가운을 향해 말을 붙였다. 점철된 분노를 자극해 대답을 강요하는 것이다.

그의 빼어난 정치 수완과 상황 판단이 팽가운을 불쾌하게 만들었다.

"일부만 동의하오."

장로들과 당주들의 의아한 시선이 팽가운에게 향했다. 팽인호 역시 비슷한 눈빛을 띠었다.

"장씨세가가 말한 대로 운수산에 뭔가 있다면……."

터억.

팽가운이 자리에서 일어섰다.

"그땐 얘기가 달라지지 않겠소?"

"소가주… 그 말씀은……."

"압니다. 내 말은 그럴 리 없기를 바란다는 말이오."

팽가운을 묘한 어감을 남기고 대전을 걸어 나갔다. 옆에 있던 팽월이 당황한 표정으로 그를 바라봤고, 팽인호도 미묘한 시선으로 그의 뒤를 따랐다.

'어린 맹수라.'

조용히 침묵하고 있던 팽오운. 그는 팽가운이 지나가는 와중에도 시선을 돌리지 않았다. 단지 이전보다 더욱 깊어진 눈빛을 띨 뿐이었다.

＊　　　＊　　　＊

장씨세가 외원 밖에 자리 잡은 창고.

그곳에서 소위건은 늠름한 자세로 눈앞의 사내들을 바라보고 있었다.

"이제야 다 모였군."

그의 앞에 서 있는 세 명의 사내. 얼굴 곳곳에 칼자국이 나 있는, 척 보기에도 범상치 않은 자들이었다.

"소 형, 거 몸이 왜 그렇소?"

보통 사람보다 입술이 두꺼운 사내가 입을 열었다. 그도 그럴 것이, 다른 사내들이 보기에도 다리 한쪽이 없는 소위건의 모습이 너무나 낯설어 보였다.

"천하의 소 형도 털릴 때가 있는 거지."

곱슬곱슬한 머리에 사슴처럼 목이 긴 사내가 말을 받았다.

소위건은 속에서 퍼지는 화를 참으며 말했다.

"쓸데없는 소리 집어치우고… 따라올 거야, 말 거야?"

그러자 마지막 남은, 두 사내보다 키 작은 사내가 입꼬리를 올리며 말했다.

"무슨 일인지 들어봐야지요. 예전의 소위건 님이 아닐 텐데."

"뭐?"

순간 소위건의 표정이 변했다.

툭. 툭.

한 발로 뛰며 그에게 다가선 소위건에게서 안광이 새어 나왔다.

흠칫!

장난스럽게 말을 주고받던 사내들의 얼굴에 공포심이 어렸다. 강렬한 살기가 그들을 제압한 것이다. 동시에 느꼈다, 한 발로

도 자신들 따위는 한 번에 짓눌러 버릴 수 있음을.

"죄송합니다."

사내 셋은 급히 꼬리를 말며 고개를 숙였다.

"흐음."

소위건은 살기를 거두었다. 지금은 화를 낼 때가 아니었다. 이들을 구슬려 자신의 의도대로 이용할 수 있는 방법이 필요했다.

"너희들을 부를 때 이미 언급했지만 나에게 갚을 빚들, 이번 일을 끝내면 청산해 주겠어. 거기다."

소위건은 사내 셋을 한 명씩 바라보며 말을 이었다.

"한밑천 두둑이 챙겨준다. 여기는 하북에서 제일가는 부잣집이니까 이번 일만 잘 넘기면 충분히 보상받을 수 있을 거다. 다들 알겠나?"

그 말에 사내들은 서로 눈을 맞췄다. 돈 얘기에 미소가 지어진 것이다.

"소 형, 사람 죽이는 거야 우리 전문이 아니겠소. 걱정 마시오!"

"웬만한 고수들이야 우리 상대가 되겠소?"

"돈만 많이 준다면……."

사내들은 저마다 하고 싶은 말을 내뱉었다.

돈 준다는 말에 없었던 의협심까지 생기는 그들이 아닌가.

소위건은 말했다.

"딱히 너희들이 할 일은 없다. 그냥 한 사내에게 정보를 전해 주기만 하면 되니까."

"소식을요?"

"그래."

소위건은 말을 이었다.

"장씨세가에 광휘라는 자가 있다. 칼밥 좀 먹어본 나도 감당하기 힘든 싸움 귀신이야. 너희들 셋은 그 주위를 돌면서 팽가의 움직임이나 그 외에 관여하는 세력을 발견할 경우 즉각 정보를 물어다 주어라."

소위건의 말에 세 명의 사내들은 서로 의견을 주고받았다.

"광휘가 누구요?"

"거참, 듣지 못했소? 소 형을 발라 버린 분."

"아하, 그분이구려. 팽가도 홀로 쳐들어가 박살 냈다지?"

"그냥 확 다 죽여 버릴까?"

소위건이 쌍심지를 켜며 소리쳤다. 그러자 그들은 급히 입을 닫았다.

"아무튼 그리 알고 움직여라. 너희들은 오직 광 호위란 분께 모든 정보를 넘기기만 하면 된다. 알겠어?"

"옙."

또다시 불호령이 떨어질세라 그들은 동시에 대답했다.

스으윽.

소위건은 세 사내에게 그림 한 장씩을 내밀었다. 언제 그렸는지 그곳엔 광휘의 얼굴이 그려져 있었다.

"이렇게 생기신 분이다. 잘 봐놓거라."

"예, 예."

사내 셋은 그렇게 그림을 받아 들고는 조용히 물러났다.

주변이 조용해지자 소위건은 한숨을 내쉬었다.

'팽가, 개방과 장씨세가에만 신경이 온통 쏠려 있는 너희들이 잊고 있는 게 있다. 바로 이들, 사파의 잡졸들.'

빠득.

소위건은 이를 갈며 생각했다. 반드시 받은 만큼 돌려주겠다고.

'큰 방죽도 개미구멍 때문에 무너지는 법이지.'

그리고 다짐했다. 장차 이들이 음모의 변수가 될 것이라고. 없다면 자신이 그 틈을 만들 것이라고 말이다.

$$* \qquad * \qquad *$$

"저, 정말 이번엔 확실한 겁니까?"

"확신을 주십시오, 어르신."

밀실 안, 벽에 기댄 채 누워 있던 곡전풍과 황진수가 다급히 말했다. 두려움을 온몸으로 느끼고 있었던 것이다.

"몇 번을 말해야 하나? 이거 먹으면 후유증이 싹 가신다니까?"

쿡쿡쿡쿡.

노천이 말했다. 겁에 질린 그들과 달리 노천은 너무나 느긋한 동작으로 절굿공이를 찧어대고 있었다.

"믿어도 되는 겁니까?"

"이번엔 확실하지요?"

곡전풍과 황진수는 이미 한 번 된통 당한 기억 때문인지 곧

이곧대로 믿지 않는 눈치였다.

그럼에도 선택의 여지는 없었다.

한 사람은 두 손이 움직이지 않는 상태고, 한 사람은 두 다리의 움직임이 멎었다.

며칠 밤을 자고 나서도 그대로였다. 하니, 어떤 약을 먹어서든 그 증상을 없애고 싶은 두 사내였다.

"나만 믿으라니까. 자네들은 곧 옆에 있는 이놈처럼 고수가 될 게야."

어느새 충실한 조수가 된 능자진을 바라본 노천은 어느 순간 절굿공이를 멈췄다.

"자, 됐다. 이제 넣자꾸나. 탕약은?"

"여기 있습니다."

능자진은 바닥에 잠시 내려놓았던 탕약 두 개를 탁자 위에 올려놓았다.

털털털.

노천은 빠른 동작으로 절구에 있던 약재를 탕에 떨어뜨렸다.

그 순간.

부글부글.

탕약 안에서 약재가 끓기 시작했다.

그것을 보던 곡전풍이 눈을 부릅뜨며 말했다.

"어르신, 방금 그거……."

"방금 뭐?"

노천은 아무런 일도 일어나지 않았다는 듯 어깨를 들썩였다.

"약, 약, 약재가 끓잖습니까. 분명히 약재를 넣자마자 끓었습니다."

"끓었습니다. 분명히 끓는 모습을 눈으로 확인했습니다."

황진수도 다급히 거들었다.

"그게 왜?"

노천은 고개를 천천히 저으며 그들 앞으로 탕약을 가져갔다.

"사양치 말고 쭈욱 들이켜라."

곡전풍과 황진수는 사색이 된 얼굴로 말했다.

"살려주십쇼, 어르신. 살고 싶습니다!"

"저는 그냥 이대로 살아가겠습니다. 두 팔이 병신이라지만 다리라도 성한 게 어딥니까. 전국 어디로도 갈 수 있지 않습니까!"

그들은 적극 변명에 나섰지만 그뿐이었다. 어찌 된 것이 도망칠 기력마저도 없었던 것이다.

끼이익.

그때, 문이 열리고 한 사내가 밀실에 들어왔다.

"광 호위……."

능자진이 먼저 발견하고 광휘를 불렀다.

광휘는 그의 앞에 서더니 말했다.

"오늘 갑니다, 어르신."

"그날이… 오늘이었나?"

탕약을 바닥에 놓은 노천이 셈을 세며 중얼거렸다.

광휘가 말했다.

"제가 올 때까지 장씨세가를 지켜주십시오."

"걱정 말게. 우린 한배를 탄 몸 아닌가."

광휘는 예를 표한 뒤 능자진 쪽을 바라봤다.

"부탁하오."

"예, 대협."

능자진 역시 예를 표했다.

인사를 마친 광휘가 등을 돌렸다.

"광 호위! 살려주시오!"

"살고 싶소이다, 광 호위!"

그때 곡전풍과 황진수가 경기를 일으키듯 광휘를 불렀다. 광휘가 다시 뒤돌자, 순간 얼굴이 벌게진 노천이 다급히 말했다.

"신경 쓰지 말게. 아무것도 아니네."

능자진도 손사래를 치며 거들었다.

"그렇습니다. 아무것도 아닙니다. 고수가 되어가는 과정입니다."

광휘는 한동안 곡전풍과 황진수를 응시했다. 그런 다음 무표정한 얼굴로 말했다.

"이 어르신은 믿을 만한 분이오."

곡전풍과 황진수는 고개를 도리도리 저었다.

"돌팔이요. 이 영감은 완전 돌팔이요!"

"가면을 쓴 게요. 저 영감의 가면을 벗기면 정체가 드러날 게요!"

쾅.

하지만 광휘는 그 말을 채 듣지 않고 문을 닫고 나가 버렸다.

"자, 들자."

초조한 표정을 짓던 노천은 급히 뒤돌더니 탕약을 집어 들었다. 어느새 그의 얼굴에는 환희만이 가득했다.

"으아아아아악!"

"아아아아아!"

잠시 뒤, 장씨세가의 지하 밀실에는 비명 소리가 한동안 떠나질 않았다.

*　　　*　　　*

"하아. 하아."

묵객이 거친 숨을 몰아쉬며 방문을 열고 들어왔다. 하지만 몇 걸음 걷지 않아 멈췄다. 창가 쪽, 벽에 기댄 채 팔짱을 낀 담명을 발견한 것이다.

"언제 왔느냐?"

"방금 왔습니다."

"그러냐?"

묵객은 허락 없이 자신의 방에 들어온 담명을 보고서도 대수롭지 않게 말했다. 이내 한쪽 구석으로 다시 걸어간 묵객은 수납장 위에 있는 뭔가를 집어 들었다. 수련 때문에 이곳에 잠시 풀어놓았던 검(劍)이었다.

"지금까지 수련을 하신 겁니까?"

그 모습을 보던 담명이 물었다.

"알면서 왜 물어?"

"정말 낯설어서 말입니다. 근래 들어 계속 수련만 하시는 사부님의 모습은 처음 봅니다."

"장씨세가의 명운이 걸린 일 아니냐. 당연히 몸을 가볍게 해 놓아야지. 그런데……."

말을 하던 묵객은 뭔가 생각이 난 듯 담명을 보며 말했다.

"너도 가야지."

"예? 제가요?"

"당연한 게 아니냐. 사부가 전쟁터에 나가는데 제자 놈이 몸을 사리겠다고?"

"아, 그게 아니라……."

담명이 더듬더듬 말을 흐렸다.

그사이 뒤돌아선 묵객은 다시금 뭔가를 주섬주섬 챙기기 시작했다.

"사부, 만약에 말입니다."

담명이 조심히 말을 붙였다.

"만약에 뭐?"

"만약에 장씨세가의 말이 거짓으로 판명 난다면 어떡하시겠습니까?"

"무슨 뜻이냐?"

묵객이 동작을 멈추고 뒤돌아봤다. 질문의 의미가 가볍지 않음을 느낀 것이다.

"장씨세가는 이번 운수산 동행에서 팽가가 찾으려 한 것을 증명하지 못하면 큰 위기를 맞이할 겁니다. 그런 상황에서 사부님은 무슨 생각을 하시는 건지 궁금해서 말입니다."

다시 뒤돌아선 묵객의 표정은 진지해 보였다.

미간에 주름이 생길 정도로 담명의 얘길 신중하게 받아들인 것이다.

"당연히 장씨세가를 도와야지."

"거짓을 퍼뜨려 팽가에게 책임을 전가했고, 그들의 자존심을 짓밟았는데도 말입니까?"

"그래도 도와야지."

"사부님, 다름 아닌 팽가입니다. 팽가는 중원 오대세가이며 명문 중의 명문⋯⋯."

"담명아."

묵객은 부드럽게 담명을 불렀다. 그러고는 그를 향해 한 발짝 다가서며 말을 이었다.

"협(俠)은 말이다, 바른 것이고 지향해야 하는 것이지만, 항상 옳은 것만을 추구하는 것은 아니다."

"⋯⋯."

"협의 진정한 의미는 약한 자들을 돕는 것이다. 괜한 오해를 살 수 있다고 해도, 그것으로 피해를 받는다고 해도 말이지. 팽가에 비해 장씨세가는 지킬 힘이 없는 약자다. 그러니 도와주는 것이 당연한 것이야."

"그러다 팽가에 명분이 주어진다면 사부께서 피해를 입을 수도 있습니다. 강호에 이름을 떨친 칠객이라는 명성도⋯⋯."

"명성, 명분보다 더 중요한 것이!"

묵객은 담명의 말을 잘랐다. 그 어느 때보다 진지하고 신중한 목소리였다.

"협이니라. 협이 가장 앞이다. 이해하겠느냐?"

"…예."

"미리 나가 있으마."

말이 끝나기 무섭게 묵객은 짐을 챙겨 나갔다. 대화를 나누다 화가 조금 났는지 걸음걸이가 빠르고 둔탁했다.

"협의라……."

담명은 여전히 고개를 숙이고 있었다. 생각해 보니 뭔가 이해할 수 있을 것 같기도 했다. 강호의 동도들이 협의(俠意)라고 부르는 것은 협, 그 자체만으로도 뜻이 있다는 말이 아닌가.

"참 모자라고 바보스럽게 보이는 잔데……."

고개를 든 담명이 말했다. 묵객을 향해 처음으로 반말을 한 것이다. 하나, 눈빛은 그 말투와 달랐다. 그 어떤 때보다도 존경의 시선이 담겨 있었던 것이다.

"가끔씩 이렇게 멋지기도 하단 말이지."

*　　　*　　　*

출발할 시간이 다가오자 광휘는 명호를 부른 후, 이전에 데리고 왔던 나한승들과 함께 가주를 지킬 것을 명했다.

만약에 대비한 판단을 한 것이다. 그 뒤 곧장 장련의 처소로 향했다.

휘이이잉.

광휘가 장련의 처소 앞에 도착했을 때 묵객은 보이지 않았다.

선뜻 장련을 부르지 못하고 주위를 서성이길 몇 번. 용기를 내어 문 앞에 다가서자 갑자기 문이 열렸다. 장련이 걸어 나온 것이다.

"오셨네요?"

광휘가 의아한 시선으로 바라보자 그녀가 웃으며 말했다.

"아침에 오신다고 하셔서 기다리고 있었어요."

광휘는 어제 자신이 한 말을 떠올리며 고개를 끄덕였다.

"할 말이 있었소?"

"아, 그랬죠……."

장련은 위축된 사람처럼 목소리가 작아졌다. 잠시 침묵하던 그녀가 입을 열었다.

"잠시 제게 시간 좀 내주실 수 있나요?"

"아니요."

광휘는 냉정히 고개를 저었다.

"살필 곳이 많소. 그러니 지금 말해주시오."

"죄송해요."

장련은 고개를 숙였다. 어제도 그렇고 광휘의 모습에서 평소와 다른 느낌이 든 것이다. 그녀는 다시 침묵했다.

망설이는 모습에 광휘의 시선이 날카로워졌다. 결국 참지 못한 그가 입을 열려고 할 때였다.

"꽤 오랫동안 생각했어요. 해서 말인데… 제게 솔직히 말해 줬으면 해요."

장련이 고개를 들었다. 불안과 걱정이 어린 눈길이 광휘를 향하고 있었다.

"혹시 절 좋아한 적 있나요?"

＊　　　＊　　　＊

하북(河北)은 이름 그대로 황하(黃河)의 북쪽이란 말이다. 큰 산이 없는 평야 지역이지만, 대체적으로 지대가 높아 고원(高原)이라 불리는 곳이 많다.

성도에서 백오십 리 떨어진 운수산은 고원 사이에 우뚝 솟은 산이다. 깎아지른 듯한 절벽으로 유명한 창암산(蒼巖山)과 비슷한 곳에 위치하지만, 사실 이곳에서 떨어져 나온 분지 중 하나였다.

닷새를 거쳐 내달린 마차가 운수산 산문까지 삼십 리를 남겨 두고 멈춰 섰다. 말이 지쳐 있기도 했고, 경사도 심했기 때문이다. 하여 장씨세가 일행들은 모두 내려 도보로 이동할 수밖에 없었다.

반 각 정도 흘렀을 시각.

"련이야."

앞장서 걷던 장련의 옆으로 장웅이 다가와 말을 걸었다.

"네, 오라버니."

"무슨 일이 있느냐?"

"예?"

"너무 땅만 보며 걸어서 말이다."

"제가… 그랬나요?"

장련은 멋쩍게 웃으며 장웅을 바라보았다. 그러다 아무 일 없다는 듯 고개를 저어 보였다.

"별일 아니에요."

그녀의 대답과 달리 장웅은 그 말을 곧이곧대로 믿지 않았다.

장씨세가에서 오는 닷새 동안 장련의 안색은 좋아 보이지 않았다. 마차에서 내린 지금도 땅만 쳐다보며 걷고 있지 않은가.

"너무 걱정 말거라. 우리 뒤에는 개방이 버티고 있지 않느냐. 우리 쪽의 뛰어난 무사도 대부분 대동하기도 했고… 아무리 팽가가 무모하다 해도 이런 우리를 함부로 대하지 못할 것이다."

"그럼요. 전 걱정하지 않아요."

밝은 목소리로 대답한 장련은 주위를 한 번 둘러보았다.

본 가를 대표하는 사십 명의 무사들. 또한 그들과 함께 걷고 있는 개방의 뛰어난 고수들을 합하면 무려 오십 명이 넘었다. 거기다 보이지 않는 곳에서 도움을 주는 개방의 인원들까지 합하면 정말 많은 개방의 사람들이 장씨세가를 돕고 있었다.

'피이……'

하지만 장련은 이내 시무룩해졌다. 그녀의 표정이 좋지 않은 건 조금 다른 이유 때문이었다. 조금 떨어진 곳에서 무심하게 걷는 한 사내, 바로 광휘였다.

"혹시 절 좋아한 적 있나요?"

출발하기 전 부끄러움을 참으며 물었던 질문. 한데, 그는 이상한 답변만을 내놓았다.

"이제 알겠소. 소저 때문이었구려."

그리고 이어진 무미건조한 말투와 싸늘한 표정. 그것이 계속 마음에 걸렸다.

'대체 뭐였지, 그건?'

무슨 뜻으로 그런 대답을 한 건지 몇 번을 생각해 봐도 알 수가 없었다. 다만 확실한 건, 그 이후로 광휘가 자신을 쳐다보지도 않는다는 것이다. 그것은 예전, 마치 두 사람이 처음 얼굴을 대했을 때처럼 싸늘하고 어색한 모습이었다.

'내가 무슨 실수라도 했을까……'

"소저, 무슨 일 있소?"

복잡한 얼굴로 광휘를 응시하고 있자니, 문득 묵객이 활짝 웃으며 다가왔다. 그는 경직된 세가 사람들과 달리 미소가 가득한 얼굴이었다.

"별일 아니에요."

"힘들면 언제든 말하시오. 내가 소저 한 명 정도는 어떻게든 힘들이지 않고 올라갈 수 있도록 방법을 마련해 두었소."

묵객이 팔뚝을 내보이며 과한 몸짓을 보였다.

"네, 그럴게요."

하지만 장련은 어색하게 미소를 보이고는 좀 더 성큼성큼 걷기 시작했다.

"이거 참……."

묵객은 떨떠름한 얼굴을 한 채 걷어 올린 팔로 머리를 벅벅 긁었다.

보통은 무슨 말인지 물어보거나, 아니면 픽 하고 웃거나 하는 게 장련의 성격이었다. 그런데 오늘은 뭔가 무기력해 보였다.

'저 녀석 때문인가…….'

묵객은 아까 장련이 보던 광휘를 향해 시선을 쏘아 보냈다.

'교활해. 중요한 시점마다 쏙쏙 빼먹지 않나. 저놈, 정말 선수가 분명해.'

묵객 역시 그간 장씨세가를 위해 다방면으로 노력해 왔다. 하지만 결정적인, 언제나 결정적인 장면에서는 광휘가 공을 독차지했다.

'하긴 간계에 빠진 내 탓일 수도 있으니…….'

묵객은 최근 팽가에서 일어났던 사건을 떠올리고는 한숨을 쉬었다. 어쩌다 팽월이란 여인과 함께 있었던 것이, 그래서 장씨세가가 당하는 와중에 아무런 도움도 주지 못한 것이 못내 마음에 걸린 것이다. 거기서부터 장련 소저의 마음이 자신에게 오지 않게 된 것이라고 묵객은 확신하고 있었다.

'이번엔 다를 거다. 이번만큼은 확실히 기회를 살려야 해.'

그는 꾹 주먹을 움켜쥐며 장련의 뒤를 따랐다. 고맙게도 장원태가 그를 장련의 호위로 붙여준 이상 분명히 함께할 시간이, 그녀에게 인상적으로 비칠 수 있는 시간이 분명히 있을 것이다. 그간 광휘가 그래 왔듯이.

*   *   *

'또 보고 있군.'

광휘의 마음은 매우 복잡했다. 모른 척 받아넘기고 있던 와중에도 장련이나 묵객이 자신에게 시선을 보내는 것이 느껴졌다. 그리고 그건 겨우 가라앉으려는 마음에 작은 물결을 만들어냈다.

'장련 소저… 였다.'

이제야 모든 게 납득이 되기 시작했다. 갑자기 발작과 환청이 멈춘 이유. 그리고 오랫동안 사라졌던 감정이 생겨난 이유. 그것은 바로 목숨을 끊기로 마음을 먹었던 창고 안에서 조우했던 그녀 때문이었다.

"죽으면 안 돼요, 무사님."

그날, 그녀가 눈물 어린 눈으로 부탁하는 말을 들은 이후부터 이상하게도 환청과 환각에 더는 시달리지 않았다.

'하필 왜 지금에서야……'

광휘는 탄식했다. 그것이 왜 지금에서야, 왜 이런 상황에서 다른 형태로 변질되어 나타난단 말인가. 늘 벗어나고 싶었고, 떨쳐 버리고 싶었던 부작용인데 말이다.

'집중해야 한다. 내가 무너져선 안 돼.'

광휘는 현실을 직시하고 있었다.

싸움은 지금부터였다. 머지않아 곧 팽가의 고수들, 그리고 그 뒤에 있는 조력자들과 맞닥뜨리게 될 것이다.

예전의 감각을 느끼기 위해 지금이라도 노력하는 수밖에 없었다.

바사삭! 바삭!

광휘는 발을 거칠게 비벼 대며 위로 올랐다. 어느 때보다 진지해진 그는 다시 한번 속으로 다짐했다.

'내가 이들을 지켜낼 것이다.'

*   *   *

산문이 내려다보이는 언덕.

울퉁불퉁하게 치솟은 바위를 밟고 선 능시걸이 오십 장이나 떨어진 산문 아래쪽을 내려다보고 있었다. 아침 일찍 이곳에 오른 그는 한 시진 동안 그 자세를 유지하고 있었다.

"맹호단(猛虎團)까지 데리고 오다니… 곧장 전쟁이라도 벌일 기세 같습니다."

터억.

그의 옆으로 후개 백효가 나란히 서며 말을 붙였다. 산문 주위로 서 있는 수십여 명의 무인들. 결국 팽가는 최고의 부대를 데리고 온 것이다.

"만약에 대비해 입단속까지 하려는 모양이지."

능시걸은 입꼬리를 들며 말했다. 장난스러운 말투였지만 비웃음이 가득했다.

"한데, 장씨세가는?"

능시걸이 백효 쪽으로 고개를 돌리며 물었다.

"거의 다 도착했습니다."

"그래?"

능시걸이 고개를 끄덕였다. 그러곤 눈에 띄는 팽가의 인물들을 찬찬히 훑기 시작했다. 대공자 팽가운과 소공녀인 팽월. 장로 팽인호와 팽가의 일인자인 팽오운. 맹호단을 제외하고선 친인척과 방계 쪽 사내들은 총 네 명이었다.

그렇게 능시걸이 그들에게서 시선을 거두며 뒤돌아설 때였다.

"방주님! 방주님!"

이결 제자로 보이는 사내 한 명이 갑작스레 헐레벌떡 뛰어오며 그의 앞에 부복했다.

"무슨 일인가?"

"큰일 났습니다!"

"빨리 얘기해 보거라."

능시걸이 눈을 부라리며 소리치자 이결 제자는 땅에 머리를 조아렸다.

"놓쳤습니다."

"뭐?"

"감시를 위해 파견되었던 개방 문도들에게서 연락이 오질 않습니다."

"······!"

능시걸의 미간이 꿈틀댔다. 동시에 입술도 질끈 깨물었다.

갑자기 인상이 구겨진 능시걸을 본 백효는 곧장 물었다.

"방주, 무슨 말인지 물어봐도 되겠습니까?

"사파 놈들이 움직였다는 소리다."

"사파 놈들이라면······."

"흑마대(黑魔隊)와 밀영대(蜜影隊)."

"······!"

백효는 눈을 부릅떴다. 흑마대와 밀영대는 귀문과 적사문의 전투 부대. 사파 최고의 부대라는 그들을 이곳에 투입한 것이다.

"운수산으로 향하는 정보를 듣고 삼결 제자와 이결 제자 이십 명을 붙여놓았다. 하나, 소식이 끊겼다는 건 예상보다 많은 숫자가 움직였다는 것을 뜻하겠지. 그리고······."

능시걸은 인상을 쓴 얼굴로 재차 말을 이었다.

"혹여나 싶어 불명귀와 야월객 쪽에도 붙여놓았다."

"하면, 방주님… 설마."

"그래. 그들도 움직였다고 봐야겠지."

백효가 눈을 부릅떴다.

흑마대와 밀영대의 머리. 그것은 바로 각 문파 최고의 고수라는 불명귀와 야월객을 가리키는 것이다.

'폭궁이라는 것이 이 정도였나……'

사파의 움직임이 심상치 않다는 것은 이미 느끼고 있었다.

하지만 이토록 많은 정예 인원이 움직일 거라곤 생각지 못했다. 팽가가 수단과 방법을 가리지 않고 사파 최고의 고수들을 전선에 투입할 정도로.

"방주, 아무래도 이번 일은 물리는 것이 좋겠습니다."

백효는 사색이 된 얼굴로 말했다.

능시걸이 그를 향해 고개를 돌리자 백효가 재차 말을 이었다.

"어떻게 결탁했는지, 어떤 식으로 팽가와 연관이 있는지는 모르겠지만 조짐이 좋지 않습니다. 혹여나 흑마대와 밀영대가 개입한다면 이건 어찌해 볼 수 있는 싸움이 아닙니다."

"안 돼."

능시걸이 단호하게 고개를 저었다.

"지금 돌아서면 장씨세가는 더욱 고립되게 된다."

"이대로 진행하는 것이야말로 장씨세가가 칼날에 쓸려 나가는 겁니다. 준비가 너무 부족합니다."

능시걸이 입을 닫자 잠시 정적이 흘렀다. 하나, 이 정적은 그들의 어깨를 짓눌러 버릴 만큼 무거웠다. 선택을 해야 하는 상황의 기로에 선 것이다.

"십오 조(十五組) 전원을 이곳으로 불러들여라."

"……!"

"……!"

십오 조. 한 조가 열 명으로 이루어진, 백오십 명의 개방 최정예 부대.

능시걸이 칼을 빼 든 것이다.

그러나 백효는 망설임도 없이 곧장 반박했다.

"압니다, 방주. 지금 물러섰다간 명분마저 완전히 잃어버린다는 것을. 하나, 다른 방법이 없습니다. 인근에 있는 십오조 인원을 불러들인다 해도, 아무리 빨라도 사흘은 넘게 걸립니다. 알고 계시지 않습니까."

"……."

"그뿐만이 아닙니다. 설령 그들이 모두 이곳에 온다고 한들 승패를 점칠 수 없을 만큼 저들은 강합니다."

"그때까지는 버텨줄 것이다."

"누가 말입니까? 설마……."

능시걸은 고개를 끄덕였다.

"그렇다."

"방주, 오해하지 말고 들으십시오. 불명귀와 야월객, 그들 대부분은 백대고수에 준하는 자들입니다. 실제로 그중에 백대고수라 불리는 자들도 다섯 명이나 됩니다. 광휘란 자가 아무리 대단한 고수라 해도……."

"버틸 것이다. 버텨줄 것이야."

능시걸은 백효를 바라봤다. 그와 달리 능시걸의 시선에는 어떠한 불안감도 담겨 있지 않았다.

"그는 이보다 더 큰 전장에서도 살아남았던 자니까."

*　　　*　　　*

장씨세가 일행은 산문에 도착했을 때 멈칫하는 기색을 보였다. 두꺼운 가죽으로 온몸을 두른 수십 명의 장정들을 목격한 것이다.

"아……."

"겁먹지 마시오. 내가 있소."

장련이 겁을 먹은 듯하자 묵객이 옆으로 바짝 붙었다. 미소는 어느덧 지워져 있었다. 팽가의 고수들을 보고 뭔가 심상치 않음을 느낀 것이다.

그때 오십여 명의 일행들 사이로 장웅이 걸어 나가며 읍을 해 보였다.

"오셨습니까."

"멀리서 오느라 고생이 많으셨소."

팽가운이 대표로 나서 예를 갖췄다.

장웅이 말했다.

"오해를 풀고 싶은 마음에 시작한 것인데 상황이 이리 커지게 되어 죄송스럽게 생각합니다."

"아니오. 본 가에도 미흡한 점이 없었던 건 아니었던 바, 팽가도 한 점의 의구심도 없이 답을 찾기 위해 노력할 것이오."

예를 갖추는 말이었지만, 장웅은 대공자의 말속에 약간의 냉랭함이 스며 있다는 걸 알 수 있었다.

서로 간단히 인사를 주고받은 뒤, 팽가운은 장련을 향해 가볍게 목례했다.

'이것 참, 복잡한 기분이군.'

원치 않은 싸움에 자신이 가담한 것도 그렇고, 장련 앞에서 그런 행동을 한다는 것 역시 그랬다.

반면, 팽월 또한 복잡한 표정이었다. 그녀의 시선은 줄곧 장련에게 향해 있었는데, 이는 사실 그녀에게 바짝 붙은 묵객 때문이었다.

씨익.

"아……."

거기다 시선이 마주칠 때마다 묵객이 미소를 보였다. 한데, 그 모습은 단순히 반가워 짓는 미소가 아니었다.

"오느라 고생 많으셨소. 장씨세가의 영걸을 뵈오."

장웅의 시선이 팽인호와 마주치자 그가 담담히 미소 지으며 장읍을 했다.

"아, 예……."

한껏 예의를 갖춘 인사였지만 장웅은 불편했다. 상대가 속내를 알 수 없는 사람이기 때문에 더욱 그랬다.

팽인호가 말했다.

"자, 그럼 어떻게 하시겠습니까? 운수산에 그 무언가가 있다고 했으니 우리에게 곧바로 보여줄 수 있지 않겠습니까? 이 공자, 언제까지 기다려야 하는 건지도 알려주시오."

"굳이 기다릴 필요는 없소."

그때 장웅이 아닌 의외의 인물이 나서며 팽 장로의 말을 받았다.

좌중의 시선이 한곳으로 향했다. 그간 침묵을 지키고 있던 광휘였다.

"당신들이 갖고 싶어 했던 것은 장씨세가의 사당 뒤에 있으니까. 안 그렇소?"

第六章

계책

팽가 일행이 운수산으로 떠난 다음 날 이른 아침, 의원 유겸승이 잘 정돈된 화원 사이를 가르며 건물 앞에 멈춰 섰다. 문 앞까지 다가간 그는 옷매무새를 점검하더니 이내 조용히 말했다.

"유 의원입니다."

"들게."

곧장 답변이 들려오자 그는 조심스레 문을 열었다.

아침인데도 방 안은 어두웠다. 창문을 검은 천으로 모두 덮은 탓이었다.

끼익.

유겸승이 방 안으로 들어오자 벽가에 놓인 침상에서 누군가가 고개를 들었다.

"허, 요즘 자주 보는군."

보기에도 병색이 완연해 보이는 노인이었다. 하나, 쩍 벌어진 어깨와 살아 있는 눈빛은 발톱을 감춘 맹수 같은 인상을 심어 주었다.

팽자천. 지금은 침상에 몸을 의지하는 상황이지만, 한때 중원을 활보했던 백대고수로 이름을 떨친 팽가의 고수다.

"일어나실 필요 없습니다. 그냥 누워계십시오."

그에게 다가가던 유겸승이 급히 손을 내저었다.

"괜찮다. 이 정도도 혼자 힘으로 해결하지 못하면 차라리 죽는 게 낫지."

농으로 말하는 것 같았지만 유겸승은 그가 정말로 그럴지도 모른다는 생각을 했다.

"그래, 무슨 일로 왔는가. 진맥이고 탕약이고 지난번에 다 끝난 것으로 아는데?"

"그게 말입니다."

유겸승은 잠시 뜸을 들이며 오른손에 쥐어진 약봉지를 힐끔 내려다보았다.

"조금 특별한 것이 들어왔습니다."

그는 팽자천에게 한 발짝 더 다가가 약봉지를 건넸다.

팽자천은 그것을 받아 들고는 유겸승을 빤히 바라봤다. 이것이 뭔지 묻는 것이다.

"백화정분입니다."

"백화정분……?"

"예. 개방 방주가 인편으로 보낸 것입니다. 대공자가 반드시 가주께서 드시도록 하라 명하였습니다만."

팽자천은 심유한 시선으로 약봉지를 바라보았다. 잠시 옛 기억을 되살리고 있는 중이었다.

"근일 사이 개방과 접점이 있었나?"

"소인은 거기까지는 잘 모르겠습니다."

"흠."

팽자천은 조용히 눈을 감았다.

과거 구파와 세가들은 개방과 돈독한 관계를 유지하는 데에 힘썼다. 필요할 때마다 그들에게 정보를 유용하게 얻을 수 있기 때문이다.

하지만 이런 귀한 약을 줄 만큼 친밀한 사이는 아니었다. 그러니 의구심이 생길 수밖에 없었다.

"다시 가져가게."

팽자천은 약봉지를 내려놓았다. 유검승이 의아한 시선으로 바라보자 그는 눈을 내리깔며 말을 이었다.

"유 의원도 알다시피 내 병은 나을 수 있는 병이 아니야. 그러니 이런 귀한 약은 필요한 사람에게 주는 게 맞아. 정중히 돌려주게."

그는 가늘어진 팔을 들어 약봉지를 내밀었다. 병약해 보이는 얼굴과 달리 팽자천의 눈빛에는 확고한 의지가 서려 있었다.

"알겠습니다. 하나……."

유겸승은 할 수 없다는 듯 그것을 받아 들었다. 하지만 마지막으로 한 번 더 매달렸다.

"대공자의 성정을 누구보다 잘 아시는 가주이시니 조금만 더 생각해 주시지요."

"……?"

"팽가운 대공자는 가주의 성품을 능히 아는 사람입니다. 아마 가주께서 이 약을 거절하시리라는 것도 충분히 예상했을 테지요. 그런데도 이걸 받고는 제게 건넸습니다."

"……."

"단순히 개방의 도움을 얻고자 하는 가벼운 정만은 아니지 않을까… 그리 생각도 해봅니다."

"흠……."

팽자천은 그 말에 턱을 쓸었다.

유겸승은 모처럼 용기를 끌어낸 바람에 진땀을 삐질삐질 흘렸다.

"…가보시게."

팽자천이 내린 것은 축객령이었다. 하지만 유겸승은 그것이 거절의 의사가 아님을 알고는 얼굴에 희색을 띠었다.

드르륵. 탁!

유겸승이 나가고 난 후, 팽자천은 골똘히 생각에 잠겼다. 그러다 침상에 놓인 약봉지를 들고는 읊조렸다.

"약 안에 뭐가 있기라도 한 것인가?"

찌이익.

팽자천은 약봉지를 잡고는 곧장 찢었다. 안에 들어 있던 약재 가루가 침상으로 떨어지는 것을 조용히 응시하던 그는 이내 그것을 손으로 매만졌다.

"아무것도 없… 응?"

손으로 가루를 매만지던 팽자천의 시선이 문득 바닥에 떨어진 약봉지로 향했다.

"허. 약봉지에 서신을 썼다라……."

약을 싼 종이에 적힌 글귀를 살펴보던 팽자천의 눈에 기광이 어렸다.

그리고 얼마 후.

와자작!

"이놈들이!"

서신을 구겨 버린 그의 눈에는 이전과는 다른 기운이 피어올랐다. 병약한 몸에서 나오리라 생각할 수 없는 지독한 살기였다.

* * *

장씨세가 사당은 운수산 정상에 위치했다.

조상을 기리는 의식은 기일 때마다 행해지는 행사여서 그런지 길을 찾는 데는 어려움이 없었다.

대열은 일 장로가 가장 앞에, 차례로 장웅과 장련, 장씨세가 무사들이 따르는 형국이었다.

"어떻게 하실 생각이오?"

가장 후미에서 따라붙던 팽오운은 팽인호에게 바짝 다가서며 말했다.

"무엇을 말입니까?"

"광휘라는 호위무사… 뭔가 알고 있는 듯한 눈치였소만?"

"알고 있어봤자지요."

팽오운이 그를 노려보자 팽인호는 평소와 다를 바 없는 표정을 지으며 말했다.

"너무 걱정하실 필요 없습니다. 지금에 와서는 그것이 뭔지 알아도 아무것도 할 수 없습니다."

"무슨 뜻이오?"

"석염만으로는 폭굉을 만들 수 없습니다. 단언하건대, 그걸 어떻게 제조하는지는 알 수 없을 것입니다."

"너무 자신하시는군. 우린 그가 석염을 알고 있다는 것도 모르지 않았소. 뭘 더 알고 있는지, 뭘 더 할 수 있는지도 알지 못하오."

여전히 걱정 서린 팽오운의 질문에 팽인호는 뭐라 하려다 잠시 입을 닫았다. 팽오운의 염려가 이해된 것이다. 그러니 납득할 수 있게 그를 설득하는 것이 우선이었다.

"뭐, 일리 있는 말씀입니다. 하나, 어차피 이들은 온전한 몸으로 이곳을 빠져나가지 못할 테니까요."

팽인호는 팽오운을 응시했다. 그러고는 그를 향해 처음으로 섬뜩하게 미소를 지어 보였다.

"마침… 예상외의 고수들도 와 있는 상황이니까."

팽인호는 그에게 입꼬리를 올려 보였다.

*　　　　*　　　　*

'동쪽은 지형이 좋지 않다. 적이 있다면 기습을 당할 만한 장소야.'

광휘는 땅을 보고 있었다. 그러나 걷는 중간중간마다 주위의 지형을 머리에 담고 있었다. 최악의 수를 상정하고 움직이는 것. 살수 암살단에서 배운 가장 기본적인 훈련법이었다.

'여기는 경사가 지고 지반이 물러 퇴로를 확보하기 힘들다. 내려온다면… 이 길이 아닌 다른 길로 가야 한다. 한데, 어느 길을……. 후우, 쉽지 않구나.'

광휘는 틈틈이 기억해 놓은 지형을 떠올렸지만 생각처럼 떠오르지는 않았다. 이전에는 거의 눈에 스치기만 해도 모든 거리와 간격이 머리에 인식되었다. 하지만 지금은 이처럼 집중해야 자각할 정도로 변해 버린 것이다.

'피를 보면 달라지지 않을까? 신경을 자극할 정도로 많은……'

가능성은 있었다. 다시 예전으로 돌아갈 수 있는 방법. 하나, 그것이 얼마나 위험한 일인지도 알았다. 이전과는 전혀 다른, 정신을 파괴할 정도의 후유증이 동반될 것이다.

'응?'

광휘가 생각에 잠길 때였다. 뒤쪽에서 의외의 인물이 올라오고 있었다.

"물러서시오."

묵객이 경계를 하며 목소리를 내리깔았다. 장련 쪽으로 다가오는 팽가운 때문이었다.

"잠시 장 소저에게 할 말이 있소."

"그건 당신 사정이지, 내 알 바 아니오."

묵객은 노골적으로 경계했다. 산문에서부터 장련의 주변을 부쩍 신경 쓰고 있는 그였다.

"잠시만… 비켜주시겠어요?"

"소저……."

예상치 못한 장련의 부탁에 묵객은 난처한 표정을 지었다.

"굳이 팽가의 일행과 떨어져서 제게 온 걸 보면 중요한 얘기일 거예요."

묵객은 인상을 잔뜩 쓰며 팽가운을 바라봤다. 덤덤하게 바라보는 그와 잠시 시선이 마주치자 묵객은 할 수 없다는 듯 슬쩍 뒤로 물러나며 말했다.

"조금 거리를 두고 말씀 나누시오."

그는 그 말을 끝으로 몇 걸음 뒤로 물러섰다. 그러자 팽가운은 그의 말대로 거리를 좀 유지한 채로 말을 건넸다.

"잘 계셨소?"

"아뇨."

장련은 솔직하게 말했다.

그녀의 대답 때문인지 팽가운은 재차 말을 잇지 못했다.

사박사박.

둘 사이에 침묵이 흘렀다.

팽가운은 쉽게 말을 꺼낼 수 없는 상황 때문에 주저했고, 장련은 굳이 먼저 말을 걸고 싶지 않았기에 말을 아꼈다.

결국 마음을 먹은 팽가운이 다시 말을 붙였다.

"안타깝게 생각하오."

"……."

"상황이 이리 흐른 것을 말이오. 무슨 이유에서든 장씨세가가 이런 식으로 맞대응해서는 안 되는 거였소."

장련의 고개가 팽가운의 얼굴로 향했다.

"잘못 말하신 것 아닌가요?"

"……?"

"중정에서 다 지켜보셨잖아요. 일부러 이런 상황을 만든 건 팽가가 아닌가요?"

팽가운의 얼굴이 굳어졌다. 자신이 알던 장련의 성격과는 어울리지 않는 대답이라 조금은 당황한 것이다.

잠시 뜸을 들이던 팽가운이 말했다.

"소저, 무인에겐 자존심이란 게 있소. 무가라 불리는 곳, 중원에서 명성이 있는 곳은 더더욱 그렇다오. 그것을 위해 목숨을 걸 정도로 말이오."

장련은 고개를 끄덕였다.

"그건 제가 몰랐던 부분이네요."

"그렇소. 그러니……"

"저는 무가가 올바른 정신으로 몸을 단련하고, 불의를 타파하며 정의를 추구하는 사람들이 모인 곳이라 알고 있어요. 단순히 자신들의 이익을 위해 목숨을 걸 수 있으리라고는 생각지 못했네요."

"소저……"

뭔가 말을 꺼내려던 팽가운은 이내 더는 말을 잇지 못했다.

뭐라고 해도 지금은 그녀에게 할 말이 없었다. 자신 역시도 이 상황에 대해 정확히 다 모르고 있으니.

"사실 장련 소저에게 온 건 사실 관계를 따지기 위해서가 아니오."

힘겨워하던 팽가운은 결국 말을 돌렸다.

"몇 달 전, 연회를 위해 장씨세가에 직접 방문했을 때 소저께 내가 한 말을 지키려는 거요."

"……?"

"그날, 우리 팽가와 장씨세가 사이에 마찰이 일어난다면 내게 직접 중재해 줄 수 있냐고 묻지 않았소?"

장련은 팽가운의 얼굴을 바라봤다. 질문의 의도를 이해하지 못한 것이다.

팽가운은 그녀의 시선을 회피하지 않고 말했다.

"그 약속을 잊지 않고 있다는 걸 말해주고 싶었소."

"대공자……"

"그럼."

팽가운이 뒤돌아서며 뒤로 내려갔다. 그런 그의 뒷모습을 장련은 놀란 표정으로 바라봤다.

그녀는 잠시 잊고 있었다, 자신이 부탁했던 말을. 한데, 그는 아직도 그 약속을 기억하고 있었다.

장련에게서 몇 발짝 뒤로 물러서 있었지만 묵객은 경계를 풀지 않았다.

이전 같으면 명문 세가와 대공자라는 신분을 감안했을 테지만, 팽가는 지금 잠정적인 적이다. 그리고 팽가운은 그 잠정적인 적의 우두머리였다.

"대협."

그때 뒤쪽에서 여인의 목소리가 들렸다. 바람결에 팔랑이는 비단옷. 그간 살짝 수척해진 얼굴로 묵객을 바라보는 팽월이었다.

"오셨소."

묵객은 그녀에게 한 번 시선을 두고는 다시 장련 쪽을 바라보았다. 그녀를 신경 쓰지 않으려는 모습이 역력했다.

"시간을 많이 뺏지 않을게요. 한 가지만 물으면 되니까."

팽월은 여전히 장련을 신경 쓰고 있는 묵객의 모습에 잠시 미간을 찌푸렸다. 하지만 이내 표정을 지우고선 입을 열었다.

"대협께서는 왜 장씨세가를 그토록 도우려고 하시는 건가요?"

"……"

묵객은 팽월의 질문에 대답하지 않았다. 그렇게 두 사람은 한참을 침묵으로 일관했다.

"하아."

답을 얻지 못할 거라 여긴 팽월이 돌아설 때였다.

"분명 도움을 주러 왔는데, 중요한 고비마다 변변하게 해준 게 없소."

나지막하게 들린 말소리에 팽월은 멈칫하고 재차 돌아섰다.

여전히 묵객은 팽가운에게 시선을 두고 있었지만, 팽월을 향해 말하고 있었다.

"나름 저들의 기대가 컸을 텐데 말이오. 정작 그들에게 필요한 도움은 다른 사내가 메우고 있었으니, 참으로 칠객의 모양새가 우스워졌소."

"……."

"팽월 소저, 팽가가 무슨 일을 하는지는 난 관심이 없소. 내가 지금 정말 하고 싶은 건……."

그제야 묵객은 팽월을 바라보았다.

"지금 장씨세가를 돕지 않으면 평생 이날만을 후회하며 살 것 같소. 내 말 이해하겠소?"

그의 시선과 마주친 팽월은 이번엔 그녀 스스로 시선을 회피했다. 그러고는 더는 말하지 않고 걷는 속도를 줄였다.

"잘못된 것을 바로잡을 기회는 얼마든지 있소, 소저."

묵객은 그 뒤로 그녀에게 시선을 주지 않았다. 한 치의 틈도 없이 장련에게, 팽가운에게 시선을 둘 뿐이다. 하지만 분명히 팽월을 향해 안타까이 한숨을 쉬었다.

"당신도, 그리고 나도. 우리 둘 다 그렇지 않소?"

✻　　　✻　　　✻

"끄윽!"

우드득!

누더기를 입은 개방 거지 한 명이 허리가 꺾인 채 몸이 뒤집혀 있었다. 동공은 치솟아 있었고, 허리춤에선 진한 핏물이 배어 나오고 있었다.

"이놈이 마지막이로군."

불명귀 이수야귀가 자신의 애병(愛兵)인 건곤권을 털어대며 말했다. 가장 무공이 높았던 삼결 제자. 마지막까지 자신들의 뒤를 따라온 사내였다.

"정말 의도를 모르겠군."

그때 나무 허리에 등을 기대고 있던 사군패검이 고개를 갸웃거렸다.

이수야귀가 그를 향해 시선을 돌렸다.

"뭐가?"

"왜 문주께서 흑마대까지 부르셨는지."

이수야귀가 아래를 힐끗 내려다보았다. 좁은 공터 안에는 무려 사십 명에 달하는 무인들이 조용히 가부좌를 틀고 있었다.

"그만큼 대단한 물건이란 뜻이 아닌가. 그 폭굉이란 것 말이야."

그들 옆, 고목 위에서 목소리가 들려왔다. 나뭇가지를 밟고 있던 삼영귀가 말을 받은 것이다.

이수야귀는 고개를 절레절레 저었다.

"아무리 그래도 그렇지. 흑마대도 모자라 야월객에 밀영대까지 나섰다며? 이 정도면 너무 일을 크게 벌인 것 아닌가."

귀문과 적사문은 서로 정보는 공유하는 사이가 아니다. 하지만 이번 임무를 착수하기 전부터 전해 들은 얘기가 있었다.

"나도 사실 이해가 안 돼. 왜 문주께서 이토록 거창하게 일을 벌이시는지. 무슨 이유가 있을 것 같은데."

비탈길에 비스듬히 서 있던 화상자국의 중년인, 사군패검이 걸어오며 말을 받았다.

그뿐만 아니라 다들 의아해하고 있었다. 판을 이토록 크게 벌인 이유에 대해서.

"내가 말해줄까?"

그때 바닥에 앉아 조용히 침묵하고 있던 일령귀가 고개를 들었다. 그 말에 불명귀의 시선들이 전부 그에게 향했다.

"폭굉이라는 물건, 십여 년 전에 쓰인 적이 있던 것이라더군. 너무나 폭발력이 강해서 중원의 고수들이 죄다 죽어나갔다던."

"……?"

다들 궁금증을 띤 얼굴이었다. 일령귀는 그런 그들을 한 명씩 바라보며 말을 이었다.

"은자림 말이야. 야월객과는 차원이 다른… 황궁을 노렸던 살수들."

＊　　　＊　　　＊

　장씨세가와 팽가의 일행이 정상 위에 다다랐을 때, 사당으로 보이는 건물 한 채가 보이기 시작했다.

　일 장로는 곧장 사당 뒤쪽으로 향했다.

　좁은 소로를 지나치자 급격히 기울어진 지형이 나왔고, 그 밑으로는 동굴 하나가 보였다.

　'사당 근처에 동굴이라.'

　묵객은 조금 의아했다. 동혈(同穴)은 기본적으로 음습한 지형이다. 습기가 많고 냉한 기운이 서리기에, 조상의 신주를 모시는 사당은 그런 냉한 지형을 가급적 피하는 법이다.

　그런데 엉뚱하게도 장씨세가의 사당은 그 동혈의 코앞에 떡하니 세워져 있었다.

　"이곳입니다."

　일 장로가 동굴 앞에 서서 말하자 시선들이 일제히 그곳으로 향했다. 스무 명은 동시에 들어갈 정도의 크기에, 천장이 완만하게 굽어진 동굴이었다.

　"여기군요, 장씨세가가 본 가를 의심하게 만든 그 무언가가 있는 곳이."

　사람들의 시선이 한동안 어딘가에 머물러 있을 때, 팽인호가 기다렸다는 듯 걸어 나오며 말했다. 나긋한 목소리였지만 그 의미를 아는 장씨세가 사람들의 심기는 불편해졌다.

"그럼 말씀하시던 그것을 가지고 나오시지요. 본 가의 사람들은 여기서 기다리겠습니다."

팽인호가 한 걸음 물러서며 말하자 장웅이 그를 향해 말했다.

"팽가는 함께 가지 않으십니까?"

"이런 협소한 곳에 함께 들어갔다가는 괜히 불편해질 것 같군요. 아, 우리가 아니라 장씨세가가 말입니다."

그때 장련이 나섰다.

"가장 중요한 때에 물러서시는 모습은 엉뚱한 오해를 살지도 모르는데요?"

"소저, 팽가는 명문 세가입니다. 본 가의 이름은 어떤 집안처럼 오해 같은 가벼운 것에 흔들리지 않습니다."

꾸욱.

장련은 두 손을 쥐었다. 이제껏 군자연하던 팽인호가 대놓고 비아냥거리기 시작하니, 연치가 어린 그녀는 금방 동요했다.

"알겠습니다. 먼저 들어가지요."

장웅 역시 그랬다. 하지만 장련과 달리 감정을 얼굴에 드러내지 않았다. 그것이 곧 약점을 보이는 것임을 누구보다 잘 알고 있었다.

스윽.

장웅은 자신의 옆에 서 있던 광휘에게 눈짓으로 물었다.

끄덕.

시선을 마주친 광휘가 말없이 그의 뒤에 시립했다.

"오라버니……."

장련은 불만인 듯했으나 일단 장웅이 내린 결정에 따르는 수밖에 없었다.

결국 일 장로와, 장웅, 장련, 그리고 광휘와 묵객만 동굴 속으로 들어갔다.

*　　　*　　　*

운수산 북쪽. 무성한 삼림이 사방으로 가지를 뻗다 세월처럼 굳어져 버린 곳.

유삼 자락을 입은 노인이 경사진 곳에 오르다 잠시 멈추었다. 그러고는 오르막길에서 아래를 내려다보며 입을 열었다.

"전해줄 말이 있소."

휘이이잉.

싸늘한 바람이 옷깃을 스치며 주위가 잠잠해졌다.

"늦었구려."

그러다 나뭇가지가 흔들림과 동시에 다섯 개의 그림자와 함께 흑의인 다섯 명이 자리에 섰다.

"원래 올 시각은 한 시진 전이었을 텐데?"

그중 가장 앞에 있던 자가 말했다. 두건과 복면, 그리고 몸이 온통 거멨다. 눈만 살짝 드러낸, 온몸을 가린 복색이었던 것이다.

"괜히 개방 거지들이 신경 쓰여서 그랬소."

"그런 걱정은 우리가 하오. 당신은 우리가 정해준 길로만 오면 되는 것이오."

자신을 나무라는 말투에도 노인, 천가량은 흐뭇한 표정을 짓고 있었다.

오만함.

그 정도는 되어야 믿고 맡길 수 있다고 생각한 것이다.

"반 시진 뒤, 불명귀가 이곳으로 올 것이오."

흠칫.

순간 흑의인들의 시선이 미묘하게 변했다. 움직이는 것을 듣긴 했지만 이렇게 직접 만나리라고는 생각지 못한 것이다.

"잘됐군. 한번 보고 싶었는데 말이지."

흑의인 사이에 있던 한 야월객이 살기를 드러내며 말했다. 특이하게도 그는 드러난 눈 주위도 새까만 사내였다.

"무리하지 마. 무공은 그들이 우리보다 앞선다. 괜히 도발했다가 소득 없는 싸움으로 번질 수 있어."

이에 다른 야월객이 그를 타이르듯 말하자 그는 호승심 어린 눈빛을 거둬들였다. 사실이었기 때문이다.

사람을 죽이는 데 특화된 야월객과 달리 불명귀는 순수 무공만으로 악명을 떨친 자들. 만만한 상대가 아닌 것만은 분명했다.

"답답하군. 그냥 다 죽여 버리면 되는 걸 말이지."

그때 노인과 말을 주고받던 흑의인이 아닌, 맨 뒤쪽에 서 있던 자가 나서며 말했다. 다른 자들과 달리 키가 가장 작았는데,

칼날에 목젖이 베인 듯 갈라지는 음산한 목소리를 냈다.

천가량이 대답했다.

"단순히 죽여 버린다고 해결되는 문제가 아니니 그렇소."

"이래서 정파 놈들과 같이 일하면 안 된다는 거야."

이번엔 다른 야월객이 말을 받았다. 얼굴이 보이지 않아 어떤 인상착의인지 알 수 없으나, 이번 임무를 매우 불신하고 있다는 것은 알 수 있었다.

"그만큼 물건에 자신이 있다고 볼 수도 있지."

천가량에게 처음 말했던 사내가 그를 진정시켰다. 그러고는 화제를 돌렸다.

"우린 여기서 기다리고 있을 거요. 이번엔 제시간에 도착하시오. 만약 약속을 어길 경우."

사내의 눈빛이 처음으로 사나워졌다.

"당신들부터 죽여 버리겠소."

천가량은 서늘함을 느꼈다. 그리고 새삼 인식했다. 이들은 이익을 위해 수단과 방법을 가리지 않는 사파. 그중에서도 가장 악독한 자들이라는 것을.

*   *   *

화르르륵.

홰에 불이 붙었다. 일 장로가 운수산으로 올 때 들고 온 불씨를 이용해 횃불을 만든 것이다.

동굴에는 희미한 인광이 서려 있어 내공을 가진 무인들에겐 그다지 어둡진 않았다. 하지만 횃불을 밝히자 이동하기에 더욱 편해졌다.

"한 식경 정도는 더 들어가야 합니다."

일 장로는 뒤따라오는 사람들에게 말했다. 석염을 발견한 건 오래전 일이었기 때문에 앞장선 그의 신경은 더욱 곤두설 수밖에 없었다.

"왜 굳이 이런 곳에 사당을 세운 것이오?"

길을 따라가던 묵객이 궁금증을 참지 못하고 장련에게 물었다.

"저희도 잘은 몰라요. 증조부께서 사당을 새로 세우실 때도 많은 논란이 있었다고 들었어요. 하필이면 습한 동굴 근처라니."

장련이 기억을 더듬으며 입을 열었다.

"하지만 증조부께서는 워낙 강경하게 주장하셨습니다. 그것이 선조들의 유훈이라시면서. 반대하는 집안 모두의 여론을 누르고 이곳에 자리를 잡으셨지요."

묵객은 여전히 이해가 되지 않았다.

사당 뒤에 자리한 굴혈이라니. 풍수에 대해서는 잘 알지 못하지만, 어떻게 보아도 이곳은 사당 터로는 어울리지 않는 탓이었다.

옛사람들은 지금보다 훨씬 풍수에 민감한 이들이었다. 그런 선대의 인물들이 대체 무슨 까닭으로 이런 곳에 자리를 잡은 것인가.

"아마 알고 계셨던 모양이오."

불쑥 광휘가 입을 열었다. 묵객도, 일 장로도, 장웅과 장련 모두 광휘 쪽을 쳐다보았다.

"여기에서 무엇이 나오는지, 그것이 어디에 쓰이는지 말이오. 장씨세가는… 아마도 이곳을 지키는 사명이 있었던 모양이오."

*   *   *

동굴 밖에는 묘한 분위기가 흘렀다. 팽가 쪽 사람들은 짐짓 여유로워 보였지만 눈빛은 적을 보듯 매섭게 변해 있었고, 장씨세가 무사들은 그들대로 긴장한 얼굴이었다. 저 안에 무엇이 있는지 모르지만, 그게 무엇이든 들고 나올 때를 대비해야 했다.

명가의 자존심이 걸려 있는 판. 적어도 상황이 순탄하게 흘러가지 않을 것임은 이곳에 있는 모두가 알고 있었다.

"너무 긴장하지 마시게."

담명이 경직된 얼굴로 그들을 주시하고 있을 때였다. 한 노인이 그의 어깨를 툭툭 치고선 길게 늘어뜨린 자신의 수염을 매만지고 있었다.

뒤돌아선 담명이 말했다.

"중걸(中乞) 어르신, 아무리 생각해도 상황이 좋게 흘러가진 않을 것 같습니다. 맹호단을 이곳까지 데리고 왔다는 걸 보면 말입니다."

"오히려 맹호단을 데리고 온 것이 잘된 일일 수도 있네."

"예?"

"명문 세가의 무인들은 모두 각자 자신의 신념을 가지고 있지. 옳지 않은 일임이 명백하다면 무조건 따르지만은 않는다는 것이야. 그건 자네도 잘 알지 않은가?"

담명은 움찔거렸다. 말을 한 적이 없는데도 자신의 출신을 알고 있었기 때문이다.

'그래, 이들은 개방이었지.'

담명은 곧장 수긍했다. 개방의 정보력은 중원 최고니까.

"아무튼 이쪽도 수가 제법 되네. 주위를 한번 둘러보게."

담명이 고개를 돌리자 어느덧 상당히 많은 거지들이 모여 있었다. 보이지 않는 곳에서 도움을 주던 그들이 드디어 얼굴을 드러낸 것이다.

"그리고 좋은 소식도 있네."

"좋은 소식……?"

"방금 들은 이야기인데, 팽가 사람으로 보이는 제법 많은 수의 사내들이 신법을 쓰면서 이곳으로 올라오고 있다고 하더군."

담명이 곧장 이해하지 못한 채 눈을 껌벅거리자 중걸이 말을 이었다.

"팽가비(彭家秘)라더군. 팽가 가주의 친위대 말일세."

"⋯⋯!"

＊　　　＊　　　＊

"언제까지 기다려야 하죠?"

다들 자리에 앉아 각자 휴식을 취하고 있을 때였다. 팽월이 팽인호에게 다가와 말을 건넨 것이다.

"잠시 자리를 옮기지요."

팽인호는 주위를 훑고는 자리에서 일어섰다. 장씨세가 무사들의 시선이 걸린 것이다.

그는 곧 한적한 곳으로 그녀와 함께 이동했다. 조금 떨어진 곳에 도착한 팽인호가 말했다.

"왜 그러십니까, 월 소저?"

"계속 기다리기만 할 거냐는 말이에요."

"음."

팽인호는 그녀가 그리 묻는 이유를 잠시 생각했다. 그러고는 이내 고개를 들며 말했다.

"일단은 기다리는 게 현명한 방법입니다."

"그러다 그들이 석염을 들고 나오면요."

"들고 나온다고 해서 달라질 것은 없습니다."

"네?"

"석염만으로는 그것을 만들 수 없으니까요."

팽월은 이해가 안 된다는 표정으로 물었다.

"재료라면서요. 그런데 그것을 들고 나오면 어쩌시려고 그러시는 거예요?"

"비방."

팽인호는 짧게 입을 열었다.

"재료는 어디까지나 재료일 뿐이지요. 광석에서 철을 뽑아내는 것은 야장의 솜씨인 것이지. 저들이 비방을 알지 못하는 이상, 석염이 나오든 염초가 나오든 어떤 트집도 잡을 수 없을 테니까요."

"그게……?"

"뭐, 말이 나왔으니 한번 내려가 봐야겠습니다. 마침 들를 데가 있으니 말입니다."

팽월은 불만이 있는 표정이었지만 더는 말을 붙이지 않았다. 너무나 여유로운 팽인호의 행동에 왠지 모를 믿음이 생긴 것이다.

"응?"

팽인호가 아래로 내려가려 할 때였다. 밑에서 낯익은 얼굴의 사내가 다가온 것이다. 팽가 안에서 모습을 잘 드러내지 않던 팽가의 이 공자, 팽우인이었다.

"네가 왜 여길……."

"팽가의 무인들은! 가주령을 받들라!"

식은땀을 뻘뻘 흘리며 달려온 팽우인이 그를 향해 버럭 고함을 질렀다.

"가주령?"

팟! 파밧!

때 아닌 말이었건만, 팽가의 무인들은 몸을 낮춰 부복했다.

무릎을 꿇고 눈을 부릅뜬 팽인호 앞에서 팽우인은 근엄한 얼굴로 서신을 펼쳐 읽었다.

"가주 팽자천이 말하니 팽가의 무인들은 들으라! 본 전갈이 도달하는 대로, 전갈을 듣는 대로! 어떠한 이유를 막론하고 즉각 본 가로 귀환할 것을 명(命)한다. 다시 한번 말한다. 이 서신을 보는 순간! 어떠한 이유를 막론하고 본 가로 즉시 귀환할 것을 명(命)한다!"

"이게……."

자신의 귀를 의심하는 팽인호에게 팽우인 뒤에 있던 청년이 변명하듯 입을 열었다.

"가주께서 전 식솔들을 모아 명하셨습니다. 아울러 어떤 변명도 듣지 않겠다고, 무조건 명을 따르라는 말을 세 번이나 반복하셨습니다."

"……."

"일 장로, 속히 가셔야 할 듯합니다. 소인이 어찌하려 해도 여기서는……."

스윽.

"가주의 명이오, 일 장로."

말소리를 낮춘 팽우인의 뒤에서 무사 다섯이 나타났다. 금실 문양이 들어간 남색 의복. 팽자천의 그림자라 불리는 자들이 나타난 것이다.

"팽가비······."

팽인호는 신음했다.

팽가비는 가주의 직속 친위대다. 오로지 가주의 명령만을 받드는 팽가의 그림자였다. 그리고 그들의 선두에서 기광을 뿜어내는 장년인. 팽오운과 함께 팽가의 제일 고수라고 불리는 팽주환이 나타난 것이다.

'과연 개방인가······.'

팽인호는 미간을 찌푸리며 이름 모를 산 중턱으로 고개를 돌렸다. 보이지 않는 곳. 그곳에서 누구보다 빠르게 손을 쓰고 있는 듯했다. 무력도 금력도 아닌 정보력으로.

"위쪽에 사람들이 있으니 그들과 함께 가리다."

팽인호는 서신을 받아 들며 말했다. 그의 얼굴은 언제나 그러했듯 군자연했고, 가주께서 명령을 내렸으니 마땅히 따른다는 충직한 아랫사람의 자세를 유지하고 있었다.

'뭐, 이제 다 됐으니. 방향만 조금 바꾸면 될 테지.'

슥. 슥.

그는 잠시 뒤돌아선 뒤 소매 아래에서 가볍게 석필을 끄적였다. 얇은 목패에 글자 하나를 새기기 위해서였다.

"가십시다."

팽인호가 명을 받들며 걸음을 옮길 때, 그의 소매에서 뭔가 휙 하며 빠져나갔다.

휘익. 툭. 툭.

목패는 동굴에서 조금 떨어진 곳에 있는 그루터기 위로 내던

져져 굴러갔다.

언뜻 한낮의 일광을 받아, 희미하게 새겨진 글자가 모습을 드러냈다.

매(埋: 묻어라).

第七章

기습

“방주, 보이십니까?”

장씨세가의 사당과 십 리 이상 떨어진 돌출된 언덕. 낭떠러지 앞에 선 백효가 만리경을 내려놓으며 말했다.

능시걸은 고개를 끄덕였다.

“팽가비구나.”

“예, 팽가비입니다. 방주께서는 저들이 왜 여길 왔는지 아십니까?”

“네가 손을 썼겠지.”

“하하하. 짐작하셨군요. 그렇습니다. 저의 계획이 성공한 거지요.”

백효가 뿌듯한 표정으로 능시걸을 바라보았다. 자신이 짠 묘

안으로 팽가 가주에게 개방의 의도를 전달하는 데 성공했다. 결국 그가 팽가비를 움직였고, 일 장로의 계획을 무산시켜 버린 것이다.

'응?'

그러던 백효의 눈빛이 곧 의아함으로 변했다. 당연히 칭찬이 쏟아질 상황임에도 불구하고 능시걸의 표정이 썩 좋지 못했던 것이다.

백효는 눈치를 보다 멋쩍게 머리를 긁적였다.

"흠흠, 다행히 우려했던 최악의 상황은 피했습니다. 결과적으로 우리가 이긴 거지요."

그의 말대로 팽가비가 위쪽으로 올라간 뒤 이내 팽가 사람들과 그들이 대화를 나누는 장면이 포착됐다. 그리고 이내 맹호단이 내려가자 목에 힘이 실린 것이다.

"이겼다라……."

이상하게도 능시걸의 표정은 여전히 어두웠다. 그는 턱을 한 번 쓰다듬더니 백효를 향해 물었다.

"아무래도 넌 아직 팽가의 제일 장로란 자가 어떤 인물인지 잘 모르는 듯하구나."

"예? 팽인호요? 압니다. 잘 알고 있습니다. 그가 어떤 노인인지, 어떤 상황에 있는지."

"아니, 내가 보기엔 넌 그를 전혀 모르고 있다. 이번 일을 이런 식으로 진행한 걸 보면."

이해할 수 없는 시선으로 변해 가는 백효와 달리 능시걸의 눈빛은 갈수록 싸늘해지기만 했다.

"너는 그가 몇 개의 패(牌)를 갖고 있다고 생각하느냐?"

"글쎄요……."

"그럼 다시 묻겠다. 그가 가진 패 중에 이런 상황을 염두에 둔 패가 있었을까, 없었을까?"

"방주, 억측이 너무 심하십니다. 아무리 그라도 지금 상황은 전혀 예측을 벗어나는 것으로써……."

백효는 자신의 주장을 쉽게 물리지 않았다. 하지만 능시걸이 여전히 굳은 표정을 보이자 그는 화제를 돌려 말을 이어갔다.

"팽가 가주는 강호에서도 의인(義人)이라 알려진 자입니다. 그가 팽가비를 보냈다는 것은 이번 사건에 대해 매우 불쾌한 감정을 가지고 있다는 것을 알 수 있지요."

"그러니 넌 아직 어리다는 게다."

능시걸은 단언하듯 말했다. 그러다 이윽고 백효를 응시하기 시작했는데, 거기엔 걱정과 한탄이 섞여 있었다.

"네가 어떻게 손을 써서 가주를 휘어잡았는지는 모르겠다만 그것으로 끝이라 생각하면 아직 어린 게다. 이번 일을 꾸민 데에는 팽가의 일 장로뿐만이 아니라 서기종, 맹의 총관이 관여하고 있다. 그 생각은 안 해보았느냐?"

"아……."

순간 백효의 눈이 부릅떠졌다. 잠시 잊고 있었다. 팽가의 일 장로와 함께 발을 맞추고 있는 자가 어떤 자인지.

"일이 더 복잡해지게 생겼다. 눈에 보이는 들불이 무서운 게 아니라 바닥에 숨어든 불꽃이 더 무서운 법이거늘."

능시걸은 생각했다. 팽가와 사파 무리들을 제압하는 선에서 끝낼 수 있는 싸움이 이제는 어디서 탈지, 어디로 옮아 붙을지 누구도 알 수 없는 불길이 되었다고.

"죄송합니다, 방주……."

한탄하는 듯한 능시걸의 말에 후개는 고개를 들지 못했다. 판의 전체를 보고 있다고 생각했는데 방주가 바라보는 것보다 작은 부분을 보고 있었다는 걸 깨달은 것이다.

*　　　*　　　*

사사삭.

굽은 가지들이 사방에 뻗어 있는 비탈길 사이로 사내들이 속속히 몰려들었다. 상당히 빠른 속도임에도 대열을 유지하는 기민함. 땅을 밟는 소리가 들리지 않을 정도로 뛰어난 신법을 보여 주는 자들이었다.

"오십니다."

중턱 위, 조금 굽어지는 위치에서 인기척을 느낀 천가량이 말했다. 그의 옆, 화월문 문주 조화룡 역시 상기된 얼굴로 그들을 기다렸다.

투우욱. 툭. 처억.

잠시 뒤, 세 명의 인영이 약속이나 한 듯 나타났다.

천가량은 그들을 향해 읍을 해 보이고는 고개를 들었다.

피익—

누군가 기다렸다는 듯 허공에서 뚝 하고 떨어졌다. 이미 도착해 은신하고 있던 무인이 모습을 드러낸 것이다.

"반갑소. 소인은 천외문을 이끌고 있는 천가량이라 하오."

"소인은 조화룡이라 하오."

각기 문주들이 인사를 하고 나섰지만 중턱에 모인 네 사내들의 반응은 심드렁했다.

천가량은 할 수 없다는 듯 뒤돌아섰다.

"그럼 다 왔으니 그분을 부르겠소."

그러고는 등 뒤 비탈길을 향해 큰 소리로 외쳤다.

"나오시오!"

슥슥슥.

때마침 산기슭 사이로 인기척이 들렸다. 그리고 잠시 뒤, 나뭇가지가 흔들리며 죽립을 쓴 사내가 그들 사이로 걸어 나왔다.

스윽.

죽립 무사는 시선을 들어 주위를 훑어보았다. 그의 눈에 가장 먼저 들어온 자는 팔의 소매가 보통 사람과 비교해 두 배나 긴 남색 복면인. 흰 눈썹과 눈에 맺힌 기광이 그가 평범한 자가 아님을 짐작케 했다.

'굽은 단도를 소매 안에 감춘 자객. 담귀운(膽歸雲)이군.'

죽립 무사는 그가 적사문을 대표하는 밀영대주란 것을 단번에 알아보았다.

'저자는 일령귀, 불명귀 중 제일 고강하며 백대고수 중에서도

상위에 속한다는……'

그의 시선이 중앙으로 향했다. 사내들 중 유일하게 스스로 얼굴을 드러내고 있는, 이마에 검흔 자국의 장년인이었다.

'이자는 혹마대주 사우혼(邪雨痕)……'

가장 좌측에 있는 자 역시 복면을 쓰고 있었다. 다른 자와 달리 그의 눈빛은 지금 이 상황을 매우 즐기는 듯 보였다.

'마지막으로 일극쾌검 묘영(妙影)……'

죽립 무사는 뒤쪽에서 아이 같은 수수한 눈빛을 내보이는 야월객까지 눈에 담았다.

"안타까운 소식을 전해야겠소."

사내들을 한 명씩 일별한 후 그가 말했다. 좌중의 시선이 모이자 죽립 무사는 재차 입을 열었다.

"우리는 이번 일에서 빠지겠소."

"……!"

삽시간에 사람들의 시선이 싸늘하게 변했다. 일을 주도한 자들이 빠진다는 말을 곱게 듣는 이는 없었다.

"빠진다니… 갑자기 무슨 소리요?"

"계획을 취소하자는 말이오?"

천가량과 조화룡이 냉랭하게 물었다.

"우리는 빠지지만 계획은 예정대로 진행할 것이오. 약속한 것 또한 차질이 없을 것이고."

죽립의 사내는 계속해서 납득할 수 없는 대답을 해댔다.

약속된 보수를 받는다는 점은 그나마 다행이지만, 이 일을 꾸민 자들이 먼저 내뺀다는 말을 이해한 자는 아무도 없었다.

"이래서 정파 녀석들과 검을 섞으면 안 된다고 했는데……."

흑마대주 사우혼이 노기 가득한 목소리로 이죽거렸다. 짐짓 얌전한 말투였지만 눈빛에는 큰 분노가 스며 있었다.

스윽.

깊게 죽립을 눌러쓴 무사는 팔짱을 꼈다.

그러고는 사우혼에게로 고개를 돌리며 말했다.

"흑마대주, 우리가 도와주지 않으면 자신이 없는 거요?"

"뭐? 방금 뭐라 했나?"

"그만."

눈에서 살기를 뿌리던 사우혼이 본능적으로 검 자루를 잡자 일령귀가 한 발짝 나섰다. 귀문 최고의 부대인 흑마대. 사우혼은 그곳을 이끄는 대주였지만, 배분상 일령귀가 더 높았던 것이다.

"저런 개소리를 듣고 참으라고?"

하지만 여전히 불쾌한 사우혼은 쉽게 검 자루를 놓지 못했다. 일령귀는 그런 그를 노려보더니 이내 죽립 무사에게로 시선을 돌렸다.

"이유부터 들어보지."

"본 가로 돌아가야 할 일이 생겼소. 가주께서 직접 내리신 명이라 어쩔 수 없게 되었지."

"그 말은, 우리더러 이 일을 해결하란 말인가? 희생은 우리가, 이득은 너희가 가져가려고?"

"오해하셨구려."

죽립 무사는 미소를 지었다. 깊게 눌러쓴 죽립 챙 밑으로 입꼬리가 슬며시 올라가고 있었다.

"일이 실패하면… 모두 다 죽는 게요. 당신들만이 아니라 우리 또한."

잠시 정적이 일었다. 모두 다 죽는다는 말의 의미를 각기 해석하고 있었던 것이다.

"그러니 그냥 가려는 건 아니오. 요긴하게 쓰일 선물을 들고 왔지."

그리고 그 침묵을 죽립 무사가 깼다. 그는 이곳에 올 때부터 들고 온 보자기를 그들 앞에 조심스레 내려놓고 풀기 시작했다. 목함이 보였는데, 그가 뚜껑을 조심스럽게 열자 주먹만 한 크기의 둥근 물체 네 개가 보였다.

"폭꽁이오."

불쾌하게 바라보던 사내들의 시선이 조금씩 변했다. 모두 들은 적이 있었다. 벽력탄이지만 그것의 위력과는 차원이 다른 물건. 그것이 폭꽁이란 얘기에 모두 호기심이 발동했다.

"네 분이시니 각각 하나씩 가져가면 될 거요. 심지에 불을 붙이거나 큰 충격을 가하면 곧장 터지지요. 그리고 한 가지 더 첨언하자면."

죽립 무사는 시선을 올린 뒤 사내들을 바라보며 말을 이었다.

"참고로 귀를 꼭 막으셔야 할 게요. 이유는 써보면 알 테니."

그는 자신을 의아하게 바라보는 사내들을 더는 보지 않고 고개를 돌렸다. 자신이 할 말은 다 전달했는지 더는 뒤돌아보지 않는 것이었다.

"잠깐."

누군가가 그를 불렀다. 밀영대주 담귀운이 그의 걸음을 붙잡았다.

"얼마나 대단한 물건인지 모르겠지만, 고작 이것이 우리에게 도움이 될 거라 생각하나?"

죽립 무사는 또다시 입꼬리를 올렸다.

"당신은 얘길 듣지 못했는가 보구려. 이게 어떤 물건인지."

"어떤 물건인데?"

"천중단."

죽립 무사는 그를 노려보며 말했다.

"역사상 맹의 최고 조직을 날려 버린 물건이라면 믿을 만하지 않겠소?"

*　　　*　　　*

"꺄아아악!"

동굴 안으로 들어가던 장련이 귀를 막고 자리에 주저앉았다. 때마침 그의 위로 파닥거리는 물체 수십 마리가 지나갔다.

"흐음?"

묵객은 천장을 바라보고는 미소를 지었다. 거의 경기를 일으키는 장련의 반응을 보고 귀엽다는 생각이 든 것이다.

"후후. 다 지나갔소, 소저."

묵객의 말에도 장련은 주저앉은 채 별 대꾸를 하지 못했다. 횃불에 비친 그녀의 얼굴은 거의 얼이 빠진 모습이었다.

"다 도착한 것 같습니다"

일 장로가 입을 열었다. 그는 한쪽 벽 부근에 멈춰 서서 무언가를 보고 있었는데, 그의 발치에서 투명한 뭔가가 밝게 빛났다.

"이겁니다."

그의 말이 떨어지기가 무섭게 광휘가 다가갔다. 어느새 장련도 진정한 듯 광휘를 바라보고 있었다.

콰악.

광휘는 뭉쳐 있는 광물을 손으로 떼어낸 다음 바닥에 내려쳤다. 투명한 결정은 삽시간에 쪼개졌다.

"이건 아니오."

"예?"

광휘는 일 장로의 물음에 대답하지 않고 다른 것을 살폈다. 주위에 비슷한 투명색이 있는 것을 본 후, 그것을 칼로 잘라 내 바닥에 내려쳤다.

콰악.

투명 결정은 사방으로 깨졌다.

"이거요."

그 말에 장웅이 한 발 다가서며 물었다.

"비슷한 것 아닙니까?"

"다르오."

광휘는 그를 향해 말했다.

"석염에도 종류가 있소. 오래된 기억이라 확실치 않지만, 확실히 똑같은 물질은 아니었소. 큰 충격을 가했을 때 이렇게 되어야 하오."

"아, 그럼 바로 이것이 그들이 원했던……."

광휘는 고개를 끄덕였다.

장웅은 여전히 의아한 시선으로 말했다.

"한데 이것으로 뭘 한다는 겁니까?"

"매우 강력한 물건을 만드오. 보통 사람은 상상도 할 수 없는, 이를테면 석가장에서 보았던……."

광휘가 일 장로, 장웅과 장련을 보며 말을 이으려 할 때였다.

"벽력탄이로군."

묵객이 신음하며 방각 대사를 날려 버린 폭약을 떠올렸다.

그런 그에게 광휘는 말없이 고개를 끄덕여 보였다.

＊　　　＊　　　＊

장씨세가 일행이 동굴 안에선 석염이라 짐작되는 것을 수거한 뒤 동굴을 빠져나갈 때였다.

"그런데 말이오."

조용히 걷던 묵객이 갑자기 걸음을 멈추며 광휘를 향해 말했다.

"어떻게 아시는 거요?"

"……?"

"석염이 저 특별한 벽력탄의 재료라는 것 말이오. 나도 처음 들었는데 말이오."

그는 궁금했다. 벽력탄의 재료가 어떤 건지는 알고 있으나, 석염과 연관되어 있다는 것은 처음 듣는 말이었다. 나름 강호 생활을 오래 경험했다고 자부하는 그였으니 궁금증이 더욱 클 수밖에 없었다.

"어깨너머로 건너 건너 들었소."

"어깨너머로……. 더 납득이 안 가는군. 벽력탄은 말 그 대로 화기. 그리고 기존 벽력탄과 전혀 다른 벽력탄의 주재료 라는 그런 고급 정보를 알 정도라면 맹에서 보통 직위가 아니 었을 텐데."

그 말에 장련의 시선이 광휘에게로 향했다.

일 장로 역시 궁금증 어린 시선으로 광휘를 바라보고 있었다.

"……."

광휘는 애써 시선을 회피했다. 막상 대답을 하려 하니 뭐라고 해야 할지 고민이 된 것이다.

그러던 그때, 장웅이 끼어들며 화제를 돌렸다.

"유황도, 염초도 쓰지 않고 만드는 폭약이라……. 광 호위, 정 말 이걸 가지고 만들 수 있는 겁니까?"

"없다고 알고 있소. 그런데……."

광휘는 대답한 후 잠시 인상을 쓰며 생각을 정리했다.

"우리 생각이 틀린 모양이오. 이걸 찾는 자가 있다는 것은, 아직 그걸 만들 수 있는 자가 있다는 뜻이니까."

그 말에 다들 고개를 끄덕였다. 하지만 여전히 묵객은 포기하지 않는 눈빛이었다.

"방금 '우리'라고 말했소?"

"……."

"궁금하군. 대체 맹에서 당신과 함께한 '우리'라고 하는 이들이 누구인지……."

구우우우웅.

그때였다. 동굴이 들썩일 정도로 커다란 진동이 모두에게 전해져 왔다.

"이게 무슨 소립니까?"

장웅이 놀란 눈으로 말했다. 그뿐만 아니라 다들 눈을 크게 뜨며 서로를 마주 보았다.

저벅저벅.

때마침 동굴 밖에서 인기척이 들렸다. 꽤 떨어진 거리였지만 분명 누군가 동굴 안으로 걸어 들어오고 있었다.

댕그르르르, 툭.

그리고 잠시 뒤, 뭔가 바닥에서 구르는 소리가 들렸다. 점차 커지던 소리는 어느 순간 멎었다.

"저게 뭐지?"

장웅이 고개를 갸웃하고 가장 먼저 걸어 나갔다. 모두의 시선이 그에게로 쏠렸다.

그러나 단 한 명. 광휘만은 목석처럼 굳은 자세로 움직이지 않았다.

두근두근.

심장이 빠르게 뛰고 있었다. 동시에 어두컴컴한 동굴 속의 모든 지형들이 눈에 투영되기 시작했다.

굴러 들어온 물체까지 스물두 보.

동굴의 폭 오 장.

천장까지 사 장.

장웅과의 거리 여섯 보.

일 장로 좌측 다섯 보.

묵객 여섯 보.

장련 아홉 보.

'어째서?'

이제껏 둔해졌던 감각이, 왜 이제 와서 미친 듯이 폭주하는 것인가.

하지만 의문을 떠올릴 틈도 없었다. 장웅의 횃불은 마침 그 반대편을 향하고 있었지만, 광휘의 눈은 그 흐린 빛에서도 또렷이 사물을 인식해 냈다.

데구르르륵.

어둠 속에서 모습을 드러낸 검은 구체. 꽁무니에서 희미한 연기를 피워 올리는, 사람 주먹 하나 정도 될까 말까 한 둥근 구체!

두근두근.

광휘의 가슴이 터질 듯 뛰기 시작했다.

그리고 머릿속을 스쳐 지나가는 한 줄기 강렬한 예감이 정신을 뒤흔들었다.

죽는다, 모두.

광휘는 즉시 모두를 향해 괴성을 질렀다.

"물러서! 안으로 피해!"

"광 호위?"

장웅은 움직임을 멈췄고, 일순간 좌중의 시선이 광휘에게로 쏠렸다.

"흐아압!"

그사이 광휘는 구마도를 빼내 질풍처럼 뛰쳐나갔다.

그렇게 장웅을 앞지르는 순간.

콰아아아앙!

엄청난 폭발과 굉음이 동굴 안을 뒤흔들었다.

*　　　*　　　*

삐이이이—

꽉 막힌 공간에 가득 찬 것 같은 진동 소리.

뿌옇게 변한 시야는 모든 사물이 느리게 움직이는 듯한 착란을 만들어내고 있었다.

"아……."

담명은 눈을 부릅뜨고 있었다. 상황을 파악하고 있는 듯 보였지만, 사실 그는 지금 무슨 일이 일어났는지 전혀 자각하지 못하고 있었다.

갑자기 나타난 팽가비. 그들은 팽가 사람들과 이곳을 떠났고, 때마침 조그마한 물체가 굴러 온 것이 그가 기억하고 있는 마지막이었다.

피이이잉―!

"으윽."

담명은 머리를 감싸 쥐다 땅을 더듬었다. 어느 순간 찢어지는 소리와 함께 귓속을 파고드는 강렬한 통증. 급히 자리에서 일어서려 하다 그 통증으로 인해 바닥에 주저앉은 것이다.

"대체 무슨 일이……."

담명은 거의 넋을 잃고는 눈을 끔뻑였다.

그렇게 안개가 걷히고 초점이 돌아올 때쯤이었다.

캉캉캉!

병장기가 부딪치는 소리와 함께 낯선 사내들이 보였다. 생소한 복장의 복면인 수십 명이 무기를 마구 휘두르며 몸을 가누지 못하는 사람들을 도륙하고 있었다.

"윽!"

"악!"

제대로 저항하는 자는 보이지 않았다. 너무나 쉽게 개방 거지들과 장씨세가 무사들이 떨어져 나갔다.

분명히 나름 추리고 추려서 데려온 무사이자 고수들인데, 마치 독한 술을 동이로 들이마신 듯 몸을 가누지 못하고 비틀거렸다. 당연히 싸움이 될 턱이 없었다.

"괴걸(怪乞) 장로……."

담명이 멍하니 지켜보던 와중에 낯익은 얼굴이 보였다. 장씨 세가를 도와주러 온 세 명의 장로 중 한 명이었다. 노인의 신위는 눈부셨다. 몸을 제대로 가누지 못한 상태에서도 복면인 두서너 명의 목을 단번에 날려 버렸다. 그 때문인지 복면인들은 한 명씩 달려들거나 하지 않고 그와 대치하고 있었다.

"악!"

하나, 오래 버티진 못했다. 그 역시 다른 이들처럼 균형 감각이 흐트러져 있었고, 어느 순간 복면인 서너 명이 순차적으로 달려들자 더는 감당하지 못하고 쓰러져 버렸다. 그 뒤로는 수없이 많은 칼들이 그의 몸을 찢어발겼다.

"낄낄낄……."

참혹하게 변한 주검을 내려다보던 한 복면인이 싸늘한 웃음을 흘렸다. 그리고 고개를 들어 한쪽을 바라보다 이내 한 사내와 눈이 마주쳤다. 다시 한번 일어서려던 담명이었다.

그러던 그때, 담명 앞에 누군가 나타났다. 얼굴에 피칠을 한 채로 자신을 내려다보는 중걸이었다.

"어르신, 이게 어떻게 된 일입니까?"

"벽력탄이 터졌다!"

"벽력탄? 그것이 왜… 아니, 그보다 벽력탄이 어찌 이런 위력을 낼 수 있는 겁니까?"

"설명할 시간이 없다. 빨리 일어서서……."

"장로님, 뒤에!"

담명이 소리치며 뒤를 가리키는 순간, 두 명의 복면인이 날아들었다. 중걸이 뒤돌아섰지만 이미 반응이 늦었다. 칼날은 그의 지척까지 날아들어 와 있었다.

"컥!"

그는 칼을 빼 들어 한 복면인의 목을 날려 버렸지만 다른 복면인의 칼에 몸이 휘청였다. 그의 복부는 상대가 관통한 칼날로 시뻘겋게 물들어 있었다.

풀썩.

중걸이 쓰러지자 복면인이 담명을 노려보았다. 그의 눈빛은 섬뜩한 살기가 온통 점철되어 있었다.

"죽어라."

패애애액.

잠시 동작을 멈췄던 복면인이 검을 곧장 내리그었다. 담명이 손을 들어 막으려 했지만 그의 동작은 너무나 굼떴다.

"큽!"

하나, 내려치던 검은 도중에 다른 곳으로 떨어졌다. 복면인의 눈이 튀어나올 듯 변하더니 담명 앞에서 서서히 쓰러져 버렸다.

담명의 시선이 좌측으로 이동했다. 그곳엔 편한 무명옷에 나이가 제법 많아 보이는 중년인, 명호가 서 있었다.

"당장 일어나!"

"어르신, 언제 여길……."

"여길 피해야 한다. 시간이 없어! 사파 고수들이 전부 올라왔다고!"

그의 외침에 담명은 고개를 흔들며 자리에서 힘겹게 일어섰다. 하지만 또다시 몸을 휘청이며 바닥에 주저앉았다. 균형을 잡지 못해서가 아니었다. 바로……!

구우우우우웅—!

또다시 강렬한 진동이 주변을 뒤집어놓았기 때문이다.

*　　　*　　　*

"으으으……."

장웅은 온몸을 짓누르는 고통에 몸을 부르르 떨었다. 몸뿐만 아니라 머리와 귓가에도 통증이 계속 이어졌다.

꽤 오랫동안 통증에 시달리던 그는 다시 주위를 훑었다. 횃불이 꺼진 탓인지 주위는 어두컴컴했다.

자신의 상태가 어떤지, 지금 어떤 상황인지 알 수 없었다.

스윽.

귀에 손을 대던 장웅은 끈적끈적한 것을 확인하고는 미간을 찌푸렸다. 피였다. 밀폐된 공간 안에 있는 것처럼 멍한 기분이 들었는데, 조금 전 폭발에 한쪽 귀가 나가 버린 것이다.

"깨어났소?"

다른 한쪽 귀로 미약하게 들리는 음성.

장웅은 흠칫하며 앞을 바라보았다. 눈이 어둠에 적응이 됐을 무렵, 눈앞에 있는 자가 누군지 깨달았다. 광휘였다. 그는 구마도로 뭔가를 막아선 자세로 서 있었는데, 그 행동을 이해하기엔 그리 오랜 시간이 걸리지 않았다.

　천장이 무너짐과 동시에 떨어졌던 암석. 부서진 채 키 높이만큼 쌓인 바위가 뒤로 쏠리는 것을 구마도로 지탱하고 있었다.

　"폭발이……."

　"그런 것 같소."

　스윽.

　광휘는 구마도로 받치고 있던 곳에서 한 발짝 물러섰다. 지지 축이 생겨서인지 더 이상 커다란 바위들은 움직이지 않았다.

　그때 장웅이 뭔가 생각이 났는지 급히 말했다.

　"일 장로는 어디에……."

　"전 여기 있습니다."

　뒤쪽에서 노쇠한 목소리가 들려왔다. 장웅이 바닥을 짚으며 뒤를 돌아보자 다리를 붙잡고 쓰러져 있는 일 장로가 보였다.

　"괜찮소, 일 장로?"

　"다리를… 좀… 다쳤을 뿐입니다."

　하나, 일 장로의 대답과 달리 장웅은 직감적으로 그가 큰 부상을 당했다는 걸 깨달았다. 대답을 할 때 고통을 참는 듯한 느낌을 받았기 때문이다.

　"가만, 련이는……."

　장웅이 재차 주위를 훑었다. 좁은 공간인데도 불구하고 다른 사람은 보이지가 않았다.

"그녀는 안전할 게요."

광휘가 말했다.

"폭탄이 터질 때 묵객이 그녀의 앞을 막아서는 것을 보았소."

"아……."

장웅은 그제야 생각해 냈다. 자신들 곁엔 묵객이란 걸출한 고수도 있었다는 것을.

"고맙소, 광 호위. 그대가 나와 일 장로를 살렸소. 하지만 우린… 갇혀 버렸소."

겨우 침착함을 유지한 장웅은 조금 전 기억을 상기했다. 어떻게 짐작한 것인지 광휘가 자신의 앞을 구마도로 막아섰다.

그 뒤 번쩍임과 함께 정신을 잃었지만, 장웅은 마지막 순간도 기억하고 있었다.

상식적으로 반응할 수 없는 그 찰나, 광휘가 자신을 껴안고 일 장로 앞을 막았다는 걸.

철컥.

"그건 아직 모르는 거요."

광휘는 구마도를 회수하며 말했다. 이후, 괴구검을 꺼내 조용히 자리에 서 있었다. 무미건조한 말투 속 고요한 숨죽임.

장웅은 그를 보며 고개를 갸웃거렸다.

'뭐 하려는 거지?'

광휘가 구마도로 거대한 파편을 막아선 덕분인지 몇 걸음 움직일 수 있는 공간이 만들어진 상태였다. 하지만 지금 이곳에서 뭘 할 수 있는 방법이 없었다. 누군가가 돌무더기를 파내지 않는다면 도저히 나갈 방법이 없었다.

'설마 검기를 쓰려는 건가?'

절정고수들 중에서도 손꼽히는 자만이 쓸 수 있다는 경지. 광휘 정도의 실력자라면 능히 검기를 쓸 수 있을 거라 생각했다.

'아냐. 그건 무모해……'

이내 장웅은 그 생각을 지워 버렸다. 검기로 뚫어 버리기엔 이곳 상황이 너무나 열악하다. 강한 내기가 벽을 부수면 균열이 생겨 일시에 무너질 수도 있는 데다, 비좁은 공간이기 때문에 피해를 더 입을 수도 있다.

거기다 또 다른 이유도 있었다. 이곳에서 입구와의 거리는 꽤 떨어져 있다. 검기를 몇 번이 아니라 수십 번 넘게 써야 되는 상황인데 아무리 대단한 자라도 그건 불가능했다. 아무리 절정고수라 해도 몸에 있는 기를 발출하는 것은 많아봤자 열 번이 넘지 않는다고 알고 있었기 때문이다.

스윽.

장웅이 이런저런 생각을 하던 사이, 광휘는 느릿한 동작으로 고개를 좌우로 움직였다. 그는 장웅과는 다른 방법으로 이 상황을 타개하려고 하고 있었다.

파르르.

미세한 파동에 눈썹이 떨리던 광휘가 몸을 조금 옆으로 움직였다. 그곳이 밖과 가장 가까운 위치란 걸 직감적으로 느꼈는지 곧장 검을 고쳐 세웠다.

"그 방법은 위험하오, 광 호위!"

장웅이 그를 부르던 때였다.

치이이이잇.

광휘가 검을 휘두르자 청명한 소리가 흘러나왔다.

장웅이 불안한 시선으로 재차 부르려 할 때쯤.

두두둑. 두둑.

층층이 쌓였던 벽면에서 균열이 일기 시작했다. 그것은 곧 부드럽게 부서지며 바닥으로 굴러떨어졌다.

"이 무슨……?"

장웅은 희미한 빛 속에서 스스로의 눈을 의심하고 있었다. 단순한 칼질에 벽면이 무너졌단 사실을. 그리고 시간이 지날수록 그 생각은 점점 확신에 가까워지고 있었다.

치이이익. 두두두둑.

촤아악. 두두두둑.

광휘의 손길에 암석은 맥없이 무너져 갔다. 자세하게 보이지는 않았지만, 아마 제대로 보았더라도 분명 말도 안 되는 소리라 했을 것이다. 어떤 저항이나 진동 없이 칼질 몇 번에 층층이 쌓인 암석이 부서지는 모습을 어떻게 이해하란 말인가.

"아마… 결을 자르시는 것 같습니다."

그때 뒤에서 일 장로가 말을 꺼냈다. 장웅이 고개를 돌리며 반박했다.

"무슨 살집도 아니고 결을 어떻게 자른단 말이오?"

"이 공자님, 소를 잡는 백정이 결을 자른다는 말을 듣지 못하였습니까?"

"……!"

장웅의 머릿속에 한 글자가 떠올랐다.

유인유여(游刃有余).

전국시대 위(魏)나라의 혜왕(惠王)이 어느 날 소를 잡는 한 백정의 기술을 보고 칭찬하자, 백정은 이를 두고 도(道)가 기술보다 앞선다는 말로 비유했다. 뼈마디를 보고 결을 따라가기에 자신의 칼은 무뎌지지 않는다는 것이다.

장웅은 고개를 저었다.

"하나, 그건 동물이고 저건 바위지 않습니까? 거기다 광 호위는 앞도 제대로 보지 못하잖습니까?"

"바위도 가를 수 있습니다. 그리고 그는 보고 있지요."

일 장로가 힘겨운 목소리로 말을 이었다.

"단지 눈으로만 보지 않을 뿐입니다."

第八章

제안

'두 자 세 치 앞에 한 뼘가량. 그 뒤 삼 촌 옆에 반 뼘. 큰 흠은 곤괘(坤卦: 팔괘의 하나로 땅을 가리킴) 방향으로 석 자 정도.'

광휘의 머릿속은 수십 가지 정보로 뒤덮였다. 감각이 온몸으로 뻗어 있다.

어디쯤 뚫고 들어가면 밖으로 나갈 수 있는지. 지반의 가장 약한 부위. 쌓인 벽 사이로 들려오는 소리. 벽과의 간격. 흔들림. 모든 것이 전해져 온다.

패애애액.

구구구구궁.

검이 움직일 때마다 벽은 거침없이 무너졌다. 기를 뿜어내고 있지도 않은데 바위는 무 썰리듯 잘려 나갔다.

철컥.

바위를 부수고 한참 앞으로 나아가던 광휘가 괴구검을 회수하며 구마도를 들었다. 사람들과 제법 떨어졌다고 판단한 것이다.

쾅쾅쾅!

그때부터 더 강렬한 소리를 내며 벽을 부쉈다.

장웅과 일 장로는 그 모습을 보며 입을 쩌억 벌렸다. 이전보다 몇 배나 빠르고 강렬하게 암벽을 부숴내고 있었던 것이다.

쉬이이잉.

꽤 시간이 흘렀을 무렵, 광휘가 다시 구마도를 회수하며 뒤돌아 말했다.

"밖에 적들이 있을 수 있으니 당분간 여기 머무르고 계시오."

"…머물러요?"

장웅과 이 장로가 고개를 갸웃거릴 때였다.

쿡! 우드득!

광휘가 괴구검으로 한 곳을 찌르자 벽이 뚫리며 강렬한 빛줄기가 새어 들어왔다. 어느새 입구까지 전부 파버린 것이다.

휘릭.

그 후, 광휘는 재빨리 그곳을 빠져나갔다.

*　　　*　　　*

투투둑. 투투둑.

명호는 비탈길 아래로 내려가고 있었다. 거의 발이 눈에 보이지 않을 만큼 질주하고 있었지만 그의 얼굴은 편안해 보이지 않았다.

'숫자가 많다……'

사파 녀석들이 간여했다는 개방의 얘기에 광휘 몰래 따라나선 길이었다. 하지만 적들의 숫자가 이 정도로 많을 줄은 예상치 못했다.

"옵니다!"

명호의 등에 업힌 담명이 앞에서 뛰어오른 복면인들을 가리켰다.

픽! 피피픽!

하나, 그가 가리키는 순간 세 복면인은 그대로 바닥에 나뒹굴었다. 삽시간에 명호가 날린 비수에 그대로 목숨이 날아가 버린 것이다.

"저기 옆에도……"

타타탓.

담명의 얘기가 끝나기도 전에 명호는 앞에 있는 나무 등허리를 밟고 네 개의 비수를 던졌다.

휙휙휙휙!

"커억!"

"큭!"

사방에서 날아오르던 네 명의 복면인이 그대로 자지러졌다.

백발백중.

움직임만 보아도 상당히 민첩해 보이는 복면인들이다. 그런 자들이 명호의 비수에 아무런 저항도 못 하고 쓰러졌다.

'엄청난 고수……'

담명은 자신의 눈으로 보고도 믿을 수가 없었다. 앞의 적들을 쓰러뜨린 건 그렇다 하더라도, 방금은 등 뒤에서 두 명이 접근해 왔다. 그런 그들을 보지도 않고 단숨에 비도로 제압했다. 자신을 업은 채로.

터억.

한참 후, 적들이 더 이상 나타나지 않자 담명은 밝은 목소리로 말했다.

"드디어 빠져나왔습니다!"

"아니. 이제부터 시작이지."

공터가 눈앞에 나타나자 명호는 천천히 걸음을 멈췄다.

그 순간 담명의 눈이 커졌다. 복면을 쓰지 않은 이름 모를 사내들이 자신을 주시하고 있었다.

"왜 우린 이런 잔챙이들만 받아먹어야 하는 거지?"

터럭 바위에 앉은 중년인이 입꼬리를 올리며 말했다. 그는 철사 같은 기괴한 병기를 들고 있었다.

"할 수 없지. 그놈들은 특별하니까. 그러니 우리에게 먹이가 떨어지지 않는 거지."

특유의 괴이한 복장과 거친 말투. 명호는 한 번 보는 것만으로도 그들이 누구인지 단번에 알아차렸다.

"담명이라고 했나?"

명호는 얼굴을 찡그리며 뒤로 돌아 말했다.

"예."

"내가 움직이면 너는 곧장 아래로 내려가라."

"저도 싸우겠습니다."

"미친놈, 같이 죽으려고? 넌 저들 중 한 명도 상대 못 해. 온전한 몸도 아니고."

"죄송합니다."

담명은 자신의 실수를 깨달았다. 여유가 느껴지는 말투만 보아도 저들은 자신의 상대가 아니었다.

명호는 담명 옆에 바짝 붙어 그만이 알아들을 수 있는 목소리로 속삭였다.

"신호를 주겠다. 운이 좋으면 목숨을 부지할 수 있을 것이다. 개방이 도우러 올 테니까."

끄덕.

담명이 고개를 끄덕이자 명호는 적들의 숫자와 위치를 가늠했다.

좌측 셋, 우측 넷.

각개격파라면 할 만한 싸움이지만, 이리 많은 숫자로 압박했을 때는 상대하기 어렵다. 불명귀를 대표하는 오귀(五鬼)는 아니더라도 이들의 기량은 일류를 넘어설 것으로 판단되었으니까.

'혼자라면 이길 수 있다.'

명호는 숨을 죽이며 기회를 엿보았다. 하나, 그의 그 눈빛을 보는 사내들의 눈빛도 점점 날카롭게 변해갔다.

“가!”

명호가 소리치며 소매에 감춰져 있던 비수 일곱 개를 빼 들었다.

파파파팟.

불명귀의 반응도 눈부셨다. 고함 소리가 들리는 순간 명호를 향해 사방에서 달려들었고, 일부는 담명을 향해 움직였다.

슈슈슈슈슉!

자리에서 도약한 명호가 몸을 회전하며 비수 다섯 개를 날렸다. 물보라가 이는 것처럼 비수가 원형을 그리며 치솟자 다섯 사내들의 눈이 커지더니 곧장 몸을 뒤틀었다. 예상을 한참 벗어나는 무공을 보인 것이다. 결국 그중 두 명은 미처 피하지 못하고 비수를 몸에 맞고 말았다.

슉! 슉!

그사이 명호는 자세를 고쳐 잡고 비수 두 개를 날렸다. 담명을 향해 움직인 두 사내를 겨냥한 암기였다.

“윽!”

“헉!”

어깨를 정확히 가격당한 사내 둘은 걸음을 멈췄다.

그럼에도 명호의 표정은 밝지 않았다. 두 사내 중 한 명이 사용하고 있던 병기가 원거리를 목표로 만들어진 철편이었음을 뒤늦게 확인한 것이다.

좌르르르륵.

“……?”

한편, 이상한 소리에 뭔가 섬뜩한 느낌을 받은 담명이 걸음을 멈추며 뒤돌아섰다. 그 순간 철편 끝에 매달린 칼날이 자신의 가슴을 향해 날아오는 것을 발견했다. 너무나 빨랐다. 뭔가 생각을 정리할 시간도 없을 만큼 짓쳐들어왔다.

휘릭휘릭.

때마침 위쪽에서도 뭔가가 날아왔다. 처음엔 무엇인지 인식하지 못할 만큼 흐릿했는데 철편이 거의 눈앞에 다가왔을 때야 그것이 무엇인지, 무슨 의도로 날린 건지 깨달았다. 거대한 도가 겨냥한 것은 자신이 아닌, 자신 쪽으로 날아든 철편이었다는 것을.

카아앙!

굉음과 함께 담명은 눈을 질끈 감았다. 바닥의 진동이 느껴질 만큼 강한 내력이 몸을 뒤흔들었다.

스으으윽.

잠시 뒤, 그는 천천히 눈을 떴다. 철편은 더는 보이지 않았고, 도의 주인으로 보이는 사내 한 명이 등을 보이며 서 있었다.

"계속 내려가도 된다."

사내, 광휘는 뒤돌아섰다. 그러고는 담명을 향해 천천히 말을 이었다.

"이제 이놈들은 내가 쓸어버릴 테니까."

*　　　*　　　*

파극철수(破極鐵手) 수야귀.

쇠사슬을 엮어 만든 병기로 중원에 이름을 떨쳤던, 귀문을 대표하는 불명귀 중 한 사내.

그런 그가 지금 이 순간 어깨를 감싸 쥔 채 얼굴을 일그러뜨리고 있었다. 단지 비수 한 자루에 어깨를 가격당한 고통 때문만은 아니었다. 물론 그것도 영향이 있긴 했지만, 지금 그가 눈으로 확인한 장면에 비하면 작은 놀라움에 지나지 않았다.

쩔그렁!

도신이 비틀어진 거대한 도가 자신의 병기를 잘라 버린 광경은, 이 상황을 어떻게 이해해야 할지 판단이 서지 않게 할 만큼 그를 충격으로 몰아넣고 있었다.

패도적인 위력 때문에 그의 별호가 되어 버린 파극철(波劇鐵).

철편이라고도 불리는 그의 병기는 보통의 재질로 만들어진 것이 아니었다. 금속 중 가장 단단하다는 오금(烏金)을 꼬아 만든, 튼튼하기로 치면 강호에서도 인정할 만큼 최강의 금속이었다.

그런데 그것을 잘라냈다. 내공 발출을 통한 기의 힘이 아닌, 단지 금속의 힘만으로.

그것이 나타내는 의미는 하나였다. 자신의 철편보다 저 사내의 도신이 더욱 단단한 금속으로 만들어졌다는 것이다.

"안 가나?"

광휘의 등장으로 주위의 분위기가 가라앉을 때쯤, 그는 여전히 자신을 바라보고 있는 담명을 향해 재차 말을 건넸다.

"죄송합니다!"

담명은 그제야 상황을 이해하고는 고개를 숙였다. 그러고는 곧장 아래로 힘차게 달려 나갔다.

"따라가지 마. 굳이 갈 필요 없다."

그 모습을 보던 수야귀가 다시 움직이려 할 때 그의 옆에 있던 다른 불명귀가 말했다. 그 역시 어깨를 다쳤는지 그곳을 감싸 쥔 채 말을 이어갔다.

"아래에 또 있잖아?"

"……."

수야귀는 고개를 끄덕였다. 말뜻을 이해한 것이다. 이곳 아래에는 귀문을 대표하는 밀영대, 그리고 그 밑에는 야월객이 있다는 것을.

츳. 츳. 츳.

그사이 광휘는 구마도를 회수하며 비탈길을 올라오고 있었다. 불명귀 다섯이 머물러 있는 곳이었다.

"저 녀석……."

모든 시선이 그에게로 집중되었을 때, 불명귀들의 눈이 번뜩였다. 거대한 도신과 왼손에 찬 각반, 기이하게 굽어진 검 자루를 보며 그가 누구인지 생각이 난 것이다. 팽가에 홀로 들어가 맞선 장씨세가 호위무사란 것을.

"저놈은 위에 있는 오귀들이 가장 먼저 제거한다고 하지 않았나?"

"그렇다고 들었지."

"한데, 어떻게 살아 있는 거야?"

"몰라. 벽력탄이 터지지 않았겠지."

"아냐. 폭발은 있었다. 문제가 있었다면 터뜨리지 않았을 거야."

불명귀 다섯은 저마다 한마디씩 하며 쑥덕댔다.

그들이 말하는 오귀는 불명귀, 그중에서도 특별히 추려진 자들이었다. 하여 그들은 애초에 동굴 안에 있던 장씨세가 인물이 다 죽지 않은 것에 짜증을 드러냈다.

"너도 온 건가……."

명호를 본 광휘가 먼저 말을 건넸다. 명호는 고개를 숙여 예를 차렸다.

"오해 마십시오. 결코 단장님의 실력을 의심해서 온 것이 아닙니다. 단지 느낌이……."

"불길한 느낌이겠지. 맞다, 네가 생각한 것이."

명호의 눈빛이 흔들렸다. 자신의 생각이 맞다고 한다면 현재 그의 상태가 좋지 못하다는 것을 의미했다.

"아니. 다른 의미다."

광휘는 명호가 무슨 생각을 하는지 아는 것처럼 말했다. 그리고 뭔가 덧붙이려다 고개를 저었다.

"아무튼… 잘 와주었다. 마침 너에게 시킬 일이 있으니까."

광휘는 담명이 내려간 쪽을 바라보며 말했다. 동굴 밖을 빠져나온 것은 방주를 찾기 위해서였다.

하지만 생각을 바꾸었다. 명호 역시 천중단에 있었던 자다. 어떤 녀석들이 오든 그의 실력으로 충분히 장웅을 안전하게 보호할 수 있을 것이다.

"오는 길에 표식을 남겨두었다. 그 길로 올라가면 장웅을 만날 수 있을 것이다. 그곳에 머물며 내 지시를 기다리거라."

속삭이듯 하는 말에 명호가 말했다.

"그럼 단장님은……."

"구할 사람이 더 있다."

명호의 머릿속에 한 여인과 남자가 스쳐 지나갔다.

"예. 그럼 먼저 가겠습니다."

명호는 곧장 대답하고는 위쪽으로 달려 나갔다.

불명귀들은 그 모습을 말없이 지켜볼 뿐, 누구 하나 덤벼드는 사람이 없었다. 아는 것이다. 묵객과 함께 거론된 중요 인물인 만큼, 모든 힘을 집중시켜야 죽일 수 있다는 것을.

"길게 끌지 않을 것이다."

까아앙.

광휘는 구마도를 바닥에 던져 버렸다. 동시에 괴구검을 꺼내며 말을 이었다.

"반 각. 그 안에 모두 끝날 테니까."

*　　　*　　　*

광휘의 도발은 먹혀들었다. 약간 경계의 빛을 띠던 불명귀들의 눈에서 노골적인 살기가 감지된 것이다.

광휘는 여전히 담담했다. 겁을 집어먹거나 더 큰 분노로 노려볼 만한데도 단지 바닥에 고개를 내린 채 서 있었다.

그러던 어느 순간.

"윽."

갑자기 광휘가 머리 언저리에 손을 올리며 인상을 쓰기 시작했다.

"……?"

이상한 행동에 불명귀들의 눈빛이 서로 교차했다. 아무렇지 않게 서 있던 그가 갑자기 신음을 흘린 이유를 알지 못한 것이다. 하나, 그런 큰 허점에도 '속임수인가?', '공격을 유도하는 것인가?' 하는 묘한 느낌 때문에 다들 공격을 주저하고 있었다.

곧 광휘의 표정은 본래대로 돌아왔다. 그러다 이내 뜻 모를 미소를 짓기 시작했다.

그 모습에 불명귀들은 더욱 갈피를 잡지 못했다. 대체 무슨 이유로 그리 반응하는지.

'살기(殺氣) 때문인가.'

정작 광휘 본인도 그 이유를 뒤늦게야 깨달았다. 갑자기 머리가 지끈거리는 이유, 그것은 강한 살기, 그것도 한 명이 아닌 무려 일곱 명의 사내가 뿜어대는 살기에 온몸의 감각이 폭주하는 것처럼 예리해진 것이다.

스윽.

확인차 눈을 감자 정말 그가 예상한 대로였다. 어둠 속에 또 다른 공간이 생겨나기 시작한 것이다.

'두 개의 검과 두 개의 도.'

어둠 속에서 자신을 둘러싸고 있는 사내 네 명의 병기가 가장 먼저 보였다.

'창(槍)과 월도(月刀).'

일반 창보다 조금은 짧게 개량된 병기. 일반적인 월도보다 좀 더 굽어진 기형도가 뒤이어 생겨났다.

'끊어진 철편.'

그리고 자신의 구마도로 끊어 버린 철편을 다시 붙잡은 불명귀까지 보였을 때쯤.

스스스스스슥.

어둠 속에 서 있던 일곱 사내들이 수백 명이 되어 움직이기 시작했다.

스팟!

광휘가 감았던 눈을 뜨며 아무렇지 않게 좌중을 둘러보았다. 그 후, 괴구검을 바닥에 비스듬히 꽂으며 불명귀들을 향해 말했다.

"다들 겁을 집어먹었나……."

"……."

"안 덤비고 뭐 해?"

타닷. 타타닷. 타닷!

광휘의 말이 끝나자마자 앞에 있던 불명귀들이 사방에서 날아들었다. 신법을 썼는지 눈 깜짝할 사이에 광휘에게 다다른 그들이었다.

팟!

광휘도 움직였다. 그들이 지적에 다다를 때까지 기다리다 움직인 것이다.

"……!"

가장 가까이에서 접근하던 깡마른 사내의 눈이 부릅떠졌다. 상대가 비스듬히 땅에 박아놓은 검이 갑자기 눈앞에 나타났기 때문이다. 설마 바닥에 박혀 있던 검을 차 버릴 걸 전혀 생각지 못했던 건지, 그는 가슴을 관통당한 후 그 자리에서 즉사해 버렸다.

처억.

광휘는 눈앞의 깡마른 사내의 머리를 잡아채 위로 들고는 몸을 웅크렸다.

패애액! 휘이익!

때마침 불명귀들의 검과 도, 창이 광휘가 잡고 있는 사내의 몸속으로 파고들었다.

스윽.

잠시 모두의 공격이 주춤할 때쯤, 광휘는 깡마른 사내의 몸속에서 삐져나온 칼 모양을 일일이 확인했다.

'가슴 밑에 박힌 검.'

꽈악.

검의 위치를 파악한 그는 왼손으로 상대가 검을 회수하지 못하게 단단히 붙잡았다. 그러고는 어깨를 이용해 그를 밀어냈다.

촛촛촛촛.

불명귀 중 가장 비대한 체격인 그는 뒤로 물러나면서도 검을 놓지 않기 위해 필사적으로 버텼다.

시체를 가운데 놓고 검을 잡은 광휘와 검을 잡힌 불명귀. 그렇게 둘은 잠시 동안 대치했다.

파팟.

시간이 길어지자 광휘는 즉각 다른 결단을 내렸다. 검신을 잡은 왼손이 아닌 오른손으로 시체를 불명귀 쪽으로 밀어버린 것이다.

뻐억!

"억!"

둔탁한 소리와 함께 비대한 사내의 고개가 뒤로 홱 꺾였다.

광휘가 가슴 밑을 관통한 칼을 붙잡고 시체를 밀어 버리자 검신의 끝, 검 자루까지 밀려 나가다 시체의 머리와 사내의 머리가 서로 부딪쳤다.

광휘는 그 틈을 놓치지 않았다. 시체에 이미 박혀 들어가 있던 자신의 괴구검. 정면에서 피습당했기 때문인지 칼날의 위치는 뒤쪽의 비대한 사내에게 향해 있었고, 광휘는 그것을 이용했다.

콱! 콱!

정확히 두 번. 박혀 들어가 있던 괴구검을 빼낸 후 찌른 횟수였다. 두 번의 찌르기에 비대한 사내는 몸을 부르르르 떨었고, 이내 더 이상 움직이지 않았다.

패애애액. 슈슈슉!

'좌측.'

공중으로 도약하는 모습을 본 광휘는 두 불명귀에게 꽂혔던

두 칼을 재빨리 빼내 들었다. 그러고는 공중에서 도약한 단신의 사내를 향해 자신도 뛰었다.

탓. 탓.

기형도와 도를 쓰는 불명귀 둘도 곧장 합류했다. 졸지에 세 명이 공중으로 날아올랐고, 좌, 우, 뒤에서 광휘를 둘러싼 형국이 되었다.

그리고 또 있었다.

피이이익—

쇠사슬이 더욱 빠르게 광휘를 향해 날아들었다. 기회를 엿보고 있던 수야귀가 철편을 집어 던진 것이다.

'볼 필요도 없겠군.'

도약하려고 마음을 먹었던 마영귀는 그 모습을 보며 동작을 멈췄다. 좌, 우, 뒤에서 뛰어오른 불명귀 셋. 뒤이어 날아든 철편. 누가 봐도 이건 승부가 난 싸움이었다.

하지만 그의 생각과는 달리 광휘의 눈에는 동요하는 기색이 없었다. 철편이 보이자 기다렸다는 듯 왼손에 든 검을 던져 버린 것을 보면.

카앙!

쇳소리와 함께 한순간에 철편의 방향이 꺾였다. 어차피 상대의 중심을 무너뜨리려는 목적이었던 수야귀였기에 그다지 이에 의미를 두지 않았다. 그러던 중 문제가 생겼다. 튕겨 나간 철편이 가장 먼저 뛰었던 좌측의 사내에게로 날아간 것이다.

"윽!"

그는 급히 철편을 막아냈다. 그것은 곧 그의 생사를 결정짓는 마지막 움직임이 되었다.

쇄애애액!

광휘가 오른손을 이용해 검신을 아래 방향으로 잡은 괴구검으로 사내의 목을 그어버렸다.

그리고.

횡그르르.

상대의 목을 베고 손이 올라간 상태에서 검 자루를 반 바퀴 돌렸다. 그로 인해 검신은 위로 향했고, 우측에서 지척까지 접근한 사내를 시간 차 없이 베어버렸다.

패애애액.

두 번째 사내의 목이 허공으로 치솟을 때.

휘리릭.

광휘가 검 자루를 다시 돌렸다. 그러자 내린 팔의 방향을 따라 검이 또다시 변화했다. 검신이 수평이 된 것이다.

광휘는 그 자세를 유지하며 자신의 등 뒤로, 몸을 돌리지도 않은 상태로 검을 찔러 넣었다.

푸욱!

어느새 광휘의 등 뒤까지 접근했던 사내의 몸이 흔들거렸다.

잠시 뒤, 그의 몸이 굳은 채로 더는 움직이지 않았다.

턱! 턱! 터억!

공중에서 떨어진 세 명의 불명귀를 삽시간에 처리한 광휘가 사뿐히 땅을 밟았다.

휘이이이잉.

바람이 불었다. 원래 산중에 불던 바람이었지만 사람의 숫자가 적어지자 소리가 더욱 선명히 들려왔다.

"대체 어떻게… 어떻게 그런 공격을."

살아남은 불명귀, 창을 쓰는 추무귀가 떨리는 목소리로 말했다. 기괴한 검술도 그렇지만, 광휘가 펼쳤던 것들 모두 충격이었다.

사람을 이용한 전법. 거기다 패도적인 것을 넘어서는 괴이한 검법이나 검술은 본 적도, 들은 적도 없었다.

"넌 정파가 아니다! 사파도 아냐! 죽은 사람의 시신으로 방패막이를 하다니! 저잣거리 백정도 하지 않을 짓을!"

떨어진 철편을 집어 들던 수야귀도 괴성을 토해냈다. 그 역시 지금 상황을 믿지 못했다.

세 명의 불명귀가, 자신의 도움까지도 있었는데 어찌 이리 손쉽게 죽어버린단 말인가.

"헉!"

그러던 어느 순간, 광휘와 눈이 마주친 수야귀가 헛구역질하는 듯한 소리를 내뱉었다. 오싹한 느낌에 온몸이 굳어버린 것이다.

'저건… 사람의 눈빛이 아냐.'

분노에 찬 살기도 없다. 그렇다고 그것을 의도적으로 숨기거나, 긴장 혹은 쾌감을 갈구하는 그런 느낌도 없다. 전장에서 흔히 있을 법한, 그리고 모두가 가지고 있는 그런 눈빛이 아닌 것이다.

'생기가 없어…….'

오싹한 느낌은 바로 그것 때문이었다. 광휘에게서 정신이 파괴되거나 감각 자체가 무뎌진 사람들 눈에서 볼 법한 눈빛이 보인 것이다.

"네 말이 맞다."

수야귀와 추무귀가 복잡한 감정으로 바라볼 때 광휘가 입을 열었다. 그러고는 피가 뚝뚝 떨어지는 검을 바라보며 말을 이었다.

"난 사파도 정파도 아니다. 그저 병기일 뿐이지."

"……!"

"……!"

말이 끝나기가 무섭게 광휘가 질풍처럼 움직였다.

자신 쪽으로 향하는 모습을 본 추무귀는 급히 창을 들어 그를 향해 선공을 날렸다.

하나, 그는 상대의 움직임조차 볼 수 없었다. 단지 그것을 인식할 때쯤에는 자신의 시야가 어두워졌다는 것을 깨달았을 뿐이다.

타아앗.

광휘가 삽시간에 추무귀를 죽이고서 마지막 남은 불명귀를 향해 달려갔다.

수야귀는 철편으로 본능적인 방어를 했다. 그것이 그의 마지막이었다.

카아앙!

철편을 그대로 잘라 버린 광휘의 괴구검이 그의 가슴을 사선으로 그어버린 것이다.

"읍… 그, 검신도… 내공도 엄청난……."

그는 뒤로 주춤 물러나며 흐느꼈다. 이미 전의를 상실했는지 죽음을 받아들이는 모양새였지만, 그런 와중에도 중얼거림을 멈추지 않았다.

"괴물… 넌 괴물……."

풀썩.

수야귀는 말을 채 잇지 못하고 쓰러졌다.

"……."

광휘는 그를 죽였던 자리에서 한참을 서 있었다. 온몸을 적셔 버린 피. 사방에 흩날린 핏자국들. 그는 그것을 보면서도 이상하게 편안해진 마음을 느끼고 있었다.

"나오거라."

광휘는 한 곳으로 고개를 돌렸다. 그러자 커다란 나무에 몸을 숨겼던 사내가 잠시 뒤 모습을 드러냈다. 명호였다.

"왜 아직 가지 않았느냐."

"죄송합니다."

명호가 사과했지만 광휘는 그가 왜 가지 않았는지 알고 있었다. 자칫 자신의 상태가 불안해지면 도우려 했다는 것을.

광휘는 다시 입을 열었다.

"지켜본 소감이 어떠냐?"

"……."

"불안한 느낌이 아직도 드느냐?"

"아닙니다. 전혀 그렇지 않습니다. 오해하지 마십시오. 단장님, 전 단지……."

"명호야."

광휘는 그의 말을 잘랐다. 그러고는 명호를 한참 응시하다 말을 이었다.

"이런 게 신검합일은 아니겠지?"

"단장님……."

명호가 당황하며 광휘를 불렀다. 하지만 어느새 광휘는 이미 앞서 죽인 불명귀 쪽으로 시선을 보내고 있었다.

"아니었으면 좋겠구나. 사람의 피를 보고 편안함을 느끼는 이딴 게 신검합일이라면……."

광휘는 잠시 말을 멈추며 입술을 깨물었다. 뭔가 말을 하고 싶었지만 쉽게 입이 열리지가 않았다.

그렇게 침묵하던 광휘가 고개를 들며 말을 이었다.

"나는 이제 어떡하느냐……."

명호는 대답하지 못했다. 말과는 달리 광휘의 눈빛에서 어떠한 감정도 느껴지지 않았기 때문이다. 그것이 그를 더욱 소름 끼치게 만들었다.

第九章

묵객의 위기

뚝. 뚝. 뚝.

장련은 힘겹게 눈을 떴다. 짙은 어둠이다. 아무것도 보이지 않는 눈앞은 정신이 깨어 있는지조차 알 수 없게 만든다.

뚝. 뚝. 뚝.

하나, 계속 떨어지는 물방울로 인해 장련은 자신이 정신을 차렸다는 걸 깨달았다. 그리고 지금 떨어지는 물방울이 왠지 모르게 미지근하다는 것도.

"윽."

팔을 움직이려 하자 강한 통증이 전해졌다. 하지만 그녀는 포기하지 않고 자신의 얼굴로 손을 움직였다.

순간.

피이이이잉.

"악!"

두 귀에 송곳이 쑤셔 박힌 듯한 통증에 장련은 몸을 뒤틀었다. 한참을 끙끙거리며 신음하고 나자 귓가엔 더 이상 통증이 아닌, 미약한 숨소리가 들려왔다.

"정신이 좀 드시오?"

"아……!"

장련은 익숙한 목소리에 급히 고개를 위로 들었다. 어둠에 익숙해졌는지 조금씩 앞의 사물이 보이기 시작했다.

"대협!"

장련은 그제야 자신의 상황을 정확히 인지했다. 묵객이 무릎을 구부린 채 뭔가를 힘겹게 받쳐 들고 있다는 것을.

"광 호위의 도움이 컸소. 불행 중 다행인지 폭탄은 피했으니까."

묵객은 피를 흘리고 있었다. 천장에서 부서져 떨어진 바위에 맞은 탓인지 그의 얼굴은 시뻘겋게 물들어 있었다. 그로 인해 그 피가 장련의 얼굴로 떨어진 것이고.

"걱정 마시오. 쉽게 당할 위인이 아니오."

묵객은 걱정시키지 않기 위해 말을 건넸지만 장련의 귀에는 들어오지 않았다. 지금 그녀에겐 묵객의 안위가 더 급했다. 그는 자신이 정신을 잃은 동안 수백 근은 될 법한 무거운 바위를 몸으로 버티고 있었던 것이다.

"그거 그만 내려놓으세요."

"하나, 소저."

"어서요."

장련은 몸을 벽에 바싹 붙인 채 거듭 재촉했다.

"이거… 남녀가 유별한데 실례가 많소."

쿠우웅!

바위가 바닥을 치자 일어나는 육중한 진동.

쫘아악!

그와 함께 묵객의 단단한 몸과 그녀의 여린 몸이 자연스럽게 맞닿았다. 바위 때문에 공간이 너무나 비좁아진 탓이다.

"경황 중이니 그런 것을 따지고 싶지 않아요. 그리고 굳이 따지자면, 제가 너무 나약해 짐이 된 게 더 잘못이죠."

장련은 한숨을 내쉬었다.

"무슨 소리요. 힘이 약한 건 부끄러운 것이 아니오."

"저기, 대협……."

"아, 미안하오!"

강하게 고개를 젓던 묵객은 갑자기 기겁하며 몸을 움츠렸다. 좁은 암벽 틈새라서 그런지 그도 모르는 사이 장련의 얼굴에 맞닿을 정도로 가까이 다가서 버린 것이다.

"뭐. 어쨌든 걱정 마시오, 소저. 척 보면 알겠지만 이 몸은 이 정도 충격에는 끄떡도 않소. 자, 보시오. 하나도 아픈 곳도 없어, 아아아……."

장련의 얼굴 앞에서 왼팔에 힘을 주던 묵객이 급히 어깨를 붙잡았다. 그리고 굳어지는 장련의 표정을 확인한 그는 허허롭게 웃으며 말했다.

"단지 왼팔일 뿐이오. 어차피 중요한 건 칼을 잡는 오른손이니 아무런 걱정 할 필요 없소. 하하하."

장련의 표정이 여전히 변하지 않자 묵객은 급히 시선을 돌리며 너스레를 떨었다.

"그나저나 우리도 이곳을 빠져나가기는 해야 할 터인데."

인광이라도 스며 있었는지 바위틈 사이로 어슴푸레 일어나는 빛이 있었다.

하나, 그것뿐이었다. 사물이 어렴풋이 보였지만 그것은 오히려 더 큰 절망감을 안겨주었다.

언뜻 가늠하기에도 너무나 큰 바위들. 찾아보면 힘으로 부수고 나갈 수 있는 무른 벽도 있을 듯했지만, 묵객도 장련도 암석의 결을 척 보고 알 수 있는 전문 광부가 아니었다.

"대협, 뭐 하시는……."

꾸물꾸물.

갑자기 그녀의 옆구리 근처를 더듬는 그의 손길에 장련이 기겁했다.

"고르는 중이오. 가장 약한 벽은 쳐낼 수도 있지 않을까 싶어서."

다행히도 그녀가 생각한 상황은 아니었던 것인지 묵객은 눈을 감고 집중한 채로 석벽을 짚고 있었다.

'그래, 백대고수였지.'

장련은 새삼 묵객이 누구인지 떠올렸다. 일류고수를 뛰어넘는 자들 중에서도 추리고 추린 절정고수들. 일반인들의 상식을 넘어서는 무위를 가진 자가 묵객, 바로 그였다.

"역시……."

미간을 찌푸리던 묵객이 나직이 말을 흘렸다.

장련이 급히 물었다.

"방법을 찾은 건가요?"

"찾기는 했으나 어렵소."

묵객은 고개를 흔들며 말을 이었다.

"힘으로 부수자면 부술 수는 있소. 하지만 너무 위험해. 어둠 속에서 결을 찾기란 불가능할뿐더러 지금 우리는 석벽이 무너지다 만 상태의 틈에 갇혀 있으니 말이오."

말을 알아들은 장련의 표정이 어두워졌다.

무너지던 바위들이 서로서로 엉켜서 틈을 만들었다.

그런데 어설프게 지지하고 있던 바위를 무너뜨리면 그 결과는?

산더미 같은 돌무더기 아래서 흙더미를 스스로 뒤집어쓰는 꼴이 될 터였다.

"기를 사용할 수는 있나요?"

장련의 머릿속에 문득 한 가지가 떠올랐다. 그녀라면 이곳을 자력으로 빠져나가긴 힘들 테지만 묵객 같은 고수는 방법을 찾을 수 있을지 모른다.

"기? 도기(刀氣) 말이오?"

장련의 말에 묵객은 잠시 생각에 잠겼다. 구룡표국 때 보인 무공을 그녀가 거론한 것이다.

"바위를 예리하게 잘라서 옮겨 내자는 말이구려. 하나, 그것

역시 어렵소. 공간의 여유도 없거니와 바위 뒤편에 지하수나 흙이 버티고 있다가 우리에게 몰려올 수도 있소."

"아……."

"그리고 운이 좋아 그런 일이 없다 해도 입구가 어디에 있는지 방향을 잡을 수 없소. 다 뚫기 전에 내가 먼저 지칠 것이오. 일단은……."

언제나 자신만만한 묵객이었지만 지금은 솔직하게 말할 수밖에 없었다.

"기다려 보도록 하는 게 좋겠소."

묵객은 자세를 바로잡았다. 최악의 경우에는 모험을 해야 하지만, 지금 굳이 위험 부담을 안고 밖으로 나갈 수는 없는 일이었다. 거기다 밖에 어떤 위험이 도사리고 있을지 모르는 상황이니까.

"……."

"……."

둘 사이에 정적이 흘렀다. 좁은 공간에 미약한 숨소리만이 흘렀다.

장련도 그 숨소리를 들었다. 몸을 겹치듯이 바짝 붙어 있는 탓인지 평소보다 더욱 긴장하게 되는 것이다.

"소저."

"꿉."

묵객이 침묵을 깨는 순간, 장련은 딸꾹질을 하며 어깨를 움츠렸다. 동시에 토끼 눈을 뜨며 묵객을 바라보았다.

"하하하. 너무 긴장하지 마시오. 나까지 긴장되니까."

어둠 속이었지만 내력 때문에 안력이 보통 사람들보다 좋은 묵객은 장련의 표정을 어렴풋이 볼 수 있었다. 그러니 더 웃음이 나왔다.

"누가 긴장을 했다고 그래요! 끕!"

장련은 딸꾹질을 멈추지 못하고 눈치를 봤다.

묵객은 다시 허허 웃으며 시선을 돌렸다. 얼굴이 벌게진 장련은 딸꾹질을 멈추기 위해 한참 동안 숨을 참았다.

그렇게 꽤 시간이 흘렀을 때쯤이었다.

"소저, 할 말이 있소."

묵객이 재차 입을 열자 장련은 그에게로 슬며시 고개를 돌렸다.

"음……."

묵객은 잠시 딴청을 피워 보였다. 뜸을 길게 들이는 것으로 보아 쉽게 말하기 힘든 뭔가가 있는 듯했다.

그러나 곧 장련에게 시선을 고정시킨 그가 입을 열었다.

"소저는 광 호위를 맘에 두고 있는 것이오?"

"…네?"

"그래 보여서 말이오. 사실 추측이 아니라 확신이 들었소. 소저가 그를 바라보는 눈빛이 나를 보는 것과는 다르다는 것을."

"대협, 그, 그건……."

"오해 마시오. 소저께 뭐라 하려고 운을 뗀 건 아니니. 그냥 궁금해서 말해본 것이오."

"……"

장련은 고개를 숙인 채 아무 말도 하지 않았다. 그 모습을 본 묵객은 약간 미간을 찡그렸지만 이내 표정을 되돌렸다.

"그리고 그에 대해 말하고 싶은 게 있소. 짐작은 하고 있겠지만 그는 우리와 다른 자요."

"네……?"

장련이 고개를 들었다. 그사이 어느새 신중한 눈빛으로 변한 묵객이 말했다.

"대화할 때의 말투, 취하는 행동, 풍기는 분위기를 보면 그에게는 분명… 어두운 과거가 있을 것이오. 소저는 그 말이 무슨 뜻인지 아시오?"

"……"

"언제든 소저 곁을 떠날 수 있다는 말이오."

장련은 묵객을 그저 바라만 보고 있었다. 뭐라 말할 수 없을 만큼 그녀도 은연중에 느끼고 있었다. 광휘는 보통 사람과 다르다는 것을. 다만 그런 얘기를 묵객이 왜 언급하는 것인지 의아할 뿐이었다.

"그에 반해 나는 떠날 생각이 없소. 특별히 돌아갈 곳이 없기 때문에 어느 곳이든 오래 머무를 수 있소. 또한 숱한 죽음의 고비를 넘긴 했지만 그가 가진 어둠보다는 덜하오. 누구를 진심으로 사랑할 준비가 되어 있다는 말이오."

몸을 겹치듯이 바짝 붙은 묵객이 난데없이 고백해 오자 장련은 얼굴이 화끈 달아오르는 것을 느꼈다.

그러나 그건 잠시뿐이었다. 갑자기 확 식는 듯한 느낌을 받은 것이다.

"소녀에게 과분한 말씀을 해주셔서 감사하지만, 오해가 있을 법한 발언은 삼가주시면 좋겠네요."

"소저……."

"대협께선 협을 위해 본 가를 도우신 건가요? 아니면 소녀를 얻기 위해 본 가를 도우신 건가요?"

"당연히 협이오."

"네, 협이었지요. 그러니 한낱 소녀의 마음을 얻기 위해 본 가를 돕는 행동은 하지 않으실 거예요. 일찍이 듣기로 칠객의 묵객이란 분은 영웅호색이라 불리지만, 호색보다는 영웅적인 인물로 거론되는 것이 그의 진정한 면모라더군요."

묵객은 더는 말하지 않고 잠잠히 듣고만 있었다.

"그러니 더는 그 말을 하지 않았으면 좋겠어요. 묵객께서 저를 좋아한다는 것도 진심으로 하는 말이 아니고……."

"진심이오."

덥석.

묵객이 장련의 손을 잡았다. 갑작스러운 접촉에 놀란 장련의 눈이 화등잔만 하게 커졌다.

"진심으로 말하는 것이오. 만약 내 마음에 조금이라도 거짓이 있었다면 석가장이 무너진 그날 장씨세가를 떠났을 것이오."

장련은 눈이 흔들렸다. 생각해 보면 그랬다. 떠나려 마음먹었다면 그는 이미 떠났을 상황이었다. 팽가가 어떤 잘못을 했다는 것이 아직 증명된 사실도 아닌데 지금의 싸움에까지 굳이 올 리가 없었다.

"처음엔 협을 지키는 것이 목적이었으나 지금은 둘 다요. 이 감정은 진심이오. 그러니 내게도 기회를 주셨으면 하오."

"……!"

"딱히 뭔가를 바라는 게 아니라 기다려 달라는 거요. 내가 광 호위처럼 뭔가를 해줄 수 있을 시간만큼 말이오."

서로의 감정이 느껴질 만큼 가까워진 상태로 묵객과 장련의 시선은 한동안 서로를 응시했다. 다정다감한 사내. 유쾌하고 밝으며 누구와도 잘 어울릴 수 있는 사내. 반면, 한 명은 무뚝뚝한 데에다 어둡고 한곳에 정착하기를 어려워하는 사내. 너무나 대비되는 인물상에 장련의 가슴속은 더욱 어지럽게 변해 버렸다.

스윽.

결국 묵객의 시선을 이기지 못한 장련이 고개를 옆으로 돌렸다.

묵객의 눈빛이 짧게 흔들렸다. 그녀의 행동에서 말로 표현하기 힘든 불안감이 엄습한 것이다.

그때, 장련이 입을 열었다.

"…월 소저는 어떠신가요?"

"월 소저?"

"팽가의 팽월. 대협과 잘 어울려 보였는데……."

"하, 그녀라면."

묵객은 그 말인가 싶어 씁쓸하게 웃었다.

"서로 맞지 않는 사람들이라오."

"제가 보기엔 그녀는 대협을 사모하고 있는 것 같았어요, 진심으로. 대협께선 왜 손 내밀면 닿을 수 있는 그녀의 마음을 받지 않나요?"

묵객은 한숨을 쉬었다. 무슨 의도가 있을 수도 있겠으나, 팽월이 자신에게 마음이 있음을 밝혀온 적이 여러 번 있었다.

아름다움에서나 가문에서나, 그 여인이 가진 많은 것에서 팽월은 장련보다 못한 여자가 아니다. 아니, 오히려 여러 부분에서 눈길이 가는 그런 여자였다.

하지만 묵객은 그녀를 거부하고 오로지 장련만 보고 있었다. 자신이 왜 이러는지는 그 자신도 알 수가 없었다.

"사람 마음이란 게… 마음대로 안 되는 거 같소."

결국 제대로 된 설명을 하지 못하는 묵객이었다.

"맞아요. 사람 마음은 마음대로 되는 게 아닌가 봐요."

문득 묵객의 말에 장련은 장난스러운 얼굴이 되었다.

'이런' 하며 묵객은 한 방 먹은 얼굴이 되었다. 다른 것도 아닌 자신이 먼저 꺼낸 말이니 뭐라 따질 수도 없는 것이다.

"소저, 하지만……."

"저도 알아요, 대협. 대협께서 저에게 잘해주고 계신다는 거. 가끔은… 저도 제가 대협을 좋아했으면 좋았겠다는 생각이 드네요."

"그 말은……."

드르르륵.

마침 그때, 어떤 소리가 들렸다. 장련은 듣지 못했지만 청각이 예민한 묵객은 그 소리를 들은 것이다.

구구구구—

그리고 이번에는 전혀 다른 곳에서 소리가 났다. 암석이 부서지는 소리가 들렸다.

구구구구궁—

처음 들렸던 소리는 점차 커져갔다.

일각 정도가 흘렀을 때쯤, 앞에 있던 바위가 떨릴 정도로 석벽이 울려댔다.

구구구구궁—

눈앞의 벽이 눈에 띄게 흔들리고, 빛도 더욱 강하게 새어 들어오던 어느 순간.

쿵!

투박한 소리와 함께 사람의 몸체만 한 바위가 사방으로 갈라지며 강렬한 빛이 뿜어져 들어왔다.

"당신들은……."

묵객이 눈부신 빛을 등지고 서 있는 사내들을 향해 말했다.

"하하하. 왠지 사셨을 것 같더라니……."

"사셨어. 살아계셨어."

곡괭이를 든 거지들이 밝게 웃으며 저마다 말을 주고받았다.

잠시 뒤, 그들의 우두머리로 보이는 거지 한 명이 나와 묵객을 향해 읍을 했다.

"길을 뚫었으니 저희를 따라오십시오."

그제야 묵객은 이들이 족히 십 장은 되는 거리를 부수고 들어온 것을 깨달았다.

장련과 묵객은 서로를 바라보았다. 이들이 자신들을 어떻게 찾아낸 건지 알 수 없어 절로 고개를 갸웃거렸다.

"우선 길이 뚫렸으니 나갑시다."

"그래요."

묵객이 손을 내밀자 장련이 그 손을 잡고 일어섰다. 잠시 휘청거리던 그녀가 눈을 몇 번 끔벅이며 자세를 잡으려고 노력했다.

그 모습을 보던 묵객은 뭔가 아쉬운 마음이 들었다. 좀 더 강하게 밀어붙일 좋은 기회가 사라진 것이 아닌가.

"이쪽입니다."

잠시 서성이던 묵객과 장련에게로 석벽을 뚫어낸 개방 거지들이 손짓했다. 그에 장련과 묵객은 천천히 걸음을 옮겼다.

"천장이 닿을 것 같으니 고개를 숙이고 걸으시는 게… 컥!"

입구 쪽에 서서 묵객에게 말을 건네던 거지가 갑자기 말을 멈추며 쓰러졌다.

"컥!"

"커어억!"

그리고 이어지는 단말마의 비명.

입구에 서 있던 거지 서너 명의 목이 삽시간에 날아갔다.

터억.

"내 말이 맞지? 역시 가만히 놔두면 이놈들이 알아서 찾아준다니까."

"그렇네? 낄낄낄."

느긋한 걸음걸이로 입구 쪽에 등장한 사내들.

정확히 다섯. 오귀라고 불리는 불명귀들이었다.

"저놈이 묵객이라는 놈인가?"

팔 굵기가 웬만한 여인의 허벅지보다 굵은 사군패검이 묵객을 보며 흥미롭다는 듯 말했다.

"전혀 강해 보이지 않는데? 그리고 너무 젊잖아."

일령귀가 말없이 고개를 끄덕이자 이수야귀가 눈을 찌푸렸다.

그때 가장 우측에 서 있던 삼영귀가 끼어들었다.

"칠객 중 묵객이 가장 젊다고 들었다. 반반하게 생긴 얼굴에다 등 뒤에 있는 굽어진 단월도. 딱 봐도 묵객처럼 보이잖아?"

이에 다른 사내들은 별말을 하지 않았다. 그의 말에 다들 동의한 것이다.

"누가 먼저 할 거야?"

이수야귀가 고개를 좌우로 움직이며 운을 뗐다. 그러자 삼영귀가 기다렸다는 듯 슬쩍 앞으로 나왔다.

그때.

"모두 싸운다."

순간 모두의 시선이 일령귀에게로 향했다. 자존심이 강한 자들이라 그런지 납득할 만한 이유를 요구하고 있는 것이다.

일령귀는 재차 주위를 둘러보며 입을 열었다.

"상대는 강자다. 그리고 우리에겐 시간이 많지 않다. 이유는 자네들도 잘 알 텐데?"

그 말에 그제야 불명귀들의 시선이 좌우로 흩어졌다. 개방 방도들을 죽였다. 그 말은, 구파일방 중 하나인 단체를 상대로 싸움을 건 것을 뜻했다. 이는 단순히 적을 죽이고 가는 문제가 아니었다. 나중을 위해서라도 흔적을 없애는 것은 선택이 아닌 필수가 되어버렸다.

증거가 없다면 아무리 개방 방주가 나선다고 하더라도 사건은 묻힐 수 있으니까. 결과적으로 봤을 땐 괜히 시간을 지체할 필요가 없는 것이다.

"좋다. 내가 선두를 맡지."

사군패검이 앞장서며 말했다.

"난 오른쪽."

"그럼 난 왼쪽을 맡지."

뒤이어 삼영귀와 이수야귀가 거들었고.

"자네들을 보조하겠다."

일령귀가 말을 이었다.

"그럼 난 뒤를 맡지."

마지막으로 머리카락으로 반쯤 얼굴을 가린 채 침묵하던 사내, 오호귀가 입을 열었다.

*　　　*　　　*

"이제 어떡하죠?"

장련은 자신의 치마를 부여잡으며 말했다. 떨리는 모습을 숨기기 위해서였지만 목소리는 이미 떨리고 있었다.

"너무 걱정하지 마시오, 소저."

묵객은 미소를 보이며 장련을 안심시키려 노력했다. 하지만 장련의 떨림은 여전했다.

"적이 너무 많아요. 그리고 강한 자들이에요."

비록 그녀가 겁에 질렸다고는 하나 상황 파악을 하지 못할 정도는 아니었다. 묵객과 자신이 동굴에 갇혀 있었을 당시 밖의 상황이 어떻게 흘러갔을지 대충 짐작이 되는 데다, 적들이 묵객의 존재를 아는 것만 보더라도 저들이 평범한 사내가 아니란 걸 알 수 있었다. 결과적으로 모든 것이 팽가의 의도대로 흘러간 것이다.

"알고 있소. 하나, 걱정하지 말라 했던 내 말은 정말 거짓이 아니오."

"대협……."

"소저의 눈엔 못 미더워 보이겠지만 사실 말이오……."

스르릉.

묵객은 단월도를 꺼내며 말을 이었다.

"난 이제껏 이런 싸움에서 단 한 번도 진 적이 없소."

그가 칼을 빼 들자 장련의 눈이 떨렸다. 바위로 인해 몸을 다치지 않았냐는 말을 하려다 이내 시선을 거두었다. 지금은 그를 믿고 따를 수밖에 없었다.

챙. 챙. 챙.

병기를 꺼내 든 그들의 시선이 모두 묵객에게로 향하자 긴장감이 치솟았다. 그때쯤 묵객의 밝은 미소도 점차 사라지고 있었다.

'신병이기라 불리는 건곤권까지… 쉽지 않겠군.'

이번 싸움은 지금까지의 그 어떤 싸움보다 쉽지 않을 거라 느낀 것이다.

검은 찌르기, 베기, 휘두르기가 자유자재로 가능한 병기다. 세 명이니 세 방향에서 그런 공격이 들어올 것이다. 거기에다 건곤권은 회전하는 병기. 언제 어느 방향에서든 느닷없이 날아와 몸을 베어버릴지 모른다.

만에 하나 장련에게도 날아갈 수 있었다.

'먼저 공격하는 게 낫겠어.'

묵객은 판단을 내리자마자 그들을 향해 달려 나갔다.

파파파팟.

묵객이 다가오자 그들은 놀라울 정도로 빨리 반응했다. 그들은 약속한 대로 좌우와 뒤로 물러섰고, 사군패검만이 공중에 박차 오른 채로 접근했다.

타앗.

묵객은 그를 향해 곧장 도약했다. 그러자 공중에서 두 사내의 칼이 부딪치며 첫 교전이 시작되었다.

카아아앙!

"윽!"

사군패검의 눈이 커졌다. 자신이 자신 있어 하던 내력 대결에서 밀린 것이다. 결국 동작이 무너진 그의 몸이 먼저 지면으로 떨어졌다.

스으으으―

그 순간 묵객이 들고 있는 단월도의 도신에서 기가 뿜어져 나왔다.

적들은 모두 다섯.

길게 끌면 불리해지는 상황상 묵객은 최대한 단시간 내 승부를 내려 했다.

피유유유웃.

하지만 묵객은 도기를 발출할 수 있는 시간적 여유가 없었다. 시야 밖에서 회전하고 있던 건곤권이 느닷없이 정수리 쪽으로 나타났기 때문이다.

쉬우우웅!

묵객은 이를 아슬아슬하게 피해낸 뒤 바닥에 내려오기 위해 다시금 자세를 잡으려고 했다.

타탓.

이번엔 우측에서 삼영귀가 날아들었다. 묵객은 단월도를 다시 고쳐 잡았다.

캉!

공중에서 한 번.

캉! 캉!

지면을 밟고 두 번 쇳소리가 울려 퍼졌다.

"치잇."

이번에도 묵객은 그의 공격을 버텨냈다.

너무나 수월하게 막아내자 오히려 당황해서 뒤로 물러나는 건 삼영귀였다.

피이이익—

그 순간을 묵객은 놓치지 않았다. 단월도에 싣고 있던 도기를 기다리고 있었다는 듯 발출해 버린 것이다.

그러던 그때.

쩌어엉!

뻗어 나간 도기가 거짓말처럼 묵객의 눈앞에서 사라져 버렸다.

묵객의 눈이 커졌다. 본 것이다, 어디선가 검기가 날아와 도기를 분쇄시켜 버린 장면을.

'저 녀석이 우두머리인가.'

묵객의 대각선 쪽에 위치한 사내. 일령귀가 검을 거두며 그를 바라보고 있었다.

사사사삭.

'이거 점점 어려워지는군.'

묵객은 굳어진 표정으로 주위를 천천히 훑었다.

잠시 흩어졌던 대열이 제자리를 찾아가기 시작했다. 건곤권을 던졌던 이수야귀의 손에도 다시 그것이 쥐어 있었고, 멀어졌던 사군패검도 묵객 곁에 다가와 있었다. 졸지에 네 명이 둘러싼 형국이 되었다.

'시간을 끌면 위험하다. 나만이 아니라 장련 소저도.'

묵객의 머릿속이 빠르게 움직였다. 적어도 이번 승부에 두 명은 죽여야 하고, 다시 한번 붙을 땐 셋 모두를 죽여야만 하는 싸움. 실패하면 지금보다 더욱 불리해진다.

'저놈부터 제거한다.'

그들을 훑던 묵객은 청수한 얼굴을 하고 있는 괴력의 사내에게로 향했다. 스스로 살아 움직이듯 방향을 선회하는 움직임의 건곤권. 저것을 먼저 제거하지 않는다면 자칫 최악의 상황에 달할 수도 있었다. 판단이 선 묵객은 곧장 움직였다.

파파팟.

역시나 이번에도 그들은 좌, 우, 뒤로 움직였고, 묵객에게는 사군패검이 달려들었다.

묵객은 그를 향해 거침없이 도를 휘둘렀다.

'보법?'

사군패검의 눈이 커졌다. 이전처럼 똑같이 부딪칠 거라 생각한 그의 눈앞에서 묵객이 사라지자 그는 급히 옆으로 고개를 돌렸다. 이수야귀 쪽이었다.

"애송이!"

직감적으로 묵객이 달려들 것을 느낀 이수야귀가 건곤권을 보다 더욱 빨리 날렸다.

'멍청한 놈!'

묵객이 건곤권을 향해 도를 휘두르려 하자 이수야귀는 속으로 쾌재를 불렀다.

건곤권, 건곤조구권(乾坤鳥龜圈)이란 병기는 위력도 위력이지만 진정한 무서움은 회전력에 있었다. 회전이 빠르면 빠를수록 막아내기 힘들다. 건곤권에 힘을 가하는 순간, 튕겨 나가는 대신 상대의 몸 쪽으로 파고들기 때문이다.

캉!

묵객은 날아오는 건곤권을 강하게 받아쳤다.

'응?'

그 모습에 이수야귀의 얼굴이 밝아지다 갑자기 급변했다. 상대의 도신을 타고 몸 쪽으로 파고들 줄 알았던 건곤권이 그를 비켜 지나간 것이다.

묵객은 건곤권의 특징을 이미 파악하고 있었다. 병기가 회전하는 방향으로 몸을 튼 것도 애초에 그것을 흘려 버릴 의도였으니까.

파팟.

틈이 생기자 지면을 짧게 밟은 묵객은 이를 노리고 곧장 짓쳐 들어갔다.

일순간 이수야귀의 얼굴에 경악스러운 표정이 스쳐 지나갔다.

"어딜!"

그때 삼영귀가 방향을 꺾으며 이수야귀와 묵객의 사이로 파고들었다.

그 모습에 묵객은 갈등할 수밖에 없었다. 늦다. 자신이 이수야귀의 목을 날리는 것보다 삼영귀의 공격이 더욱 빨랐다. 그의 검이 빠른 것이 아니라 그가 사용하려고 하는 검기(劍氣)가.

피유유융!

묵객은 몸을 틀어 검기가 날아오는 지점에서 벗어났다.

"응?"

삼영귀는 몸을 뒤트는 묵객의 동작을 보며 잠시 머뭇거렸다.

그런데 그것이 그의 마지막이 되어버렸다. 물러서는 순간에 상대방이 도기를 뿜어내리라 생각지 못한 것이다.

패애액!

삼영귀의 목은 삽시간에 허공으로 치솟았다.

"……!"

"……!"

"……!"

불명귀 한 명이 죽자 나머지 세 명의 얼굴은 경악으로 물들었다.

네 명이 동시에 덤벼들었는데도 불구하고 한 명이 죽었다는 사실이 그들을 충격으로 몰아넣었다.

"크읍."

하지만 묵객 역시 무사하지 못했다. 뒤로 물러서며 도기를 뿜어내느라 동작이 커지던 때 뒤로 날아온 검기가 어깨를 꿰뚫고 지나갔고, 결과적으로 그의 한 팔이 축 늘어져 버렸다.

"어쨌든 나쁘지 않은 결과군."

묵객은 그들을 향해 미소를 보였다.

"어차피 이 팔은 다쳐서 움직이지도 않았어."

묵객의 도발은 그들을 더욱 자극했다.

상대의 공격에 당황하며 물러서는 것 같았던 움직임 안에 숨겨져 있던 한 수(一手).

묵객이 보여 준 임기응변에, 그 경험 많던 사군패검의 목이 날아갔다. 그 때문인지 불명귀들의 표정은 보기에 거북할 정도로 일그러져 있었다.

'살기가 더 짙어졌군.'

묵객은 몸에서 털이 올올이 서는 느낌을 받았다. 세 명의 사내에게서 뿜어져 나오는 살기는 천하의 그라도 긴장하게 만들었다.

끄덕. 끄덕.

불명귀는 더는 말하지 않고 고갯짓만으로 대신했다. 그리고 곧 간격을 벌리기 시작했다.

이번엔 일령귀가 가장 앞에 섰다. 그의 검신에는 검기가 맺혀 있었고, 사군패검 역시 검기를 생성해 내고 있었다. 그리고 이수야귀의 건곤권, 태의 날에서는 희끄무레한 백색 기운이 감지되었다.

'내공 발출……. 두 개의 검기에 하나는 신병이기.'

묵객은 바위로 인해 다친 어깨의 통증을 느끼며 단월도를 고쳐 잡았다.

몸 상태를 보건대, 이번엔 기필코 두 명 이상을 죽여야 했다. 그래야 이곳에서 살아 나갈 수 있는 기회가 생긴다.

'이대로는 안 돼. 그를 구해야 해.'

한편, 동굴 안에 있던 장련의 표정은 점점 어두워지고 있었다.

묵객이 정말 놀라운 무위로 적들을 상대하고 있었지만 더 이상은 버티기 힘들다는 걸 알았다. 검기를 사용하는 적들이 무려 세 명. 이제는 이기는 게 문제가 아니라 얼마나 버티느냐의 문제가 돼버렸다.

'도움을 청해야 해. 다행히 날 신경 쓰는 사람은 없어.'

장련은 그들의 눈치를 보며 천천히 몸을 움직였다. 아무리 사파의 적들이 많다고 하더라도 이 근방에 있던 개방의 고수들을 모두 다 죽이진 못했을 것이다.

만약 그들을 찾을 수 있다면 틀림없이 그들은 묵객을 도와줄 것이다.

슬금슬금.

"뭐 하고 있나."

장련이 동굴 밖으로 나가는 것을 감지한 묵객이 한층 더 과감하게 도발했다.

"한 놈 죽고 나니 겁이라도 먹은 건가? 슬슬 지루해지던 참이니 오려면 얼른 오라고. 뭐, 꼬리를 말고 도망가겠다면 굳이 쫓지는 않겠지만."

"제대로 미친 놈이로군."

묵객의 도발에 일령귀의 눈빛이 표독해졌다.

슈우욱.

파동이 느껴지던 일령귀의 검기가 묵객에게로 쏘아졌다.

우우우웅!

묵객은 곧장 맞받아쳤다. 하나, 그것으로 끝이 아니었다.

우우우웅!

이번에도 기이한 소리가 나더니 그와 함께 묵객의 신형이 옆으로 주욱 밀렸다. 도기를 연속으로 생성해 내 옆에서 날아온 삼영귀의 검기를 가까스로 막은 것이다.

그리고.

패애애액.

어느새 날아온, 그의 정수리로 떨어지는 건곤권.

캉!

묵객은 단월도를 세우며 막았지만 쉽지 않았다. 태의 날에 서린 강한 기운을 이기지 못하고 무릎을 꿇은 것이다.

"하앗!"

그 순간, 기다렸다는 듯 동시에 일령귀, 이수야귀, 삼영귀가 득달같이 달려들었다.

묵객은 급히 뒤로 물러서며 주위를 훑었다. 어느 때보다 이 순간이 위기임을 직감한 것이다.

'피하면 끝이다.'

캉! 카캉! 캉!

세 명의 공격이 묵객을 향해 무자비하게 쏟아졌다.

방어에 급급하던 묵객의 몸은 점점 붉은 피로 물들고 있었다. 그러나 그의 얼굴에는 미미한 미소가 걸려 있었다.

'됐다. 이걸로…….'

"무슨 생각을 하는지 속이 뻔히 보이는데."

장련은 안전해졌다. 그렇게 생각할 때 불쑥, 일령귀가 비릿한 웃음을 흘려냈다.

"무슨 생각?"

"네가 아무리 시간을 끌어봤자 그 여인은 곧 죽는다."

"뭐?"

속내를 읽힌 묵객의 눈이 흔들렸다. 그는 정신없이 날아드는 공격 속에서 퍼뜩 알아차렸다.

'한 명이 아직 있었어!'

입구에 나타난 자는 총 다섯 명. 하지만 자신과 싸운 자는 지금 앞에 서 있는 네 명이었다.

"장련 소저……."

캉! 카카캉!

묵객은 이를 악문 채, 날아오는 공격들에 정면으로 맞서 나갔다.

츠츠츠츠─

동굴 밖으로 나온 장련은 무작정 아래로 뛰었다. 긴장감 때문인지 다리가 후들거렸지만 그녀는 힘차게 뛰었다. 이대로 가다간 묵객이 죽는다. 어떻게든 도움을 청해 묵객을 살려야 했다.

"광응노개(狂鷹老丐)! 방주!"

충분히 거리를 벌렸다 싶자 그녀는 목이 찢어질 정도로 꽥꽥 소리치며 내려갔다.

스스슥.

한쪽에서 인기척이 들리는 순간 장련의 표정이 밝아졌다. 하나, 그녀는 이내 뭔가 잘못되었다는 것을 느꼈다.

씨익.

낯선 사내의 얼굴을 마주하는 순간 거짓말처럼 다리가 굳어 버렸다.

"반반한 계집이군."

음산한 목소리에 장련은 몸을 떨며 소매를 붙잡았다. 하지만 표정만은 담담했다. 묵객이 목숨을 걸고 싸우고 있는데 두려움에 떠는 모습을 보이고 싶지 않았다. 장련은 입술을 깨물며 꾸역꾸역 말을 꺼냈다.

"그러는 너는 더러운 잡놈이구나."

"뭐? 이런 쌍."

얼굴을 일그러뜨린 오호귀가 달려들었다.

그러던 그때.

피유육.

빛에 반사된 은색 암기가 장련의 소매에서 오호귀의 얼굴로 날아갔다.

"악!"

눈앞에 뭔가가 날아왔다고 느끼는 순간, 오호귀는 머리를 바닥에 처박고는 고통스러워하며 뒹굴었다. 너무나 가까운 거리와 그의 방심이 빚어낸 참사였다.

"악!"

하지만 너무 급하게 달려 나간 장련의 다리는 꼬여 버렸고,

곧장 그녀는 아래로 굴러떨어졌다.

"네 이년! 당장 찢어발겨 주마!"

삽시간에 장련의 지척까지 다다른 오호귀가 검을 세웠다. 왼쪽 눈의 비수를 뽑아내지 않고 달려올 만큼 극도로 흥분한 상태였다.

"얼마든지."

장련은 그런 그를 향해 눈을 부릅뜬 채 틈을 노렸다. 방심이든 실력이든 일수로 한쪽 눈을 빼앗았다. 눈 한쪽을 잃었으니 침착하게 대처하면 한 번 더 요행을 노려볼 수도 있을 거라 여겼다.

패애액.

오호귀가 검을 세운 채 그대로 장련의 몸을 향해 그으려고 할 때였다. 바닥에 뭔가 툭 하고 떨어져 나가는 모습을 보았다.

"어……."

팔이었다. 그것도 자신의 팔.

"커어억!"

그가 고통을 느낄 새도 없이 이번에도 뭔가 잘려 나갔다. 이번엔 다른 한쪽의 팔이 잘려 나간 것이다.

"찢어 죽인다고?"

"으아아아!"

삽시간에 양팔을 잃은 오호귀가 괴성을 지르는 순간, 강철 같은 강인한 손이 그의 머리를 붙잡았다.

"이렇게 말인가?"

무덤덤한 표정을 짓고 있는 광휘였다.

으득!

第十章

흑마대와의 결투

휘릭.

일령귀가 공격을 멈추며 옆으로 비켜섰다. 거의 죽자 사자 덤벼드는 묵객의 공격이 부담스러웠기 때문이다.

타닷.

틈이 생긴 묵객은 곧장 뛰쳐나갔다. 허벅지를 찔러오는 사군패검의 검을 무시하면서까지 기회를 놓치지 않았다.

"쫓아!"

일령귀가 외치며 신법으로 곧장 묵객의 뒤를 밟았다. 이수야귀와 사군패검도 즉각 반응해 빠져나간 그를 쫓았다.

'장련 소저가 위험해.'

묵객은 온몸에 피 칠갑을 한 상태로 움직이고 있었다. 치명적인 급소를 대부분 피했다곤 하나 그래도 상처가 너무 많았다. 그런 상황에도 그는 무리해서 움직이고 있었다.

바바박! 바바박!

뒤에서 쫓아오는 움직임이 느껴지자 묵객은 초조해졌다. 다시 한번 둘러싸이게 되면 장련을 볼 기회조차 날아가게 된다.

'저곳에!'

묵객의 표정이 절망에 빠진 사람처럼 변할 때였다. 한 곳에서 인기척이 느껴지자 얼굴에 화색이 돌았다.

하지만 그녀의 앞에 있는 이름 모를 사내의 존재를 깨닫자 이내 다시 어두워졌다.

'거리가…… 손을 써야 해!'

적들의 일행으로 짐작되는 사내가 검을 쳐들 때 묵객의 머릿속에는 수십 가지 생각이 스쳐 지나갔다.

이윽고 들고 있던 단월도를 집어 던지려고 손아귀에 힘을 줄 때였다. 옆쪽에서 비호같은 움직임으로 나타난 자가 검을 든 사내를 간단히 제압했다.

'녀석……'

광휘를 본 그의 얼굴이 다시금 펴졌다. 내심 얄미운 느낌도 있었지만 지금은 그조차 반가웠다.

묵객은 천천히 걸음을 멈췄다. 그를 쫓던 불명귀 셋이 삽시간에 그를 감쌌다.

"이제 지친 거냐?"

"상대가 나빴다, 묵객."

사군패검이 입꼬리를 올렸고, 이수야귀가 거들었다.

그 말에 묵객은 웃음 지었다.

"맞는 말이다."

"으아아아!"

그때 사람들 귓가를 파고드는 비명.

그 소리에 불명귀 세 명의 시선이 한곳으로 쏠렸다.

"상대가 나빴다는 말이다."

뒤이어 묵객이 말했다.

저벅저벅.

단숨에 오호귀를 제거한 광휘는 묵객을 향해 발걸음을 옮겼다.

느릿한 걸음으로 다가오는 광휘를 보며 불명귀들은 저마다 숨을 죽였다.

상당한 실력자인 오호귀를 단숨에 죽인 고수.

말로만 들었던, 몸을 뒤덮을 정도로 큰 도신에다 괴이하게 꺾인 검이, 수없이 사람을 죽인 그들의 움직임마저 멎게 만든 것이다.

"건곤권?"

묵객에게로 다가온 광휘가 한쪽으로 고개를 돌렸다. 불명귀를 훑던 중 그 무기를 바라본 것이다.

잠시 경직되어 있던 이수야귀가 점차 밝은 표정을 지으며 말했다.

"아는군. 그럼 신병이기라고도 불리는 이 병기가 얼마나 무서운지 알 테지.”

“뭔가 오해한 모양이군.”

“뭐?”

“난잡한 병기가 왜 여기 있는지 물은 것뿐이다.”

“……!”

“……!”

“……!”

무미건조한 말에 그들의 표정이 제각기 갈렸다.

신병이기.

사실 처음엔 기병(器兵)이라고 불렸던 건곤권은 위력이 너무나 강한 나머지 후대에는 신병이기라 분류될 정도로 대단한 병기였다. 그런 병기를 광휘가 낮잡아 부른 것이다.

“이 새끼가!”

“그만!”

홍분했던 이수야귀가 건곤권을 집어 던지려고 하자 일령귀가 급히 그를 말렸다.

“강한 상대다. 홍분하는 순간 말린다.”

그 말에 이수야귀가 급히 마음을 추슬렀다.

생각해 보니 그랬다. 예상보다 훨씬 뛰어났던 묵객의 실력. 거의 끝난 상황이라 가정해도 좋지만, 괜히 무리하다 일을 그르칠 필요는 없었다. 거기에다 거대한 도신을 멘 사내의 실력은 정확히 모르는 상황이니까.

그사이 광휘는 고개를 돌려 묵객을 향해 말했다.

"할 만하오?"

"보시다시피 거뜬하오."

묵객은 어깨를 들썩여 보였다. 물론 말과는 달리 제대로 서 있기도 불편해 보이는 몸이었지만.

"물러나 있는 게 좋을 듯하오."

"아니, 그러진 않겠소."

묵객은 고개를 젓고는 일령귀를 바라보며 말했다.

"무슨 뜻으로 말하는 것인지 알겠으나… 저놈만은 내게 주시오."

광휘는 뭐라 입을 열려다 이내 입을 닫았다.

묵객, 칠객이라 불리는 사내다.

칠객이 중원에서 유명한 이유는 그들이 단 한 번도 패하지 않은 자들이라는 것에 있다.

묵객 역시 그러했을 것이다. 그러니 아무리 상처를 입은 와중이라 해도 이대로 물러서기엔 자존심이 상할 수밖에 없었다.

"한번 맡겨보지."

"간만에 맘에 드는군, 당신."

그렇게 광휘와 묵객이 대화를 끝냈을 때쯤이었다.

"두 명은 불가능하다. 한 명을 집중적으로 노린다."

일령귀가 말하자 사군패검이 고개를 저었다.

"걱정 마. 저 녀석이 얼마나 강하든 우린 쉽게 지지 않으니까. 그리고 그 전에 자네가 먼저 끝낼 게 아닌가."

그 말에 일령귀는 고개를 끄덕였다. 자신의 생각도 그와 같았기 때문이다.

"반 각 안에 처리하마."

카아아앙!

동시에 뛰어나간 일령귀와 묵객은 정확히 둘의 중간 지점에서 격돌했다. 검기와 도기가 한두 차례 맞부딪치며 모두의 시선을 끌었지만, 몇 번의 교전 뒤에는 둘 다 기를 사용하지 않았다. 묵객이 곧바로 방어 태세로 돌아선 것이 가장 큰 이유였다.

캉! 캉! 캉!

둘의 싸움은 치열했다.

내기를 뿜어내 쏘아대는 공격부터 시작해 칼을 맞부딪치는 근거리 공격, 보법을 이용한 회피, 눈을 속이는 검법과 도법, 도약하며 체공 시간을 이용해 공격하는 임기응변 등 자신이 가진 모든 무위를 펼쳐내고 있었다.

슉.

하나, 눈에 보이는 것과 달리 일령귀의 전략은 간단했다. 좌우측으로 돌며 집요하게 묵객의 팔 쪽을 집중 공략하고 있었다. 아픈 팔을 움직일 때마다 신경을 건드릴 것이고, 그것으로 인해 자세가 무너질 거라 판단한 것이다.

'호흡이 모자라.'

묵객 역시 이를 유념한 채 대응하고 있었다. 그러나 움직일 때마다 생기는 통증에 집중력이 흐트러져서 매서운 칼날이 짓쳐들어오는 것이 버거웠다. 팔에서 느껴지는 고통이 호흡과 평

정심을 앗아가고 있는 것이다.

거의 녹초가 되어 팽팽 돌아가고 있는 묵객의 눈에 이채가 서렸다. 자신의 허리춤에 있는 물건이 시야에 들어온 것이다.

어쩌다 보니 이제껏 뽑아보지도 못한 검.

치열한 혈투를 하는 와중에 언제 방심을 노려 사용해야 할지 감이 잡히지 않았던 그것을 쓰기로 마음먹은 것이다.

'길게 끌면 안 된다.'

일령귀는 직감적으로 승부를 내야 한다고 판단했다. 검기를 많이 사용한 탓인지 그 역시도 몸 상태가 좋지 않았다.

"이젠 정말 죽여주지."

묵객이 여전히 미소를 흘리고 있자 분노한 일령귀가 검을 치켜세웠다. 하지만 그는 검기를 더는 생성해 내지 않았다. 움직임에 모든 신경을 쏟아 직접적인 피해를 입힐 생각이었다.

타타탓.

생각을 끝낸 일령귀가 뛰어들 때였다. 그보다 더 늦게 반응한 묵객이었지만 무슨 생각에서인지 칼은 그보다 더 빨리 휘둘렀다.

쉬익.

묵객의 동작이 크다는 걸 파악한 일령귀는 곧장 격돌할 것 같은 상황에서 급히 몸을 뒤로 뺐다.

그리고 그때.

패애액! 푹!

묵객은 단월도를 손에서 놓쳤다.

찌릿.

눈이 날카로워진 일령귀가 틈을 놓치지 않고 묵객을 향해 짓쳐들어왔다.

그 순간 묵객의 눈에도 빛이 났다.

쫘악.

그가 허리춤에 있는 자루에 손을 가져간 것이다.

패애액.

이미 묵객의 정수리 쪽으로 떨어지는 일령귀의 검.

스캉!

그리고 검을 반쯤 뽑아 든 묵객.

둘 중 누가 빠를지 알 수 없을 만큼 상황이 급박하게 흘러갔다.

캉!

쇳소리와 함께 일령귀의 검이 상대의 어깨 부근에서 멎어버렸다. 묵객이 검을 비스듬히 막아섰기 때문이다.

일령귀의 눈에는 '어떻게'라는 의문이 가득했다.

그그그극.

"기회군."

어깨 힘과 손목 힘만으로 버티고 있던 묵객이 움직였다.

그 순간 일령귀는 깨달았다. 상대가 오른쪽 허리춤에 있던 검을 오른손을 사용해 그대로 빼 들었음을.

그그그그극.

상대의 검신과 마찰하며 묵객의 검은 일령귀를 향해 파고들고 있었다. 광휘의 괴구검처럼 검신이 아래를 향한 채로.

패애애액.

그렇게 일령귀의 목은 하늘로 치솟으며 피를 뿌렸다.

파파팟. 파파팟.

광휘는 건곤권을 피하며 있었다. 눈앞에 날아오는 병기를 보자마자 몸을 꺾으며 뒤로 내달렸다. 그리고 나무 사이를 교차해 오가며 건곤권을 떼어내려 노력했다.

"바보 같은 놈! 크크큭."

긴장감에 휩싸여 있던 이수야귀의 표정이 점차 밝아졌다. 지금 상대가 보인 수는 패착에 가깝다. 건곤권을 상대로 뒤로 물러서는 것만큼 어리석은 짓은 없다. 원형의 병기인 건곤권은 멀어지면 멀어질수록 상대에게 더욱 효과적인 공격이 가능하기 때문이다.

'응?'

하지만 이수야귀는 오랜 시간 웃지는 못했다. 건곤권이 점점 빠르게 움직임에도 불구하고 상대를 쉽게 따라잡지 못했기 때문이다.

타타타탓.

패애애애액.

육안으로 보이지 않는 곳까지 피하던 광휘가 몸을 틀었다. 등 뒤로 건곤권이 계속 따라오고 있는 걸 아는지, 정확히 동선을 수직으로 꺾는 모습을 보였다.

"할 수 없군. 내가 처리하지."

불명귀 둘 쪽으로 시선을 고정시킨 채 광휘가 달려오자 사군패검이 한 발짝 나섰다. 그의 검 끝에는 길이가 한 자가 넘는 검기가 일렁이듯 새어 나오고 있었다.

'온다.'

기를 검 밖으로 뿜어낼 수 있는 절정고수.

중원에서도 흔히 볼 수 없는 실력자라 불리는 사군패검이다. 그런데도 그의 얼굴은 눈에 띄게 상기되어 있었다.

상대의 실력이 어느 정도인지 감을 잡지 못하는 상황이지만 단 한 번의 교전만으로 승부를 지어야 한다는 생각이 들었던 것이다. 그것으로 인해 더욱 긴장감이 팽배해져 갔다.

스스스슥.

거리가 오 장 내로 좁혀졌을 때, 그의 시선이 좌우로 움직였다. 직선으로 내달리던 광휘의 보법이 바뀐 것이다.

이후 삼 장 내.

광휘는 방향을 바꾸지 않고 그대로 도약했다.

'오른쪽!'

상대가 몸을 숙이는 것을 본 그는 짧게 도약했다. 검기를 쓰는 모험을 하기보다는 상대의 공격을 피하는, 좀 더 신중을 기하는 쪽으로 판단한 것이다.

패애액.

사군패검의 예측은 정확히 적중했다. 광휘가 오른쪽 다리를 노리자 그는 공중으로 치솟으며 상대의 공격을 피해냈다.

"주거… 억!"

승리를 예감하며 검기를 뿌리려던 그때, 사군패검의 눈이 부릅떠졌다.

건곤권이었다.

상대의 등 뒤에 가려져 있던 그것이 보였다. 너무 떨어졌기에 이미 사라졌을 거란 생각한 건곤권이 그제야 모습을 드러낸 것이다.

촤아아악.

광휘가 몸을 숙이는 순간 팽이처럼 건곤권이 솟구치며 사군패검의 몸을 파고들었다. 그리고 그의 몸을 정확히 이등분해 버린 후 하늘로 솟아올랐다.

사군패검은 그대로 즉사했다.

타타탓.

광휘의 움직임은 멈추지 않았다. 방향을 바꾸지 않고 곧장 이수야귀에게로 뛰어 들어갔다.

콱!

검을 갈고리처럼 세운 광휘가 멍한 표정으로 있던 이수야귀의 가슴을 정확히 꿰뚫었다. 그리고 그를 그대로 바닥에 짓누른 채 목숨을 끊어놓았다.

부르르르.

이수야귀는 무슨 말도 내뱉지 못하고 그렇게 죽어버렸다.

패액.

잠시 뒤, 광휘의 옆에 건곤권이 힘없이 떨어졌다. 마지막으로 주인을 따라오던 병기는 그렇게 힘을 잃어갔다.

"괜찮으신가요?"

광휘가 일어서자 장련이 다가와 말했다. 광휘는 고개를 끄덕이며 묵객 쪽을 바라보았다. 그는 반쯤 무릎을 꿇고 있었다.

장련이 묵객에게로 다가가 묻자 그는 일그러진 표정을 지우며 밝게 웃어 보였다.

"하하. 당연히 괜찮소. 이 정도야… 윽."

하나, 강한 통증에 다시 얼굴을 일그러뜨렸다.

장련은 안타까운 목소리로 말했다.

"조금만 참아요. 이제 다 끝났으니 곧 치료할 수…….."

"아니, 이제 시작이오."

광휘가 그녀의 말을 잘랐다. 장련이 눈을 크게 뜨며 바라보자 광휘는 유독 산이 많이 솟아 있는 곳으로 고개를 돌렸다.

그때였다.

스스스스.

풀잎을 밟는 소리와 함께 고요한 울림이 느껴지기 시작했다. 장련은 흠칫하며 옷섶을 잡은 채 주변을 이리저리 훑었다.

그러던 그때.

파파파파팟.

도처에서 검은 복장을 한 수십의 사내들이 주위를 감싸기 시작했다.

흑마대.

불명귀 다섯을 선두로 보내고 이제껏 나타나지 않았던 세력이 모습을 드러낸 것이다.

"어떻게 하시겠소?"

묵객은 광휘를 향해 물었다.

광휘가 선뜻 대답하지 않자 그는 재차 말을 이었다.

"흑마대요. 웬만한 부대가 아닌 귀문의 정예부대. 불명귀보다 더하면 더했지, 못하진 않을 게요."

"……"

"아무래도 도망치는 게 좋겠소. 상황을 보니 이들만 있는 것도 아닌 것……."

"내가 처리하겠소."

광휘의 말에 묵객의 미간이 좁혀졌다. 그의 대답을 어떻게 이해해야 좋을지 모르겠단 생각이 들 정도로 황당한 것이다.

"한번 지켜보시오."

그런 그에게 광휘는 담담히 말했다. 그러고는 주위를 감싸는 사내들을 힐끗 본 후 말을 이었다.

"내가 몇 명을 상대하는지."

*　　　*　　　*

흑마대 대장 사우흔은 개방과 장씨세가 무사들을 모두 처리한 뒤 일행을 기다렸다. 살아남은 자들을 모두 제거한 후 약속된 장소로 오겠다는 불명귀의 말을 믿었기 때문이다.

그런데 시간이 지났음에도 불명귀가 나타나지 않았고, 결국 그는 부대장과 조장에게 어떻게 된 일인지 조사해 보라고 명했다.

　"무슨 일이 있더냐?"

　일각 정도가 지났을 때쯤 부대장 초공량(楚工良)이 나타나자 급히 물었다.

　"당했습니다."

　"뭐라고!"

　사우혼은 곧장 그가 가리키는 곳으로 이동했다.

　이름 모를 곳에 도착하자 그의 말대로 죽어 있는 일곱 명의 불명귀를 발견했다.

　"누가 이들을 죽였을까요?"

　시체를 하나하나씩 둘러보던 사우혼은 침묵으로 일관했다.

　"혹시 개방의 십오조 고수들이……."

　"그놈들은 아니다."

　거듭 물어 오는 초공량을 향해 사우혼이 고개를 저었다.

　"수야귀의 파극철이 잘려 있다. 개방 고수들 중에 이런 패도적인 성향은 없어."

　"그럼 본 문에서 거론되지 않는 실력자들이 나타난 거군요. 그것도 많은 수의……."

　"한 명이다."

　"예?"

　초공량이 눈을 크게 뜨며 바라보자 사우혼이 말을 이었다.

"한 명이 모두 끝냈다. 시체 한 구에 유독 많은 검상이 나 있는 것. 그리고 그를 제외한 모든 시체들이 일 검에 목이 날아간 이런 싸움은… 일 대 다수의 구도가 될 때 간혹 보이는 흔적이다."

"아……."

초공량은 신음을 흘렸다.

다른 자들도 아니고 죽은 자들은 모두 불명귀다. 물론 불명귀 중 오귀라 불리는 자들은 아니지만, 그렇다고 한 명에게 당할 만큼 호락호락한 자들도 아니었다.

"응?"

초공량이 '그건 말도 안 되는 얘기다'라고 말하려는 그때였다. 어디선가 비명이 들리기 시작했다. 아주 미약하게 들린 소리였지만 사우혼과 초공량은 똑똑히 들을 수 있었다.

"모두 날 따라오거라!"

파파팟.

말이 끝나기도 전에 사우혼은 전력으로 달려 나갔다. 흑마대 대원 수십 명이 곧장 공중을 박차며 그의 뒤를 따라 매섭게 질주했다.

그렇게 반 각 정도가 흘렀을까.

"저놈들이군."

선두에 섰던 사우혼이 속도를 늦추며 말했다. 앙상한 나뭇가지 사이로 쓰러진 시체들과 사내 둘, 여인 한 명을 발견한 것이다.

혹마대 조장 한 명이 주위를 빠르게 훑고는 그에게 보고했다.

"오귀들입니다."

"뭐?"

사우혼의 얼굴이 굳어졌다. 너무나 뜻밖의 말이었는지 한동안 정적이 흘렀다.

잠시 뒤, 눈치를 보던 초공량이 운을 뗐다.

"저 녀석은 묵객입니다. 그리고 저 옆엔……."

"안다. 그놈의 장씨세가 호위무사겠지."

사우혼이 고개를 끄덕이며 그제야 반응을 해왔다.

불명귀 모두의 죽음.

이는 상대의 무위가 상상을 넘어설 정도로 강하다는 것을 뜻했다.

한편, 쑥덕이고 있는 그들 앞으로 광휘가 걸어 나가자 묵객이 급히 물었다.

"어찌하려고 그러시오?"

아무리 봐도 승산이 없는 싸움이었다. 불명귀보다 무위는 떨어질지 몰라도 숫자가 압도적으로 많은 상황이지 않는가.

더구나 한 명의 고수를 상대하는 것보다 다수의 하수들을 상대하는 게 더 피곤하다는 것을 묵객은 알고 있었다. 물론 흑마부대는 하수도 아니었다.

"그 또한 지켜보면 될 것이오."

광휘는 더는 답하지 않으려는 듯 곧장 걸어가 그들이 운집해 있는 곳으로 다가섰다.

장련은 그때까지도 그저 지켜보고만 있었다. 적들의 숫자가 많아 위압감이 느껴져 무슨 말을 꺼내기가 어려웠던 것이다.

'무리도 아니지.'

묵객은 그런 장련을 이해한다는 눈빛으로 바라봤다. 숫자가 대략 칠십 명이 넘는다. 자신이 평소와 다를 바 없는 몸 상태라고 해도 이들의 눈을 피해 빠져나갈 수 있는 가능성은 극히 낮았다. 그렇기에 전력으로 맞붙는다는 건 상상도 할 수 없는 일이었다.

'만약 저자가 스무 명 이내로 줄일 수 있다면……'

서른 명, 아니 지금의 반에 가까운 숫자로라도 줄일 수 있다면 어떻게든 해볼 수 있다는 생각이 들었다.

"나 참. 상황이 이리되니 말도 안 되는 생각이 드는구나."

묵객은 스스로 생각하고도 부끄러웠다.

흑마대는 사파들을 상징한다는 귀문, 그곳을 대표하는 부대다. 저들을 상대로 오십 명이나 넘게 죽일 수 있단 말인가. 몸이 두 개라고 해도 불가능한, 자신의 능력을 한참 벗어나는 일이었다.

저벅저벅.

광휘가 그들 앞으로 다가서자 흑의인들의 시선이 모두 그에게로 집중되었다.

때마침 사우흔이 한 발짝 걸으며 말했다.

"네가 광휘란 녀석이냐?"

"그렇다."

그 말에 사우혼의 얼굴이 표독해지며 목소리도 날카로워졌다.

"네가 불명귀를 처리했느냐?"

"불명귀? 죽은 이 녀석들이 불명귀였나."

광휘가 지그시 시체들을 한 번 내려다본 후 말을 이었다.

"허약한 놈들이라 그다지 신경 쓰지 않다 보니……. 뭐, 이제라도 가르쳐 줘서 고맙군."

빠득.

광휘의 도발에 도처에서 살기가 피어오르기 시작했다. 귀문이 선발한 정예 고수를 저리 평가하는 것에 분노한 것이다.

반응도 즉각적이었다.

챙캉. 챙캉! 챙캉!

수십 명이 칼을 뽑아 겨누자 대단한 위압감이 뿜어져 나왔다.

"정신 나간 놈. 내 너의 살을 잘라 개 먹이로 주마!"

사우혼의 말에 광휘는 눈을 흘겼다. 그리고 마치 비웃듯 입꼬리를 들더니 주위를 바라보며 읊조렸다.

"일흔둘. 꽤 많은 숫자군."

그 말에 흑의인들의 표정이 제각각 변했다.

그들의 반응에 아랑곳하지 않고 광휘는 계속 읊조렸다.

"검을 든 자는 마흔일곱. 도를 든 자는 스물다섯."

"……?"

"호흡 하나. 반에 둘. 호흡 둘에 넷. 반에 둘. 셋, 다섯, 넷, 다

셋, 둘…….”

“무슨 소릴 하는 거야!”

참다못한 사우흔이 버럭 소리를 지르던 때였다. 광휘가 이를 보이며 비릿하게 웃어 보였다.

“내가 검을 뽑는 순간 사라져 갈 숫자와 시간이다.”

“……!”

“이 몸이 먼저 움직이지.”

타앗.

말이 끝나기가 무섭게 광휘는 괴구검과 구마도를 뽑아 들며 가장 가까운 흑의인에게로 달려 나갔다.

그는 급히 몸을 돌며 피하려고 했다. 하지만 광휘는 그가 예상한 움직임보다 더욱 빠르게 파고들었다.

‘칫!’

어쩔 수 없이 내지른 검.

캉!

하나, 구마도에 너무나 쉽게 막힌 뒤.

솨악!

빛줄기와 함께 튀어나온 괴구검에 의해 그의 목은 너무나 쉽게 날아가 버렸다.

“죽여라!”

삽시간에 흑마대 조장을 죽여 버리자 사우흔이 본능적으로 소리쳤다.

그 순간, 광휘는 소리치던 사우흔을 노려보았다.

'최우선은 저놈.'

타타탓.

천라지망(天羅地網)을 펼친 것처럼 대원 전원이 광휘를 향해 달려들었다.

광휘는 화마(火魔)처럼 덮쳐오는 적들 속으로 더욱 빠르게 침투했다. 그리고 사우혼과 점점 거리를 좁혔다.

쇄액. 쇄액.

거의 지척까지 당도한 순간, 사우혼과 같은 동선에 서 있던 두 명의 사내가 막아섰다.

하지만 그들은 선뜻 공격을 하지는 않았다. 조금 전 거대한 도신으로 막은 뒤 괴이한 검으로 목을 벴던 광휘의 모습을 상기한 것이다.

그러나 광휘는 그 생각까지 읽고 있었다.

척. 척.

그는 들고 있던 병기의 위치를 바꿨다. 왼손에 있던 구마도를 오른손으로, 오른손에 있던 괴구검을 왼손으로 바꿔 잡은 것이다.

"……?"

갑작스러운 변화에 대원 두 명의 눈가에 의문이 스쳐 갈 때쯤, 광휘는 괴구검이 아닌 구마도를 사용해 횡으로 그어버렸다.

촤아아악.

흑마대 대원 둘은 광휘가 맹렬하게 휘두른 도신에 허리가 삽시간에 잘려 나갔다. 구마도가 단순한 방패막이인 줄 알고 있던 것이 패착이었다.

탓.

그렇게 지면을 밟고 잠시 자세를 가다듬는 사이.

휘이이익!

동서남북 방향에서 네 명이 공중으로 동시에 뛰어들었다. 정확히 합(合)을 맞춘 베기였다.

광휘는 다시 구마도를 왼손으로, 괴구검을 오른손으로 잡았다. 그리고 괴구검의 검신을 들어 원을 그리듯 휘돌렸다.

솨아아악.

기이한 소음과 바람 소리.

응당 검끼리 부딪치면 쇳소리가 들려야 하는데 이상하게도 바람 소리가 더욱 크게 들렸다.

쩌어엉. 쩌엉 쩌엉. 쩌어어엉.

이유는 곧 밝혀졌다. 그들이 들고 있던 검. 검신이 모두 반으로 잘려 나가 버린 것이다.

"대체 어떻게⋯⋯."

동시에 땅을 밟은 네 명의 표정은 황당함으로 물들어 버렸다. 그들 중 한 대원이 말을 제대로 잇지도 못한 채 중얼거렸다.

그때 광휘가 땅을 밟고 서 있는 대원들에게로 질풍처럼 움직였다.

슈슈슈슉.

정확히 네 번. 네 지점을 찌르고는 자리에 섰다.

털썩. 털썩. 털썩. 털썩.

네 명의 대원은 멍한 표정을 지은 채 그대로 뒤로 나가떨어져 버렸다.

타타타탓.

놀라움도 잠시, 다시 열 명이 넘는 사내들이 사방에서 달려들었다. 잠시 멈춰 있던 광휘의 신형도 동시에 빨라지기 시작했다.

팍!

우측 세 명은 구마도의 도신(刀身)으로 날려 버린 뒤.

쇄액! 쏙! 쏴악!

좌측 세 명은 베고.

카아앙!

위의 검은 막으며.

퍼어억!

정면에 있는 자는 구마도로 밀어버렸다.

멈칫!

단순한, 너무나 실전적인 전투 방식에 흑마대가 움찔하자 이번엔 광휘가 그들 사이로 파고들었다. 정확히는 사우혼이 있는 방향이었다.

또다시 세 명이 접근하여 검을 찌르자.

깡! 깡! 콱!

광휘는 좌우측 검을 맞받아치며 가운데 사내의 목을 날렸다.

이번엔 여덟 명.

도처를 감싸자 광휘의 구마도와 괴구검은 팽이처럼 돌아갔다. 막고 벤 뒤 물러서 막고, 피하고 벤 뒤 막았다 다시 접근하며 물살을 헤치듯 눈부신 움직임으로 사내들을 죽여갔다.

스스스슥.

그러자 어느 순간 대원들은 삼 장 밖으로 파도가 밀려나듯 물러섰다. 스무 명이 넘게 죽었을 때였다.

"마귀……."

잔뜩 겁을 집어먹은 흑마대 대원들이 광휘를 바라보고 있었다.

그런 그들을 향해 광휘는 씨익 웃어 보였다.

第十一章 금벽진（禁壁陣）

“아…….”

장련은 충격, 그리고 환희에 휩싸였다. 적진의 소굴로 들어가 단숨에 일곱 명을 쓰러뜨린 광휘의 무위를 본 것이다. 마지막에 상대의 검신을 잘라내는 모습은 마치 무림 대회에서 잘 짜인 무대의 시연회를 보는 것 같았다.

하지만 그 이후에는 광휘의 동작을 볼 수 없었다. 얼마나 죽였는지, 어떤 식으로 상대를 제압했는지 눈으로 좇아가지 못하고 있었다.

“지금 제가 제대로 보고 있는 게 맞나요…….”

장련이 상기된 목소리로 말했다. 묵객은 미미하게 고개를 끄덕였다.

"정확히 보고 있는 게 맞소."

"정말 이길 수 있을지도 모르겠어요. 저토록 대단한 무사님이라면……."

"그건 아닐 게요."

"예?"

장련이 고개를 돌려 묵객을 바라보며 물었다. 그에 묵객은 담담히 말했다.

"지금 광 호위가 펼치는 무위는 내 예상을 몇 배는 뛰어넘는 실력이오. 하나, 이제부터일 게요. 저 정도로 죽어나갔다면 적들 역시 더는 방심하지 않을 거란 얘기요."

"그럼……."

"이제부터가 진짜 싸움이 되겠지요."

그 말에 장련은 다시 냉정을 되찾았다. 보기와 달리 점점 더 상황이 위험해지고 있다는 것을 들은 순간부터.

"수의 격차는 그리 쉽게 좁혀지는 것이 아니오."

묵객은 신중한 얼굴로 광휘를 바라보았다. 조금 전 검신을 잘라낸 것은 눈으로 봐도 믿을 수 없는 무위.

'나와의 대련에선 왜 실력을 감춘 건가.'

지금 보이는 무위로 판단하자면 절정고수, 아니 그 이상의 실력이었다.

'하지만 여전히 어려워…….'

묵객은 회의적이었다.

그 어떤 고수라도 흑마대 전원을 상대로 이길 수는 없다고 생각했기 때문이다.

＊　　　＊　　　＊

"원진(圓陣)! 원진!"

물러선 사우흔이 크게 소리쳤다. 그 말에 대원들은 광휘 주위를 팽이처럼 둥글게 감쌌다.

쩌억.

광휘는 땅에 박힌 구마도를 들며 무덤덤하게 그들을 바라봤다. 급히 둘러싼 원 안에서 빠져나올 법한데도 여유 있게 기다리고 있었다.

'저놈 대체……'

사우흔은 담담한 척 표정 관리를 하려고 노력했지만 결국 실패해 버렸다.

흑마대는 이제껏 임무를 한 번도 그르친 적이 없을 만큼 완벽한 실력을 뽐내왔다.

그러나 그런 자신감이 너무 지나쳤던 것일까.

어쩌면 오늘, 생각도 못 한 일이 벌어질지도 모른다는 예감이 들고 있었던 것이다.

"쳐!"

원진이 다 만들어지자 사우흔이 직접 명했다. 그러자 둘러싸고 있던 흑마대원 위로 네 명의 사내가 뛰어올랐다.

광휘 역시 그들과 같은 높이로 도약했다.

'응?'

쿠우우웅.

광휘가 재빨리 거대한 구마도를 휘두르는 순간, 네 사내는 몸을 뒤틀며 이를 피해냈다. 마치 처음부터 공격할 의사가 없었던 듯한 움직임이었다.

그리고 그때.

휙휙휙휙.

그들 뒤로 또다시 네 명의 흑의인이 뛰어들었다. 광휘의 신형이 바닥으로 떨어지는 찰나를 정확히 계산한 움직임이었다.

바바바박.

때마침 아래에 있던 흑마대 대원들도 움직였다. 칼을 빼 들어 광휘가 피할 방향을 더욱 좁혀 버린 것이다.

진퇴양난.

몸이 떨어지는 사이 달려드는 네 명. 그리고 그 아래에는 광휘의 목숨을 끊기 위해 다른 자들이 기다리고 있는 상황이었다. 그것이 광휘를 거세게 압박하고 있었다.

쇄애애액!

광휘는 구마도를 크게 휘둘러 자신이 떨어지는 속도를 더욱 빠르게 가속시켰다. 이후, 괴구검을 바닥으로 던졌다.

"컥!"

떨어지던 괴구검은 아래에 있는 사내 한 명의 정수리에 정확히 꽂혀 들었다.

타탁.

광휘는 정수리에 꽂힌 괴구검의 자루를 밟고 다시 공중으로 솟구쳤다. 그러곤 거의 지척까지 접근한 사내들을 향해 구마도를 휘둘렀다.

'이놈들!'

하지만 광휘의 예상과 달리 그들은 또다시 방향을 급히 바꾼 채 공격하지 않았다.

그들의 신형이 바닥으로 떨어질 때쯤, 이번엔 위, 중앙, 아래에서 불나방을 연상시키듯 각각 네 명의 흑의인들이 달려들었다. 모두 열두 명이었다.

'가장 밑이 먼저다.'

몸을 숙여 아래에 있는 사내의 목을 벤 광휘가 그들의 배를 밟고 뛰어올랐고.

쇄액.

중앙에 있던 사내의 목을 날린 뒤 다시 뛰어올라.

콰!

가장 높이 뜬 채로 달려드는 두 명을 구마도로 날려 버리며 시야를 확보했다.

그때였다.

"광 호위이이이!"

묵객이 뭔가를 보았는지 절규하듯 소리쳤다.

광휘의 눈이 번뜩였다. 직감적으로 등 뒤의 불길한 기운이 느껴진 것이다.

휘릭.

검기였다.

공중에 떠 있는 광휘를 노린 흑마대의 공격. 피할 수 있는 조건도, 공간도 없었다.

광휘는 이제껏 손쉽게 당한 놈들이 희생을 '각오'하고 내민 버린 패임을 깨달았다.

"으야합!"

많은 생각이 머릿속을 스쳐 갔지만 광휘의 움직임은 실로 호쾌했다. 묵객이 소리치자마자 몸을 비틀며 구마도를 휘두른 것이다.

지켜보던 사람들은 당연히 검기가 구마도를 뚫고 그의 목을 날릴 거라 예상했다.

기이이잉!

괴이한 일렁임과 함께 괴이한 소음이 터져 나왔다. 그 일렁임은 구마도를 관통하기는커녕 반사적으로 튕겨 나가 검기를 쏜 어느 흑의인에게 그대로 적중했다.

"커억!"

흑마대의 부대장 초공량의 몸이 부웅 뜨더니 이내 바닥을 뒹굴었다. 그리고 멈췄을 때는 더 이상 어떠한 움직임도 없었다. 그대로 즉사한 모양이었다.

스으으으.

모든 흑의인들이 그대로 멈췄다. 검기를 받아쳐 주인에게로 날려 버린 광휘의 움직임에 모두 경직돼 버린 것이다.

"아직도 많이 남았군."

광휘가 구마도를 바닥에 찍고는 한마디를 읊조렸다.

부우욱!

그리고 흙발로 짓밟고 있던 흑마대원의 정수리에서 괴구검을 뽑아내며 말을 이었다.

"와라. 하나도 남김없이 죄다 죽여주마."

*　　　　*　　　　*

패애애액!

광휘가 칼을 피함과 동시에 공격해 목이 날아가 버린 흑의인 한 명.

캉! 쇄액!

광휘의 허리춤으로 뻗은 검신이 반으로 잘린 뒤 목이 날아간 흑의인 두 명.

푹!

등 뒤로 다가갔으나 괴구검의 검신을 뒤로 휘두른 광휘 때문에 제거당한 흑의인 세 명.

피이이익!

공중에서 덤벼들었다 수직으로 그어진 네 번째 흑의인까지.

남들이 하나의 동작을 펼치는 시간에 광휘는 무려 네 명을 날려 버리고선 주위를 훑었다.

그의 날카로운 시선을 받은 흑의인들은 더 이상 공격해 오지 않았다. 무작정 맞서면 죽음뿐이라는 걸 직감한 것이다.

"후우. 후우."

숨을 연거푸 몰아쉰 광휘는 경계를 늦추지 않았다.

보통은 겁을 집어먹거나 물러설 법한 상황임에도 적들의 눈에는 그를 죽이겠다는 의지가 서려 있었다.

스윽스윽.

그리고 어느 순간 광휘를 포위한 흑마대 대원들은 결심을 한 듯 서서히 앞으로 전진했다.

그렇게 일 장 내로 접근했을 때.

슈슉! 슈슉! 슈슉! 슈슉!

사방에서 십수 명의 사내들이 달려들어 파상적인 공격을 시도했다.

캉! 캉! 캉! 캉! 캉! 캉!

이에 광휘의 움직임도 덩달아 빨라졌다. 몸을 빙글빙글 돌리며 십수 개의 칼날들을 막아내고 쳐내기를 반복했다.

"대체 저놈은 누구야?"

"장씨세가 호위무사라고……."

"누가 몰라? 그러니까 저놈은 대체 어떤 놈이냐고 묻는 것이다!"

한편, 광휘와 조금 떨어진 곳에 서 있던 사우흔은 얼굴이 창백하게 변한 채 소리를 질렀다.

그의 옆에 모인 조장 여덟은 별다른 말 없이 침묵하고 있었다. 사우흔이 화를 내는 걸 그들도 이해하고 있었다.

단지 광휘의 무공이 강하기 때문만은 아니다. 검기를 받아치는 모습이 상식 밖이기도 했지만, 지금 그가 대응하는 모습은 그보다 몇 배는 더 받아들이기 힘들었다.

무공이 제아무리 강해도 다수를 상대로 제 역량을 낼 수는 없는 법이다. 뒤통수에 눈이 달리지 않는 이상, 사방에서 날아드는 칼을 모두 막아내기란 불가능에 가깝다. 그런데도 싸우고 있다. 저런 좁은 공간에 둘러싸인 채 수십 개의 칼날을 막아내고 있었던 것이다.

'사람인 이상 결국 지칠 것이다!'

사우흔은 그 생각으로 마음을 힘들게 다잡았다. 광휘가 아무리 대단한 고수라고 해도 체력의 한계는 분명히 있다. 저리 빨리 움직인다면 내력 소모도 훨씬 심할 것이다.

'응?'

주위를 둘러보던 사우흔의 눈에 한 쌍의 남녀가 들어왔다. 창백해졌던 그의 낯빛이 이내 조금씩 가라앉기 시작했다.

"이길 수 있을지도 몰라요."

표정이 점점 밝아지던 장련이 말했다. 묵객에게서 아무런 대답이 없자 그녀는 다시 말을 이었다.

"무사님이 저토록 강하신지 몰랐어요. 이렇게 대단하리라고는……. 우린 이제 살았어요."

장련의 말에 묵객은 긍정도 부정도 해 보이지 않았다. 그를 바라보다 온몸에 털이 솟는 느낌이 들어 어떤 말도 하기가 힘들었다.

'광 호위가 불안정해……'

상태가 심상치 않다. 사람을 벨 때 미동도 없이 바라보는 눈. 뭔가 내재된 분노가 있는지 마치 고삐 풀린 짐승처럼 마구 헤집고 다니는 것이다.

'심지어 호흡도 하지 않고 있어.'

묵객은 보았다, 검을 휘두를 때나 움직일 때 숨을 전혀 쉬지 않는 모습을.

체력 소모가 극심한 무호흡법. 엄청난 집중력과 체력을 요하는 그런 호흡법을 일각(15분)이 넘게 하고 있었다.

'이대로 있으면 위험… 응?'

묵객이 그를 바라보다 한쪽으로 고개를 돌렸다. 광휘를 상대하는 무리들 중 일부가 이곳으로 달려오고 있었던 것이다.

"이런."

스윽.

묵객은 손을 뻗어 장련을 껴안았다. 그리고 어느덧 양쪽에서 검을 찔러 들어오는 흑의인을 보고 단월도를 휘둘렀다.

챙! 챙!

두 번의 공격을 막아내자 다음에는 네 명이 달려들었다.

묵객은 이를 깨물며 단월도를 휘둘렀다.

챙! 챙! 챙! 챙!

네 개의 도를 다시 밀어내며 자세를 잡을 때였다. 어느새 숫자가 열이나 불어나 그와 장련을 감싸고 있었다.

"제길……."

불평은 길지 않았다. 상대는 숨 쉴 틈을 주지 않고 사방에서 검을 찔러왔다.

휙! 휙!

묵객은 장련의 허리를 감싸고 좌우로 움직이며 민첩하게 검을 피해냈다. 그러나 한 번 뒤로 물러선 뒤, 다시 몰아치는 흑마대 대원의 검 하나를 막지 못했다.

"악!"

장련의 얼굴로 서늘한 칼날이 스쳐 지나갔다. 묵객의 어깨를 관통한 흑의인의 검이었다.

쇄애액!

장련이 뭐라 말하려던 사이, 묵객은 자신의 몸을 관통한 검을 든 흑의인을 재빨리 날려 버렸다.

"대협……."

쑤욱.

묵객은 왼쪽 어깨에 맞은 검을 빼내며 다시 자세를 잡았다.

장련이 재차 물었다.

"대협, 괜찮으신가요?"

"소저와 함께 있으면 늘 괜찮소."

묵객은 슬쩍 웃음을 지어 보였다.

'미련할 정도로 마음 깊은 사람.'

장련은 너무나 해맑은 그 모습에 가슴이 아팠다. 엄청난 고통과 압박감이 짓누르고 있을 텐데도 그는 태연해 보였다.

"무사님을 불러야……."

"광 호위는 지금 적들에 둘러싸여 있소. 무리하게 지금 부르면 상황이 더 악화될 것이오."

장련이 하는 말을 즉각 끊으며 묵객이 고개를 내저었다.

"그에게 기댈 때 기대더라도, 이들의 숫자가 삼십 명 아래가될 때 그리하는 게 좋겠소."

"하지만……."

"내가 버텨보겠소."

묵객은 담담하게 말했다. 시선은 여전히 흑의인들에게 향해 있었다.

'대체 어떻게 버티겠다는 건가요…….'

속마음과 달리 묵객의 진지한 표정에 장련은 더는 별다른 말을 하지 않았다. 더 이상 말하는 건 그의 자존심을 건드는 일이라 생각한 것이다.

"크윽. 윽!"

묵객은 오래 버티지 못했다. 이미 불명귀들을 상대하느라 상처를 입은 상황이었고, 장련을 보호하겠다는 생각 때문인지 그쪽으로 향하는 검을 전부 쳐내느라 피해를 입고 있었다. 그러다 한쪽 대퇴의 근맥을 찔렸고, 그 결과 아무리 의지가 강한 그라도 바닥에 주저앉을 수밖에 없었다.

"대협!"

장련은 얼굴을 일그러뜨리는 묵객을 보며 소리쳤다.

"가시오! 소저!"

온몸이 피로 물든 묵객이 고함을 질렀다. 장련이 움직이지 않고 가만히 서 있자 그는 재차 말을 이었다.

"내가 뒤를 맡겠소. 그러니 무조건 밑으로 달려 나가시오. 어서 빨리……."

"아뇨. 가지 않겠어요."

장련은 고개를 저었다. 묵객이 재차 설득하려다 장련의 눈빛을 보고는 멈칫했다.

"저 때문에 두 분이 여기서 싸우고 계시잖아요. 이런 와중에 제가 혼자서 가긴 어딜 가겠어요."

"소저……."

"저라도 막고 있을게요. 빨리 상처를 치료하세요."

스캉.

장련은 묵객의 허리춤에 있는 검을 빼 들며 자리에 섰다.

"망할."

지이이익.

묵객은 급히 외의를 찢어 허벅지 부근을 빠르게 동여매며 응급처치를 했다. 한시가 급한 상황인지라 앞뒤 잴 여유도 없었다.

처억.

묵객의 행동에 흑의인들은 서로 눈빛을 교차했다. 연기인지, 아니면 진짜인지 구분하기 위해 신중을 기했던 것이다.

그러다 무사 한 명이 천천히 접근했다.

"덤벼봐!"

검을 든 장련이 가냘픈 목소리로 목청이 터져라 외쳤다. 어설픈 동작으로 검을 든 장련의 모습에 그는 씨익 웃더니 빠르게 접근했다.

"잇!"

휘익.

검을 휘두르는 모습에 그는 몸을 슬쩍 뒤로 뺐다. 너무나 어설픈 동작에 김이 새버린 것이다.

장련이 다시 검을 세울 때쯤 그는 더는 지체하지 않았다. 신경 쓸 정도가 아님을 조금 전 움직임으로 파악한 상태였다.

"컥!"

그러던 그때, 그는 순간 눈을 부릅뜨며 뒤로 물러섰다. 그러고는 이내 경악에 찬 시선으로 어깨를 매만졌다. 단 몇 치 차이로 가슴을 비껴 나 어깨에 검이 박혀 있었던 것이다.

힘없이 검을 휘두르고 있던 여인이 그 검을 집어 던질 줄은 상상도 못 한 그였다.

휙! 휙! 휙!

그사이 장련은 바닥에 떨어진 검들을 주워 사방을 에워싸던 흑의인들에게 집어 던졌다. 제법 날카로운 공격이었지만 이번에는 단 한 명도 맞지 않았다.

한 사내가 방심해서 당하긴 했지만 이들은 일류고수들. 풋내기 수준인 장련의 공격에 당할 사람은 아무도 없었다.

"맛이 어떠냐!"

장련은 묵객의 검이 어깨에 박혀 들어간 흑의인을 향해 외쳤다. 어느덧 그녀는 가냘픈 여인이 아닌, 혈기 넘치는 무인의 눈빛으로 변해 있었다.

"여인이라고 함부로 봤다간 큰코다칠 것이야!"

*　　　*　　　*

쩌어엉. 쩌정.

구마도로 공격을 막으며 광휘는 이번에도 두 개의 검을 잘라 버렸다. 너무나 가볍게 검신을 잘라내는 무위에 흑의인 두 명의 눈가에 경련이 일었다.

슈슛! 슈슉!

그것이 그들의 마지막이었다. 광휘가 그들에게 검신을 찔러 넣고는 곧장 죽여 버렸다.

캉! 캉! 캉! 캉!

거기다 옆에서 날아온 여러 칼날을 보지도 않고 막았다.

이후.

패애애애액!

한 발짝 달려 나간 광휘가 구마도를 좌에서 우로 휘둘렀다. 그러자 흑마대 대원 네 명의 몸이 삽시간에 잘려 나갔다.

슈슈슉!

또다시 벽을 쌓으며 광휘를 압박하는 흑마대 대원들.

동료들이 죽은 자리에 또다시 네 명의 대원들이 들어와 칼을 휘둘렀다.

휙! 휙!

광휘는 고개를 좌우로 돌려 연거푸 피하며 몇 발짝 뒤로 물러났다.

'진법이군.'

주위를 둘러싸는 형태를 본 그는 생각했다. 적의 숫자, 자리하고 있는 위치에 따라 종종 진법을 쓴다. 지금 이들이 펼치는 진법은 상대가 지칠 때까지 체력을 빼앗으며 끝까지 버티는 방어 위주의 진법. 무리한 공격을 하지 않고 방비를 하는 것이다.

'말려들면 안 돼. 잘못하다간 목이 날아간다.'

광휘는 긴장했다. 많은 수와 상대하느라 자신의 몸 상태도 그리 좋지 않았다. 이 정도의 인원으로 지구전을 펼친다면 아무리 자신이라 해도 한계가 오리란 것을 직감했다.

"덤벼봐!"

"……?"

그러던 그때, 멀리서 여인의 목소리가 들려왔다.

'이런.'

그 소리에 광휘의 미간이 좁혀졌다 펴졌다. 싸우느라 장련의 존재를 잊고 있었던 것이다.

척척척척.

광휘의 눈빛을 본 흑마대는 진열을 가다듬으며 더욱 몸을 굳혔다. 눈앞의 상대가 왠지 덤빌 것 같은 기세가 느껴졌기 때문이다.

그리고 그 예감은 틀리지 않았다.

타타탓.

"제길!"

광휘는 정면을 향해 달려갔다.

탁! 타탁!

그에 대응하기라도 하듯 후방에 있던 흑마대 대원들이 앞쪽에 있는 사내들의 어깨를 밟고 이 층 벽을 쌓았다.

탁! 타탁!

그리고 또다시 어깨를 밟고 삼 층, 사 층까지 벽을 쌓았다. 광휘의 도약을 물리적으로 막으려는 수법이었다.

"설마 무식하게 저길 돌파하진 않겠지."

지켜보던 사우흔은 생각했다. 원진을 둘러싸고 있는 인원은 사십여 명. 사 층으로 쌓인 인간 벽의 높이는 이 장 삼 척(약 칠 미터). 덤벼드는 순간, 좁은 공간에서 이들의 공격을 받아내야 했다. 아무리 무모해도…….

"미친놈!"

그의 표정이 삽시간에 굳어졌다. 광휘가 정말로 그곳을 향해 도약했던 것이다.

슈슈슈슉! 슈슈슈슉! 슈슈슈슉! 슈슈슈슉!

무려 열여섯 개의 칼이 먼저 나왔고.

슈슉! 슈슉! 슈슉! 슈슉!

뒤이어 여덟 개의 칼이 광휘의 등 뒤를 쫓았다.

사방을 뒤덮은 수많은 칼날들.

그 모습을 보던 광휘는 마치 정지된 듯이 느리게 움직였다.

짧은 순간이라도 모든 것을 판단할 수 있는 직관력이 필요하다.

팽그르르르.

광휘는 구마도를 회전시켜 곧장 정면을 향해 던져 버렸다. 그러자 세 명의 흑의인들이 날아가며 일순간 벽에 구멍이 뚫려 버렸다.

어떤 칼이 더 날카로운지.

캉! 캉!

구멍이 생긴 틈으로 달려 나가던 광휘가 가장 빠르게 당도한 두 사내의 칼날을 쳐내며.

어떤 적이 더 위협적인지.

쇄액! 쇄액!

몸을 비틀어 머리 쪽으로 떨어지는, 위협적인 흑의인들의 목을 날려 버리고는.

어떤 부분이 적의 가장 매서운 부분인지.

허리춤과 허벅지를 스치는 세 개의 칼을 무시해 버린 채 구멍을 통과해 빛살처럼 뛰어나갔다.

"이럴 수가!"

지켜보던 사우혼의 얼굴은 충격을 넘어 경악에 가까웠다.

금벽진(禁壁陣).

전원이 몰려들어 소수의 고수를 압박해 제압하는 흑마대 최고의 전법이었다. 아무리 고수라 해도 성처럼 쌓인 인간 벽을 상대하다 보면 체력을 소진해 무릎을 꿇고 마는 법이다.

그런데 그런 금벽진을 버텨낸 것도 모자라 강제로 뚫어버리다니, 이건 상상도 못 한 일이었다.

거기다 묵객이란 사내 역시 지독했다. 땅바닥에 주저앉은 채로 흑마대 대원 둘의 목을 날려 버리고는 아직까지 버티고 있었던 것이다.

얼얼할 정도로 경직되어 있던 사우혼은 곧장 사내들에게 소리쳤다.

"저년이다! 저년을 공격해라!"

후방에 남은 장씨세가의 호위무사. 그리고 묵객이 필사적으로 막아서서 지키고 있는 장씨세가의 여식. 저 여인을 공격함으로써 둘의 기세를 흐뜨러뜨릴 수 있다는 생각이 떠올랐다.

*　　　*　　　*

"악!"

힘겹게 서 있던 장련은 칼이 눈앞까지 찔러오자 비명을 질렀다.

콰득!

그러던 그때, 검이 그녀의 눈앞에서 멈췄다. 묵객이 장련을 노린 공격을 맨손으로 잡고는 악력으로 버텨낸 것이다.

"감히 누굴!"

응급처치가 끝난 묵객은 자리에서 일어서며 검을 찌른 사내의 목을 날려 버렸다.

쉭쉭쉭!

틈을 놓치지 않고 좌우측에서 검이 쏟아졌다.

카카캉!

세 개의 검을 연달아 쳐냈지만 앞뒤, 연이어 날아온 두 개의 칼날에 묵객의 눈이 흔들렸다.

'하나는 포기해야 해.'

결국 묵객은 정면에 있는 검을 쳐내기 위해 몸을 움직였다.

패액!

상대의 목을 날려 버린 뒤, 뒤를 돌아보며 눈을 질끈 감았다.

"아!"

묵객은 순간 신음을 흘렸다. 흑의인의 검이 자신의 가슴을 관통하리라 생각했건만, 흑의인의 몸은 부웅 하고 떠 저만치 날아갔다. 그의 가슴에는 익숙한 칼날이 박혀 있었다.

타탓.

광휘가 다가와 상대의 몸을 관통한 검을 다시 뽑아 들었다. 던진 구마도도 어느새 회수했는지 그의 왼손에 들려 있었다.

파파팟.

대화할 시간은 없었다. 어느새 흑마대 대원들이 주위를 감싸기 시작했기에, 광휘는 묵객 쪽으로 다가와 주위를 경계했다.

어느덧 광휘와 묵객은 장련을 사이에 두고 서로 반대편을 보고 섰다.

캉! 캉! 캉! 캉! 패액! 쇄액!

묵객은 네 명의 흑의인을 상대하다 빠르게 두 명의 사내를 죽여 버렸고.

캉! 쇄액 패애애액!

광휘는 찔러 들어오는 검 하나를 쳐낸 뒤 동시에 세 명의 목을 날려 버렸다.

그들의 거센 저항에 남아 있던 흑의인들은 뒤로 물러섰고, 멀리 떨어진 곳에서 합류한 자들은 잔뜩 인상을 찌푸리며 더는 다가서지 않았다. 광휘와 묵객은 잔뜩 긴장된 표정으로 주위를 경계했다.

"빚은 나중에 갚겠소."

"다 갚기 벅찰 텐데?"

광휘의 짤막한 말 한마디에 묵객은 씨익 웃어 보였다.

"수중에 모아둔 돈이 좀 있소."

감상에 젖을 시간 따위는 없었지만 왠지 그의 말이 어느 때보다 기분 좋게 들렸다.

"물건을 보고 판단하지."

광휘도 기분이 나쁘지 않은지 입꼬리를 말아 올리고 있었다.

"또 와요!"

장련이 소리침과 동시에 광휘와 묵객은 반사적으로 적을 향해 뛰어나갔다.

第十二章
반격

캉캉캉!

요란한 쇳소리가 몇 번 들렸을 때쯤 흑의인들은 뒤로 주춤주춤 물러섰다.

광휘에게는 검을 맞댈 자가 거의 없었고, 묵객 쪽은 예상외로 저항이 심했다.

장련을 두고 두 사내는 다시금 등을 보이며 섰다.

"광 호위……."

묵객이 순간 고개를 돌렸다.

"아니오."

광휘가 별다른 표정 없이 바라보자 묵객은 고개를 돌렸다. 하지만 그의 표정은 여전히 어두웠다. 광휘의 숨소리가 지나치게

크다는 걸 느낀 것이다.

'호흡이 불규칙해.'

광휘처럼 일정 수준을 뛰어넘는 자가 숨을 몰아쉰다. 이는 체력적인 한계가 왔다는 것을 뜻했다. 수많은 적들을 베며 쉴 새 없이 움직였으니 숨이 찬 건 당연했다.

"내가 소저를 데리고 움직이겠소."

숨을 고르던 광휘가 묵객에게로 고개를 돌렸다.

"아니오. 표적은 우리가 되겠소."

묵객은 그를 향해 담담히 말을 이었다.

"형장이 우리 뒤를 맡아주시구려. 내 지금까지 지켜보건대, 형장은 자유롭게 움직일 때 능력을 발휘하는 사람이오."

"……."

"그리고 무엇보다, 나는 그대의 짐이 될 만큼 모자란 사람은 아니오."

묵객의 말에 광휘는 고개를 끄덕였다.

'하긴, 묵객 정도면 지금 상황에 어떻게 해야 하는지 알 테지.'

확실히 자신이 장련을 데리고 도망치면 이전처럼 움직이기 어렵다. 손을 묶인 채로 많은 수의 적들을 상대하다 보면 분명 위험에 빠질 것이다. 거기다 앞에 적들이 얼마나 있는지 모른다.

"죄송해요. 계속해서 짐만 되고 있어요……."

장련은 슬픈 얼굴로 작게 입을 열었다.

광휘도, 묵객도 어디에서든 내로라할 강호의 일류고수들이다.

그런 두 명의 무사들이 지금, 겪지 않아도 될 어려움에 처해 있었다. 자신 때문에.

"이렇게나 아름다운 짐이라면 얼마든지 환영이오."

묵객이 웃으며 말했고.

"쓸데없는 소리 할 기력이 있으면 아껴두시오."

광휘도 차갑게 말했다.

"내 참. 이 형장도 입버릇하곤. 그럼 소저, 실례."

"아!"

묵객이 다친 왼팔로 장련의 허리를 감쌌다.

치이익.

그리고 외의를 벗고 이를 찢어 그녀를 동여맸다.

장련은 얼굴이 발그레하게 달아올랐지만 저항하지 않았다. 지금은 몸을 맡기는 것이 그나마 도와주는 것이라는 걸 안 것이다.

"흑마대의 고수들은 아직 움직이지 않고 있소."

광휘가 묵객을 보다 한쪽으로 고갯짓을 하며 말을 이었다.

"일 차 목표는 분명 당신이 될 게요."

"그렇겠지."

묵객은 고개를 끄덕였다. 그리고 천을 다 동여매고는 말을 이었다.

"광 호위, 난 살 거요. 살아서……."

"……."

"장련 소저와 더 오래 있을 거요."

광휘는 침묵했다. 너무 뜻밖의 말이라서 그런지 뭐라고 대꾸해야 할지 알 수가 없었다.

한참을 뭐라 입술을 달싹이던 그는 스윽 검을 뽑아 앞으로 겨누었다.

"…나도 같은 생각이오."

*   *   *

광휘가 한쪽으로 움직이는 순간 진법을 펼칠 것 같았던 흑마대는 길을 터줬다. 광휘와 몇 번을 상대해 본 결과, 일단 정면으로 부딪치면 안 된다는 것을 깨달은 것이다.

타탓.

그사이 묵객은 장련을 품에 안고 그 공간을 뚫고 나아갔다. 목표가 빠져나갔음에도 흑마대는 동요하지 않았다. 그들은 조용히 지시를 기다렸다.

"무리하게 쫓지 마라."

사우흔은 흑마대를 향해 명하고는 고개를 돌렸다. 그의 앞에 여덟 명이 서 있었는데, 이들은 대원들을 이끌고 있는 조장들이었다.

"하면, 어떤 식으로."

어깨에 이(二) 자가 수놓인 사내가 물었다.

"묵객은 한계까지 왔다. 그런 그를 공격하다 보면 광휘란 놈도 방비를 하겠지. 그러면 틈이 날 거다. 그걸 잡으면 된다."

"옙."

조장들은 말이 끝나자마자 달아나는 그들을 쫓기 시작했다.

그 모습을 보며 사우혼은 잠시 생각했다.

'아무리 대단한 자라 해도 피해 갈 수 없다.'

묵객과 그 품에 안긴 여인을 공격하면 자연스레 광휘는 동요할 수밖에 없을 것이다. 그 틈을 노려 자신이 직접 나서면 끝낼 수 있을 터.

'감히 흑마대를 우습게 본 대가를 치르게 해주겠다.'

이미 흑마대의 이름은 치명적인 손상을 입었다. 여기서 저들을 죽이지 못해 밀영대까지 나선다면 흑마대만이 아니라 귀문의 명예까지 땅에 떨어질 것이다.

사우혼은 눈을 찡그리며 그제야 뒤를 쫓기 시작했다.

'공자님…….'

묵객의 품에 안긴 장련은 안타까운 시선으로 그를 바라보았다. 유독 옷을 찢어 동여맨 허벅지가 눈에 들어왔다. 그런 상황에서도 어떠한 내색 없이, 그것도 이토록 빨리 내리막길을 달려가고 있었다.

스스스슥.

위기는 생각보다 빠르게 찾아왔다. 눈앞에서 인기척이 느껴졌던 것이다.

"와요!"

장련이 말할 때였다. 나뭇가지를 스치는 소리와 함께 세 명의 사내가 날아들었다. 장련은 걱정했다. 자신을 안은 채 묵객이 적들을 상대할 수 있을까 싶었던 것이다.

"왼쪽이오."

묵객은 한마디 외치고는 오른쪽에서 덤비는 사내의 검 하나를 막아내고 다른 검은 피해 버렸다.

장련의 고개가 왼쪽으로 돌아가는 순간.

패애애애액!

뒤에서 빛살처럼 가르는 한 줄기의 공격이 사내들의 목을 날려 버렸다.

'언제 무사님이……'

어느새 광휘가 등 뒤까지 다가와 있었던 것이다.

다다닷.

계속해서 묵객이 앞으로 달려 나가는 사이, 이번엔 옆에서 무사 한 명이 뛰어나왔다.

"오른쪽."

패애애액.

몸을 도약하는 순간 광휘가 흑의인의 가슴을 날려 버렸다.

묵객은 더욱 빠른 속력으로 달려 나갔다.

이번엔 좌우 측 여섯 곳. 하나, 이번엔 말하지 않았다.

스스스.

여섯 검이 묵객의 자리에서 교차하는 순간, 그의 신형이 흐릿하게 사라졌다. 신법을 써서 순간적인 움직임으로 피해냈던 것이다.

쇄액! 쇄액!

묵객이 지나간 자리. 잠시 주춤거리던 두 명의 목이 광휘의 검에 날아갔다.

다다다닥.

묵객은 앞으로 미친 듯이 질주했다. 걸을 때마다 통증 때문에 움직이기 힘든데도 그는 인내심으로 끝까지 버티고 있었다.

"나무로 둘러싸인 곳이 있으면 좋겠는데……."

점점 경사진 비탈길을 내려가던 묵객이 투덜거리며 말했다.

"왜요?"

장련이 이유를 물었다.

"광 호위의 검술은 감각과 임기응변에 특화되어 있소. 그가 편히 움직이기 위해선 장애물이 있는 곳이 필요하오. 흑마대가 진법을 펼치기 어렵기도 하고."

그 말에 장련은 문득 뇌리에 뭔가가 스쳤다.

"여기서 가까워요."

"알고 있소?"

"네."

운수산은 장씨세가 사당이 있는 곳이다. 거기다 지형이 험난하기 때문에 주의해야 할 곳은 익히 알고 있었다.

"여기서 저 앞 바위 왼쪽으로 틀어요."

그 말에 묵객이 바위를 밟고 방향을 바꾸었다. 순간 밑에서 기다렸다는 듯 두 명의 신형이 튀어 올랐다.

"왼쪽."

패애애액!

바로 뒤쪽에서 또다시 은신해 있던 두 명의 흑의인.

"오른쪽이오!"

패애애애액!

묵객의 단월도와 광휘의 괴구검이 허공으로 치솟으며 두 명의 목을 날려 버렸다.

장련이 방향을 속삭이자 묵객은 나무 귀퉁이를 돌아 오른쪽으로 달려 나갔다. 그리고 세 명의 사내들이 일렬로 덤벼들었을 때는 그가 먼저 제거해 버렸다.

'정도(正道)의 무공이다.'

한편, 매섭게 질주하는 묵객을 뒤따라가던 광휘는 서서히 생각에 잠겼다. 적들이 많다. 이럴 땐 보통 기회가 있으면 숫자를 줄이려고 움직이는 것이 일반적이다.

그러나 묵객은 최소한의 움직임만으로 갔다. 그리고 가급적 부딪치지 않고 피하며 확실할 때 승부를 보려 했다.

정론이다.

몸 상태가 여의치 않은 상황에서 뒤를 맡아주는 광휘의 역할을 이해해 무리하지 않고 움직인다. 천중단 내에서 주로 도문(道門) 출신의 단원들이 이런 판단을 했었다.

"무당의 진천이라고 하오. 서설(瑞雪: 상서로운 눈)이 깔린 길이 더욱 눈부신 법. 함께 잘해보십시다."

"헐헐. 청성의 석훈이라 하오. 노도가 생각하는 협(俠)은 바르고 큰 것을(大) 사람(人)들이 모여 받쳐 세우는 것이오. 협을 가슴에 품고 받들며 살아가는 것. 그것이 내가 여기 오게 된 이유요."

'그들이 천중단의 중심이었다.'

검에는 사람이 담긴다고 했던가. 그들은 바른 검술만큼 사람 또한 발랐다. 누구보다 의협심이 깊은 자들이었고, 동료들의 도움이 없을 때는 스스로 희생했던 자들이다. 그리고⋯ 살수 암살단 내에선 그런 자들이 가장 빨리 죽었다.

성정이 바른 사람은 천중단의 과도한 임무도, 임무에 스러져 가는 애통한 인명도 적당히 보아 넘기지 못했다. 그리고 최후에 남았을 때는 자책감에 못 이겨 광마처럼 변하기도 했다.

'묵객이라⋯ 칠객의 이름이 부끄럽지 않은 건 확실하군.'

광휘는 상념에서 빠져나오며 묵객이 말하는 적들을 다시금 처리하기 시작했다.

*　　　*　　　*

"대체 저놈들은 언제 지치는 거야!"

빠르게 따라가던 사우흔은 결국 화를 내버렸다. 몇 번을 접근했음에도 대원들의 피해만 늘어나고 있었다. 호위무사란 놈도 기가 차는데 묵객도 여간내기가 아니었다.

"내 돌아가면 문주께 이 정보를 흘렸던 놈들부터 죽이자고

건의할 것이야!"

그의 외침에 눈치를 보던 조장 중 한 명이 다가와 말했다.

"대장… 대원들이……."

"아니, 아직이다. 더 기다려야 해!"

흑마대 사우혼은 동료들이 죽어나가는 와중에도 초인적인 인내심을 발휘하고 있었다. 수하들을 희생해서라도 이들을 확실히 잡고 싶었기 때문이다.

'아직 시간은 있어. 대원들은 언제든 충원할 수 있다.'

흑마대의 구성은 일흔둘. 지금까지 죽어나간 자들은 대략 마흔 명.

많은 숫자가 죽었지만 사우혼은 그렇게 생각하지 않았다. 흑마대를 이끌고 있는 자들은 부대장을 포함한 여덟 명의 조장이었다. 이들은 최고의 정예 요원이었다. 이들이 살아 있다면 언제든 흑마대는 다시금 전력을 갖출 수 있었다.

'저들이 가장 힘들어할 때, 그때 공격해야 한다.'

그는 그때가 승부처라 여기고 있었다.

＊　　　＊　　　＊

"여기예요."

묵객이 빽빽한 교목들이 있는 곳으로 진입하자 장련이 말했다.

"일단 좀 풀어줘요."

묵객이 조금 완만하게 접어드는 곳에서 걸음을 멈추자 그녀는 재차 말을 이었다.

"아직은 안 되오."

"이대로 움직이면 대협께서 불편해요, 제가 아니라."

그 말에 묵객은 잠시 고민하다 옷깃을 찢었다. 확실히 지금 이 상황에선 재빠르게 움직이는 것이 오히려 더 안전할 거라는 생각이 든 것이다.

해가 뉘엿뉘엿 넘어가고 앙상한 가지가 숱하게 펼쳐져 있는 주위는 조용했다. 전략을 짜는 것인지 흑마대는 보이지 않았다.

스윽스윽.

혼자 몸이 된 묵객은 갑자기 주위를 배회하듯 움직였다. 그리고 얼마 지나지 않아 손아귀에 몇 가지를 들고 왔다. 지푸라기로 보이는 풀과 단단한 돌이었다.

가가가각. 가가가각.

묵객은 곧장 몸을 웅크려 마른 풀에 단월도를 내리그었다. 칼날이 상할 법한데도 그는 신경 쓰지 않고 수차례 그어댔다.

화르르륵.

강한 쇠의 마찰 때문인지 어느 순간 지푸라기가 타며 불씨가 손쉽게 만들어졌다.

처억.

지푸라기를 더 얹어 불길이 치솟을 때쯤, 그는 애병인 단월도를 그 위에 가져다 댔다.

"뭐 하시는 건가요?"

"곧 아시게 될 게요."

묵객은 단월도의 한쪽 면을 집중적으로 달구었다.

그의 진지한 표정에 장련은 이유를 물으려다 그만두었다. 사실, 그보다 더 궁금한 것이 있었다.

"그런데 대협, 버티라는 말이 무슨 뜻일까요?"

이곳에 당도하기 전, 광휘가 둘을 향해 그 말을 남기고 간 것에 의문을 표한 것이다.

"중간에 내가 잠시 사라지면 잠시만 버텨보시오."

"어떻게든, 무슨 수를 써서든!"

"아마 승부를 보려는 걸 게요."

묵객은 살짝 턱을 쓸며 생각을 가다듬었다. 광휘가 무슨 생각을 하는지 약간 짐작 가는 바가 있었다.

"이토록 무리를 지은 자들을 상대로 빠르게 승부를 보는 방법은 하나요. 위험하지만 가장 치명적인 약점, 그것은 바로……."

묵객은 장련이 들을 수 있도록 조용히 속삭였다.

"적의 수장이오."

"아!"

장련은 짤막히 신음을 내뱉었다.

"어떻게 될진 모르오. 광 호위도 제법 지쳤고, 나도… 그렇소."

묵객은 솔직히 속내를 터놓았다. 손을 뻗을 힘이나 있을까 싶은 몸 상태였다. 그만큼 상황이 심각했다.

"저는 하나도 겁 안 나요. 당연히 이길 거니까."

"소저……"

"살아도 함께고 죽어도 함께잖아요. 무사님도, 대협도요."

장련이 밝게 웃으며 말하자 묵객은 슬쩍 미소를 내비쳤다. 죽는다는 말에도 이토록 태연하게 웃는 그녀를 보니 문득 자신이 부끄러워진 것이다.

스스스슥.

잠깐의 시간이 지나고, 사방에서 적들의 모습이 비치기 시작했다.

대략 이십여 명.

추적해 오던 흑마대원 대부분이 이곳으로 온 듯했다.

"아쉽지만 이쯤 해야겠군."

묵객은 자리에서 일어섰다. 그러고는 빠르게 윗옷을 벗어 던졌다.

"아!"

장련은 짤막히 신음을 터뜨렸다. 몸에 난 엄청난 상처 자국들. 그중에는 피가 줄줄 흘러내리는 큰 상처도 있었다. 대강 짐작은 했지만 설마하니 이 정도일 줄은 상상도 하지 못했던 그녀였다.

"음."

묵객은 이내 자신의 병기를 부상당한 자리로 가져다 댔다.

"대협? 대협!"

치이이이!

"으윽. 으으으윽."

불에 달아오른 단월도가 살을 태우며 기분 나쁜 냄새와 연기를 뿜어냈다.

"대협… 대협……."

장련은 온몸을 떨며 묵객을 향해 울먹였다. 그가 왜 그러는지는 알 것 같았다. 싸매고 덮는 정도로는 출혈이 멎지 않으니 아예 불에 달군 칼날로 지져 피를 멎게 하는 것이다.

치이이이.

상처가 시뻘겋게 익어가며 피는 멎었다. 그러나 그 대신 살이 익으며 끔찍한 고통이 찾아들었다.

'뭐, 이것도 나쁘지는 않군.'

묵객은 고통 속에서도 웃었다. 진저리 칠 만한 고통 때문에 흐려졌던 정신이 맑아졌으니까.

"크으으으. 으으윽."

흑의인들이 점점 다가오는 순간에도 묵객은 멈추지 않았다. 어깨, 허리, 그리고 허벅지 부근에도 망설임 없이 도를 가져다 댔다.

처억.

그리고 예리한 눈빛을 띤 흑의인들이 삼 장 내로 접근할 때쯤.

"하아, 하아."

묵객은 거친 숨을 몰아쉬며 그제야 단월도를 제대로 잡았다.

탓. 타앗.

흑의인 두 명이 달려들자 그들에 맞서 묵객이 움직였다.

챙!

왼쪽의 도를 막고.

챙!

오른쪽의 검을 순차적으로 막은 뒤.

패액!

다시 왼쪽 사내의 목을 베고.

쇄액!

자세를 낮춰 우측 사내의 공격을 피함과 동시에.

스윽.

목을 내밀고 있는 상대의 턱을 베어 올렸다.

풀썩. 풀썩.

도법의 정석을 보는 것처럼 완벽한 움직임에 두 사내는 동시에 뒤로 쓰러졌다.

처억.

주위를 에워싸며 접근하던 흑의인들의 걸음이 멎었다. 곧 쓰러질 것 같던 묵객의 움직임이 심상치 않았기 때문이다.

"장련 소저… 하아, 하아."

숨을 힘겹게 토해내는 묵객의 안색은 거의 샛노래져 있었다. 고통 때문인지, 흘린 피 때문인지 밝던 그의 모습은 더 이상 찾아볼 수 없었다.

"광 호위가 올 때까지 한번 버텨봅시다."

하지만 그는 억지로라도 미소를 지어 보였다. 그리고 눈물을 글썽거리는 장련을 향해 밝은 목소리로 말을 이었다.

"…해서 모두 함께 삽시다. 꼭 살아납시다."

＊　　　＊　　　＊

"그를 놓쳤습니다."

나무가 밀집된 겨울 숲으로 들어가던 사우혼이 보고를 받고 멈칫했다.

"놓치다니? 분명 그들을 쫓고 있었던 게 아니더냐!"

"그랬습니다. 한데, 묵객에게 신경을 쏟는 사이 감쪽같이 사라졌습니다."

그 말에 사우혼은 미간을 찡그렸다. 광휘가 갑자기 사라진 이유에 대해 의문이 든 것이다.

분명 호위무사라 하였으니 장씨세가 여식을 호위하는 것이 당연할 터. 그런데 곧 쓰러질 것만 같은 호위 대상을 버리고 움직인다는 것이 이해가 되지 않았다.

"어차피 묵객과 세가의 여식은 대원들이 죽일 것이다. 너희들은 샅샅이 뒤져 그의 위치를 확보해라!"

"옙!"

여덟 명의 조장은 곧장 부복하며 삽시간에 시야에서 사라졌다.

사우혼은 잠시 생각에 잠겼다. 무슨 꿍꿍이라도 생각해 낸 것인가.

"혼자 살기 위해 도망친 건 아니겠지. 아니면 혹시……."

퍼뜩!

사우혼은 문득 소스라치게 놀랐다. 자신들은 분명히 상대를 궁지로 밀어붙였다. 하지만 궁지에 몰린 쥐는? 고양이를 향해 달려든다고 하지 않던가!

"맞아. 너를 노린 거다."

그때였다. 저 너머에서 서늘한 목소리가 들려왔다.

"대체 어떻게……."

광휘를 본 그의 표정은 삽시간에 굳었다. 언제 다가왔는지 오장 너머에 있는 나무 위에서 광휘가 가지를 밟은 채 그를 노려보고 있었다.

이해할 수 없는 일이다. 조금 전 조장들이 앞, 뒤, 좌, 우로 달려 나갔다. 그런 상황인데 어떻게 그들의 눈을 피해 이곳에 와 있던 것일까. 자신까지 속인 채.

'여기서 승부를 걸어야 한다.'

사우혼은 목청껏 소리쳤다.

"흑마대 조장! 모두 이곳으로 오거라!"

그 뒤, 곧바로 자신의 몸 일곱 군데의 사혈을 눌렀다.

회승강교혈법(會承强交血法).

귀문 고유의 비전으로, 생명의 근원이라 할 수 있는 원기(原氣)까지 끌어내 증폭시키는 수법이다.

일순간 생사현관을 타동할 수 있다는 회승강교혈법.

하나, 혈관을 강제로 여는 것이기 때문에 시간이 지나면 내공이 역류하게 돼 죽음에 이르는 비전이었다.

그럼에도 사우혼은 망설이지 않았다. 적은 자신보다 몇 배는 강하다. 개죽음을 당할 바에야 이 방법이라도 쓸 생각이었다.

지이이잉.

그는 곧 모든 내력을 끌어올려 검신 끝에 담았다. 공기가 일렁거리며 검신 끝에서 두 자 정도의 사이한 기가 새어 나왔다.

"죽기로 각오한 건가? 뭐, 어쨌든 상관없다."

광휘는 주위를 슬쩍 바라보았다. 사우혼의 고함 소리를 들었는지 멀리서 흑마대 일원으로 보이는 여덟 명이 이곳으로 달려오고 있었다.

"금방 끝날 테니까."

툭.

나뭇가지를 튕기며 사뿐히 땅을 밟고 내려오던 순간이었다. 광휘는 사우혼을 향해 섬전 같은 속도로 즉각 달려들었다.

"환영기검(換影氣劍)!"

사우혼이 익힌 귀영혈류검법(鬼影血流劍法)의 절초.

그는 망설임도 없이 최강의 초식을 뽑아냈다.

처억.

파도처럼 거센 기운이 몰아치자 광휘는 구마도를 급히 들어 앞을 막았다.

기이이잉!

가공할 만한 힘이 손아귀에 느껴지자마자 광휘는 구마도를 비틀었다.

"사량발천근? 무당의 무공을 어떻게!"

사우혼은 놀란 표정을 지었다. 하지만 위급한 상황인지라 말을 하면서도 계속해서 검기를 뿌려댔다.

대개 환영기검의 초식은 몇 개의 검풍(劍風)과 하나의 검기가 섞여 있었지만 그는 잠력까지 끌어낸 상태. 공력의 모든 것이 검기였던 것이다.

쩌엉! 쩌엉! 쩌엉!

가공할 만한 위력에 이를 흘려보내던 광휘의 구마도에도 흠집이 나기 시작했다. 그럼에도 아랑곳하지 않고 광휘는 그와의 거리를 더욱 좁혔다.

"허억! 허억!"

사우혼이 숨을 연거푸 쏟아내며 잠시 머뭇거리는 그때, 상대의 틈을 발견한 광휘가 크게 도약하며 지척까지 달려들었다.

'걸려들었다, 이놈!'

힘든 표정을 짓던 사우혼은 곧바로 눈을 치켜뜨며 검기를 발출했다. 그 나름대로 상대의 방심을 이용한 함정을 판 것이다. 한데, 광휘는 속도를 전혀 줄이지 않았다.

사우혼의 얼굴에 한 줄기 스쳐 가는 당황스러움.

얼음 조각처럼 냉정하고 시린 광휘의 표정이 그의 표정과 교차되었다.

콱!

사우혼의 검이 광휘의 가슴속 늑골을 관통했다. 그런데 찔린 광휘는 무덤덤했고, 오히려 사우혼의 얼굴이 일그러졌다.

"뭐 이런 미친……."

"쿨럭! 쿨럭!"

늑골을 관통당한 것은 광휘인데 거꾸로 사우흔이 피 섞인 기침을 내뱉었다. 함정을 파고 적을 끌어들였다. 그런데 걸려들었다고 생각했던 상대는 함정인 줄 뻔히 알면서도 제 발로 달려들어 자신의 요혈을 부순 것이다.

　"왜… 왜 이렇게까지 무식한 방법을……."

　"간단해."

　패애애액.

　광휘는 오른손에 쥔 괴구검을 움직여 답변을 요구하는 사우흔의 목을 그어버렸다.

　툭.

　맥없이 떨어지는 그의 머리를 보고는 뒤늦게 대답했다.

　"시간이 없으니까."

第十三章

낯선 자의 출현

"이럴 수가……."

여덟 명의 흑마대 조장은 지금 눈앞에 벌어진 광경을 보고서도 믿기 힘들었다. 사우혼은 주검으로 변해 있었고, 그 옆에는 낯익은 사내 한 명이 우두커니 서 있었던 것이다.

반의반 각(3분) 아니, 그보다 더 짧을지도 모른다. 이들이 숲지대를 벗어나기 전에 외침을 들어 그길로 곧장 이곳에 당도했기 때문이다.

지이익.

쏘아보는 사내들의 시선을 뒤로하고 광휘는 외투를 벗어 찢었다. 그러고는 어깨를 동여매는 데 집중했다. 행동에서 비쳐지듯 광휘는 자신을 둘러싼 사내들의 존재를 전혀 의식하지 않고 있었다.

"덤빌 텐가?"

꾸우욱.

천으로 상처 부위를 매듭지은 광휘가 그제야 고개를 들었다. 그때쯤 흑의인들도 서서히 거리를 좁혀왔다.

"불명귀가 죽고 대장으로 보이는 녀석도 주검이 되었다. 너희들, 흑마대까지 없어지면 오늘로서 귀문은 끝이겠군."

멈칫.

갑자기 흑의인들의 발이 멈췄다. '귀문은 끝이다'란 말이 그들의 발목을 붙잡은 것이다.

"해볼 만하다는 생각이 들 것이다. 보다시피 지금 내 몸이 정상은 아니니까. 하나, 내 이것 하나만큼은 약속하지."

광휘가 주위를 둘러보며 말을 이었다.

"너희들은 내 손에 모두 죽어."

"......!"

흑의인들은 눈을 번뜩였다. 광휘의 말이 그들의 마음속에 내재되어 있던 불안감을 크게 키워 버린 것이다.

그러나 이들 역시 귀문을 대표하는 고수들. 어느덧 투사처럼 살기를 피워내고 있었다.

일촉즉발의 상황.

여전히 담담히 서 있는 광휘.

일 장의 거리를 두고 그를 에워싼 여덟의 조장들.

누군가 공격을 하는 순간 삶과 죽음의 싸움이 시작될 것이다.

"검을 거둬라."

팽팽한 긴장감이 끊어질 듯하던 그때였다. 갑자기 한 사내가 자세를 풀며 입을 열었다. 흑의와 복면을 하고 있어 인상착의는 알 수 없으나, 그의 어깨에는 붉은 실로 일(一)이란 글자가 수놓여 있었다.

"무슨 짓이야?"

"이봐."

옆에 있던 동료들이 저마다 한마디씩 내뱉었지만 그는 아랑곳하지 않고 광휘를 향해 읍을 해 보였다.

"일홍(一紅)이라 하오."

"……"

"우리가 졌소. 철수하겠소."

"뭐 하는 짓이냐니까!"

어깨에 이(二)라고 적힌 조장이 항변하며 목소리를 높였다.

"귀문을 버릴 생각이야?"

"누가 귀문을 버린다고 했나."

"그게 그거지 않느냐! 지금 네 행동이……."

"잘 상기해 봐라. 우리들까지 죽으면 귀문은 정말 끝이다. 본문에 남은 고수들이 있다곤 하나, 더 이상 사파의 최고봉이던 귀문은 아니게 되지."

"그래서! 본문의 이름이 땅에 떨어지게 만들겠다는 거냐!"

연거푸 소리치는 그의 말에 일홍이 나직이 말했다.

"우리가 저자와 싸운다고 치자. 본문 최고의 고수들이 모두 죽으면 네가 책임질 수 있나? 잠시의 굴욕을 참고 힘을 보존하는 것과 힘을 잃고 영원히 굴욕적으로 사는 것, 어느 쪽이 더 나은 거지?"

"……."

"성공 확률은 낮고, 실패 시 부담할 위험은 치명적이다. 이런 때는 철수가 당연해. 착각하지 마라, 이 조장. 우리는 명분으로 먹고사는 정파가 아냐. 힘을 잃으면 모든 걸 잃는다."

그 말에 조장들은 침음했다. 누구 하나 반박할 수 없었다. 눈앞의 상대는 자신들의 상식을 파괴할 정도의 실력자였다.

그렇게 잠시 침묵이 이어지던 중.

철컥.

일 조장 일홍은 검을 회수하며 고개를 돌렸다.

"남은 대원들을 데리고 돌아가겠소."

철컥! 철컥!

어깨에 오(五) 자와 칠(七) 자가 수놓인 두 명이 검을 집어넣고 일홍의 뒤를 따랐다. 가뜩이나 승패를 장담 못 할 상황에서 세 명이 빠져 버리자 나머지 또한 주저주저하다 그들을 따랐다.

종국에는 이 조장만이 남았다.

"제길."

그는 얼굴이 시뻘겋게 달아올라 광휘를 노려보았다. 하지만 그 역시 얼마 지나지 않아 몸을 돌렸다.

"후우. 후아."

흑마대 조장들이 시야에서 사라지는 순간 광휘의 몸이 비틀댔다. 담담한 척 서 있었지만 사실 그는 거의 한계에 부딪친 상태였다. 마지막 검상을 입고는 서 있는 것조차 힘들 정도로.

"너무 길었다, 오 년은……."

강호에서 은퇴했던 오 년 동안 광휘는 제대로 된 수련을 하지 않았다. 그러니 살수 암살단에서 활동했던 당시의 체력과는 같을 수가 없었다.

"혹시 모르니 장련을 찾아야 해."

잠시도 쉴 시간이 없었다. 흑마대가 철수한다고 해도 장련과 묵객의 생사가 결정 난 것은 아니니까.

잠시 숨을 몰아쉰 광휘는 다시금 움직이기 시작했다.

*　　　*　　　*

쇄액! 쇄액!

묵객은 맹렬하게 도를 휘둘렀다. 지친 모습을 보이면 끝이란 걸 알기 때문에 거의 모든 힘을 쥐어짜 내고 있었다.

주춤주춤.

묵객의 거센 저항에 흑의인들이 머뭇거리며 눈치를 보고 있었다. 그를 제압하기 힘들어서가 아니었다. 곧 쓰러질 자를 상대로 괜히 무리하게 덤비다 개죽음을 당하는 건 피하고 싶은 것이다.

'정말 방법이 없을까.'

묵객 뒤에 서 있던 장련은 숨을 죽인 채 지켜보고 있었다.

묵객이 처절하게 버티면 버틸수록 그녀는 자신이 어떠한 도움도 되지 못한다는 사실에 가슴 아파했다.

하지만 지금으로선 방법이 없었다. 자신이 무력으로 나섰다간 그들의 적수가 되기는커녕, 오히려 최선을 다하고 있는 묵객을 방해하게 될 뿐이었다.

캉! 캉! 캉!

묵객이 앞, 좌우로 찔러오던 사내들의 칼을 쳐내자 이번엔 다른 사내들이 움직였다. 그들은 일부러 칼을 맞부딪쳐 묵객의 체력을 소진시키고 있었다. 그가 쓰러지길 기다리는 것이다.

잠시 뒤.

"하아. 하아. 하아."

묵객은 거의 숨이 끊어질 것처럼 호흡을 토해냈다.

캉!

그리고 그때쯤 옆에서 오는 도를 받아내다 힘에 밀려 몇 발짝 앞으로 움직였다.

"크읍!"

순간 묵객이 뒤를 돌아보지 않은 채 재빨리 몸을 날렸다. 그의 칼과 맞부딪친 흑의인의 검이 장련 쪽으로 움직일 걸 직감한 것이다.

팟.

묵객이 투신하는 사람처럼 몸을 던질 때였다. 장련은 그보다 더 빠른 움직임으로 흑의인 앞으로 성큼 다가섰다. 놀랍게도 칼이 날아오는 동선을 향해 직접 마중 나간 것이다.

스윽.

그 순간 무슨 이유에서인지 흑의인의 검은 장련의 목젖 앞에서 멈춰 섰다. 그 모습을 묵객뿐만 아니라 흑의인들도 의아하게 바라보았다.

"왜 안 죽이나?"

옆에서 동료 한 명이 다가와 말을 건넸다. 그러자 흑의인은 잠시 뜸을 들이다 장련을 향해 말했다.

"넌 왜 웃는 거지?"

흑의인은 눈을 치켜뜨고 있었다.

"결국 팽가가 원하는 대로 되었으니까."

"뭐?"

불쾌한 느낌.

그는 직감적으로 그녀의 목을 날리지 못한 이유가 그것 때문임을 깨달았다.

"그냥 죽여!"

"가만있어 봐."

동료의 말에 사내는 고개를 저어 보이고는 장련에게 말했다.

"정신이 나간 모양이로군. 팽가가 원하는 건 너희 가문의 멸문이다."

"맞아. 하지만 너희들도 곧 죽을 것이다."

"……?!"

말과 함께 장련이 조소를 머금어 보였다.

오싹!

문득 흑의인은 소름이 돋는 것을 느꼈다.

그런 그를 향해 장련은 말을 이었다.

"이번 작전에서 우리 장씨세가는 미끼다. 너희는 눈이 돌아간 짐승들이지. 그리고… 너희 뒤에 기다리는 건 팽가라는 이름의 사냥꾼. 내 장담하지. 이번 일에 관련된 사파는 적어도 십 년 동안 강호에 발을 붙이지 못할 것이다."

꿈틀!

저주처럼 음산한 장련의 말에, 칼을 겨눈 흑의인이 오히려 당황했다.

"가만, 그리고 보니 팽가를 믿을 수 있는 거야?"

그때, 느닷없이 대원 중 한 명이 대뜸 의문을 표했다. 장련의 말은 묘하게도 지금 상황을 다시 한번 돌아보게 하는 힘이 있었다. 효과가 있었던 것일까.

"척살 명령이 떨어졌다. 그냥 죽여!"

"팽가는 어디에 있어?"

"그놈들은 한참 전에 내려갔잖아?"

여기저기에서 혼선이 일기 시작했다. 평소 정파를 고깝게 보던 자들일수록 반발이 더욱 심했다.

'묘수다!'

묵객은 속으로 고함을 질렀다.

물과 기름은 아무리 흔들어봐야 섞일 수 없다.

팽가와 손을 잡은 저들은 귀문의 흑마대. 사파 중에서도 갖은 악명을 쌓은 사마외도의 집단이다.

반면, 팽가는 정파 중에서도 뼛속까지 깊은 정도. 이런 비열한 음모는 본래 쓰지 않는 곳이다.

'허장성세(虛張聲勢)에 이은 이호경식(二虎競食)이라. 조금만, 조금이라도 더 시간을 끌 수 있다면⋯⋯.'

헛된 말로 기세만 높인다는 허장성세.

서로 추구하는 바가 다른 점을 노려 그들을 의심케 하는 이호경식.

당장 손을 잡았다고는 하나, 흑마대는 팽가가 무슨 꿍꿍이를 가지고 있으리라 의심하며 불안해하는 상황이었다. 장련은 바로 이 점을 이용했다.

수장 사우흔이 없는 와중에 평소 신뢰하지 않던 우군, 팽가에 대한 음모론이 이들 사이에서 제기되었다. 이러니 수하들이 혼란스러워하는 것은 어찌 보면 당연했다.

"하하하. 팽가가 이번에 큰 공을 세웠구나! 이로써 강호의 사파 무리들은 잡초가 뿌리까지 뽑혀 말라비틀어지게 될 터!"

묵객이 목청을 돋워 과장된 웃음을 터뜨렸다. 앞으로 어떻게 될지는 모르나, 지금은 이들의 혼란을 더욱 부추겨야 할 때였다.

장련은 절묘하게도 말 한마디로 이들의 연합을 흔들었다. 지난번 구룡표국과의 교섭 때처럼 장련은 때때로 사람을 놀라게 하는 여자였다.

"어떻게 할 거야?"

"빨리 결정하라고."

"조용히 해봐!"

장련에게 검을 겨누었던 흑의인, 고경(古敬)이 외쳤다. 그러곤 장련을 바라보며 말을 이었다.

"어차피 알아볼 거면 한 명만 있어도 되지."

그는 흑마대 대원 중에서도 꽤 서열이 높은 자인지 다른 사내들도 별다른 거부 표시를 보이지 않았다.

"그래. 묵객을 먼저 죽이자."

"그렇군. 아무래도 계집애의 입을 벌리게 하는 게 더 쉽지."

견해차가 정리가 된 건지 흑의인이 다시 움직이기 시작했다. 묵객을 향해 덤벼들려고 했던 것이다.

처억.

그때였다. 나무숲에서 익숙한 얼굴들이 다가왔다. 조장들이었다.

그들이 나타나자 묵객과 장련의 표정은 어두워졌다.

"멍청한 놈들. 아직 처리 못 한 거냐?"

가장 먼저 도착한 일홍이 눈을 번뜩이며 말했다. 상황을 보아하니 이곳도 아직 정리가 안 된 것이다.

"조금 흥미로운 얘기를 들었기 때문입니다. 지금 곧장 처리……."

한 사내가 나서자 일홍은 미간을 찌푸렸다.

"듣기 싫다."

"조장……."

"가자."

"예?"

“일 조는 철수한다.”

일호는 그 말을 남기고 움직였다.

주위에서 우왕좌왕하는 사이 이번엔 다른 조장들이 나타나 말했다.

“뭣들 하느냐! 철수해, 어서!”

그 말에 다들 움직이기 시작했다.

“무슨 일일까요?”

“모르겠소.”

장련과 묵객은 서로를 향해 시선을 맞췄다. 뭐가 뭔지 아직은 모르는 얼굴이었다.

저벅저벅.

그러던 그때, 꽤 멀리 떨어진 교목 밑에서 익숙한 사내가 나타났다.

광휘를 본 묵객과 장련은 그제야 그들의 반응이 이해가 되었다. 성공한 것이다.

“꽤 많이 다치셨구려.”

광휘는 묵객 앞으로 다가가 말을 건넸다. 무뚝뚝한 말이었지만 왠지 그 말이 묵객에겐 살갑게 느껴졌다.

“형장에 비하면 요란하기만 했지, 내가 제대로 한 일은 없소.”

묵객은 손을 내저었다.

광휘가 시선을 돌려 장련을 보았다.

“괜찮으시오?”

“네, 무사님.”

장련의 말은 거짓이었다. 검을 가슴에 꽤 깊게 찔러 넣었다. 옷의 가슴 부근이 시뻘겋게 물들어 전혀 괜찮아 보이지 않았다.

"그럼 우리도 갑시다."

하지만 광휘는 별다른 언급 없이 걸음을 돌렸다.

그 모습에 장련은 놀란 듯 표정이 변했다. 자신이 알던 그의 모습과는 전혀 다르게 느껴졌기 때문이다.

*　　*　　*

활활활.

불이 타고 있었다. 처음엔 알아보기 힘든 작은 불이었으나, 나무 하나가 다 타자 삽시간에 수십 그루가 불타 버렸다. 건조한 날씨와 바람도 한몫했다. 습도가 낮은 데다 건조해 불길은 사그라지지 않고 바람을 따라 계속 이동했다.

"수를 쓴 것 같습니다."

후개 백효의 말에 능시걸은 침묵했다. 그는 눈앞을 뒤덮은 불길을 말없이 보고 있었다.

"불을 지펴서 증거를 지우려고 말입니다. 물론 이 계획에는 팽가의 의중이 녹아들어 있을 테고요."

"음."

능시걸은 신음을 내뱉으며 생각에 잠겼다.

불을 지피는 건 지금 사용하기 좋은 회심의 방법이다. 개방의 진입을 막고 동시에 퇴로를 막아 이미 올라간 사람들을 확실히 제거한다는 계산이었다.

물론 사파가 관여했다는 증거도 없앨 것이다. 그것이 불을 낸 가장 큰 이유였다.

'그만큼 자신이 있다는 말인가.'

능시걸은 퇴로를 막는 것은 그렇다고 하더라도 증거를 없애는 것은 불가능하다 보았다. 다른 누구도 아닌, 개방 방주인 자신이 개입된 사건이다. 자신이 살아 있는 증거가 될 것인데 굳이 불태우는 이유가 궁금했다.

백효가 입을 열었다.

"이젠 어떻게 합니까? 불길이 산으로 올라가는 길목의 요지를 차단하고 있습니다. 이래서는 개방의 병력이 위로 올라갈 수 없습니다."

개방의 고수들이 속속히 몰려들고 있지만 쉽게 접근할 수 없는 상황이다. 그러니 답답함이 클 수밖에 없었다.

"길을 찾아라. 운수산의 모든 진입로를 봉쇄하진 않았을 것이다. 자신들이 살 길은 분명 마련해 두었겠지."

백효는 그 말에 뭐라 하려다 그만두었다. 아무리 운수산이 작은 산에 속한다고 하지만 전체를 둘러보기엔 상당히 넓었다. 하지만 별도의 해결책이 없는지라 그는 부복할 수밖에 없었다.

"그나저나 큰일이구나. 안에 있는 사람 모두 무사해야 할 텐데……."

능시걸은 걱정스러웠다. 아무리 광휘가 뛰어나다곤 하나 상황이 너무 열악했다. 거기다 지킬 사람도 있지 않은가.

"아, 그리고 보니……."

뭔가 떠올랐는지 백효가 눈을 크게 뜨며 말했다.

"조금 전 삼결 제자에게서 들었던 말입니다. 불이 나기 전에 대규모의 인원이 운수산에 들어갔다고……."

"누가?"

"그게 말입니다……."

＊　　　＊　　　＊

담명은 불길이 이는 숲과 조금 떨어진 곳에 서 있었다. 진작 운수산에서 내려갔어야 할 그가 아직 중간도 내려가지 않은 것이다.

"어떻게 한담……."

처음 그가 이곳에 도착했을 땐 불길이 이 정도로 거세진 않았다. 하지만 그는 내려가지 않고 다시 왔던 길을 되돌아가는 선택을 했다. 이곳, 운수산의 지형 때문이었다.

한번 일기 시작한 불길이 걷잡을 수 없이 커져 산 정상으로 가파르게 올라갈 거라 판단했다. 그래서 되돌아갔으나 그곳에 광휘는 없었고 죽은 시체만이 남아 있었다.

찾는 일이 어려워지자 그는 결국 포기하고는 발길을 돌렸다. 한데, 지금은 자신도 내려가지 못할 만큼 불길이 이렇게 번진 것이다.

"이왕 이렇게 된 거 한 번 더 올라가 보자."

고민하던 담명은 결심을 다시 굳혔다.

불길이 번지는 속도로 보아 산 정상에 옮겨붙기까지 그리 긴 시간이 걸리지 않을 것 같았다. 그리되면 광휘란 사내뿐만 아니라 살아 있을지도 모르는 묵객과 장씨세가 사람들도 위험해질 것이다.

스윽.

담명이 몸을 돌리던 때였다.

"헉!"

떨어진 낙엽을 밟으며 누군가 걸어오고 있었다. 처음 보는 복장을 한 복면인이었다.

"아직 살아 있는 미꾸라지가 있었군."

'도망가야 해.'

타탓.

순간적으로 위기를 느낀 담명이 급히 다른 방향으로 달려 나갔다.

사사사삭.

이에 복면인은 즉각 반응하여 담명과의 거리를 좁혀갔다.

슈슉.

지척까지 다가와 찌른 그의 검.

휘익.

담명 역시 곧장 반격을 가했다.

캉! 캉! 캉!

세 번의 검이 부딪친 후 담명의 몸이 뒤로 밀렸다. 복면인이 그의 무공을 단번에 파훼한 것이다.

'고수다.'

담명은 재빨리 뒤로 물러서며 경신술을 발휘해 다시 한번 전력으로 뛰었다.

팟.

"윽!"

하나, 상대는 삽시간에 거리를 좁혀 검을 휘둘렀고, 담명은 어깨를 베인 채 비틀거렸다.

타타탓.

담명은 다시 옆으로 뛰었다. 그와 부딪쳐서는 이길 수 없다고 판단한 것이다.

그 모습에 복면인의 눈이 가늘어졌다.

"이놈이."

사사삭.

사사사삭.

담명은 떨어진 낙엽을 밟으며 달려 나갔지만 이내 따라잡혔다. 신법도 그보다 한 수 아래인 데다, 심어진 나무가 방해물이 되어 그의 앞길이 막힌 것이다.

"으윽!"

결국 커다란 나무 앞에서 담명은 허벅지를 붙들고 쓰러졌다. 이번엔 그곳을 베인 것이다.

"컥!"

뒤이어 담명은 또다시 신음을 토해냈다. 복면인이 나머지 다리 한쪽도 찔러 버린 탓이었다.

"빨리 끝내고 나도 좀 쉬자."

짜증이 난 듯한 복면인은 길게 끌지 않으려는 모양인지 곧장 검을 세웠다.

'한 번. 딱 한 번에 승부를 봐야 해.'

담명은 자신의 손에 검이 쥐어져 있다는 것을 잊지 않고 있었다. 낮은 확률이겠지만 상대가 검을 내리꽂으려 할 때 몸을 뒤틀어 반격을 가하기로 마음먹은 것이다.

"가라."

슈슉.

복면인이 세웠던 검을 가차 없이 내렸다.

순간적으로 반응하려던 담명의 눈에 그늘이 어렸다. 상대의 움직임이 자신이 생각한 동작과 전혀 달라 반응하지 못했기 때문이다.

"으윽!"

결국 담명은 몸을 틀기는커녕 눈을 질끈 감아버리며 본능적으로 신음을 토해냈다.

"……?"

찰나의 순간이 지나간 후, 담명은 자신이 아직 살아 있음을 느꼈다. 그는 이상한 느낌에 조용히 눈을 떠보았다. 그리고 날카로운 검 두 개가 맞물린 채 천천히 떨리고 있는 모습을 보았다.

"아버지."

그는 복면인의 칼을 막은 자가 누군지 깨달았다. 그의 아버지, 모용상이 나타난 것이다.

"그간 잘 있었느냐."

팟.

복면인은 급히 물러섰다. 갑작스럽게 다가온 사내 때문이었다.

"너는 누구지?"

"글쎄, 누굴까."

복면인은 잔뜩 경계하며 말했지만 오히려 모용상은 태연하게 답했다. 아직 싸우지도 않았는데 검집을 다시 회수하고 자연스레 뒷짐을 진 것이 수상했다.

"누군지 모르겠지만 자신감이 과하군. 우리가 누구인지 알고 있는 것이냐?"

"그걸 굳이 꼭 알아야 하나."

그 말에 복면인의 눈이 찡그려졌다 펴졌다. 하지만 이내 눈매가 가늘어졌다.

"당연히 알아야지. 네 주위를 봐라."

슥슥슥슥.

그때였다. 그와 비슷한 복장을 한 복면인들이 운집해 있는 나무 사이로 하나둘씩 보이기 시작했다. 나무 사이에 은신해 있다 나타난 것이다. 그 숫자가 무려 오십여 명에 육박했다.

"이럴 수가."

담명은 눈을 껌벅이며 읊조렸다. 눈을 의심할 만한 상황이었다. 이토록 많은 숫자가, 그리고 또한 저런 고수들이 자신을 계속 지켜봤다는 건 상상도 못 하고 있었다.

"흠, 엄청난 숫자군."

하지만 모용상의 표정에는 전혀 변화가 없었다. 그는 오히려 이 상황을 즐기는 듯한 표정을 보이고 있었다.

"어떠냐? 이제 우리가 누군지 알고 싶으냐?"

"조금 그런 생각이 드는군. 한데 말이야, 너는 왜 보지 않느냐?"

"뭐?"

"나도 봤으니 너도 봐야지."

그 말에 복면인은 눈을 꿈틀거렸다. 대체 이자가 무슨 말을 하는지 이해하지 못한 것이다.

"네 주위도 말이다."

그 말에 사내가 천천히 주위를 둘러보았다. 그와 동시에 복면인들도 주위를 돌아보기 시작했다.

그 순간.

슥슥슥슥슥.

낙엽 밟는 소리와 함께 사방에서 사내들이 모습을 드러냈다. 나무 사이에 빼곡히 들어선 것은 물론이고 비탈길 위, 교목 사이, 너럭바위 위, 심지어 나뭇가지 위에 걸터앉은 사람들도 있었다. 오십여 명을 훌쩍 뛰어넘는 엄청난 숫자가 일대를 뒤덮어 버린 것이다.

"이제 좀 실감이 나나?"

모용상의 말과 분위기에 압도당했는지 사내는 할 말을 잃어

버렸다.

그렇게 그는 한참을 서 있다가 뭔가 생각이 났는지 눈을 부릅뜨며 말했다.

"숫자만 많다고 이길 것이라 생각했냐? 우리가 누군지 알면 이렇게 나오지 못할 텐데……."

"아 참, 아직 이 말을 못 전했군."

모용상은 자연스럽게 돌아보았다.

"……!"

그 순간 사내의 눈에 뭔가가 들어왔다. 모용상이 비스듬히 서 있을 때는 보지 못했던 옷의 문양이 보인 것이다.

"이번엔 나부터 소개하지. 본인은 모용세가 가주직을 맡고 있는 모용상이라고 하네."

모용(慕容).

북쪽의 팽가에 밀리지 않는 남쪽의 모용. 오대세가 중 하나인 모용세가의 표식이었다.

第十四章

희로차단

"금호(金浩)!"

"옙."

모용상의 말이 끝나기가 무섭게 한 사내가 그의 옆에 나타났다. 분명 주위에 아무도 없었는데 모용상이 외치는 순간 등장한 것이다.

"담명을 데리고 나가라."

"옙."

터억.

모용상의 지시에 사내는 담명을 어깨에 둘러메고 곧장 사라졌다. 그야말로 삽시간이었다.

'고수…….'

밀영대 조장 진중악(陳仲岳)은 멍한 얼굴로 서 있었다. 눈앞에서 벌어지는 광경을 보면서도 그는 어떠한 반응도 하지 못했다. 신기루처럼 나타났다가 사라지는 경공술을 그는 본 적도 들은 적도 없었기 때문이다.

"물러서거라."

그때였다. 누군가 다그치는 목소리에 진중악은 고개를 돌렸다. 흰 눈썹을 한, 유독 소매가 늘어진 옷을 입은 복면인이 자신 쪽으로 다가와 있었다.

"죄송합니다, 대주."

진중악은 급히 고개를 숙이고 물러섰다.

밀영대주 담귀운은 그런 그를 말없이 보더니 이내 주위를 다시 한번 훑었다.

"흐음."

밀영대보다 족히 두 배는 되어 보이는 모용세가 무인들이 주위를 에워싼 형국. 전 방위를 압박하듯 막아서서 그런지 달아날 공간은 보이지 않았다.

"뭔가 큰 오해가 있었던 것 같습니다."

담귀운은 모용상 앞에 멈춰 서며 느긋하게 말을 이어나갔다.

"저희는 모용세가의 공자가 이곳에 왔다는 것을 전혀 모르고 있었습니다. 만약 알았다면 수하가 이런 짓을 저지르지 않았을 테니까요."

"……."

"해서 말입니다……."

담귀운은 읍을 해 보이며 말을 이었다.

"굳이 긁어 부스럼을 만들 필요는 없지 않겠습니까. 서로 전력으로 부딪친다면 많은 피를 볼 수밖에 없습니다."

담귀운은 밀영대의 수장답게 지금은 물러서는 것이 맞다고 판단했다.

모용상이 난처한 듯 머리를 긁적이자 그는 말 한마디를 더 던졌다.

"가주께서도 아시겠지만 우리 밀영대는 무공보다는 실전적인 싸움에 특화된 자들입니다. 그리고 혹여 모를까 해서 말씀드리는 겁니다만, 지금 이곳엔 야월객도 와 있지요."

담귀운이 이번에는 경고의 의미를 담아 말했다.

"……!"

순간 주위를 둘러싼 모용세가 무사들의 눈빛이 변했다.

야월객.

과거 적사문 문주가 구대문파 장문인도 죽일 수 있다 장담한 다섯 명의 자객.

현 중원 최고의 자객들이 거론된 것이다.

"야월객이라니… 이거 큰일 날 뻔했구먼. 몰랐다면 정말 큰 피해를 입을 뻔했어."

담귀운의 입꼬리가 미미하게 올라갔다. 과연, 야월객의 이름만큼은 모용상이라도 가볍게 여길 수 없을 것이다.

"한데, 밀영대주."

"예, 말씀하시지요."

모용상이 고개를 갸웃거리며 말하자 담귀운은 고개를 끄덕였다.

"자네 눈엔 우리 모용세가가……."

잠시 머뭇거리던 모용상이 나직이 입을 열었다.

"만만해 보이나?"

움찔.

순간 담귀운은 섬뜩한 느낌을 받았다. 한가로운 표정이던 모용상의 눈이 어느새 시퍼런 살기를 띠고 있었기 때문이다.

"후후후. 크흠, 할 수 없군요."

담귀운은 웃음으로 화답하며 조용히 뒤돌아섰다. 하지만 과하게 지었던 미소는 점점 사그라졌다.

"한번 자웅을 겨뤄봅시다."

*　　　*　　　*

긴장감이 극도로 치솟았다.

서로를 노려보는 대치 상황. 어떤 누구라도 움직이는 순간 싸움은 시작될 것이다.

"쳐라!"

시작은 모용상이었다. 그는 신호를 줌과 동시에 직선으로 달려 나갔다.

피익ㅡ!

담귀운 역시 반응은 빨랐다. 단번에 뒤로 도약한 그는 모용상을 향해 뭔가를 집어 던지며 대응했다.

'반월 모양의 구슬.'

모용상은 암기를 쳐내려 하다, 순간 손목을 약간 뒤틀었다. 그 후, 반월 모양으로 부드럽게 휘둘렀다.

따앙—!

'제기랄!'

담귀운의 눈빛에 깃든 이채는 곧장 사라졌다. 찰나의 순간, 모용상이 구슬을 베지 않고 후려친 것이다. 구슬 안에 든 독 분말을 눈치챘음이 분명했다.

모용상과 담귀운과의 거리가 이 장 이내로 좁혀질 때였다.

획. 획. 획. 획. 획. 획.

'매복.'

나무 사이에 몸을 숨기고 있었던 복면인이 사방에서 튀어나왔다. 그런 그들을 보면서도 모용상은 표정의 변화가 없었다. 단지 공중을 몇 번 더 박찼을 뿐이었다.

"허공답보?"

그 광경을 지켜보던 담귀운의 눈이 찢어질 듯 커졌다.

경공술이 입신의 경지에 닿아야만 펼칠 수 있다는 허공답보. 그가 계단을 밟듯 공중에서 무려 세 번이나 솟구쳐 오르며 이를 펼쳐 보인 것이다.

'저놈을 날려 버려야 해.'

모용상은 밀영대원들과 검을 맞대어 시간을 허비할 생각이 없었다.

처음부터 목표는 오직 밀영대주, 그였다.

터억.

여섯 명의 복면인을 뛰어넘은 뒤 바닥에 착지한 모용상은 담귀운과의 거리를 더욱 좁혔다. 거의 지척까지 다다른 것이다.

쉭. 쉭.

그러자 이번에도 몸을 숨기고 있던 복면인 두 명이 그의 앞을 가리며 날아들었다.

지이이이잉.

그 순간, 기다렸다는 듯 모용상의 도에서 희미한 기운이 뻗어 나왔다.

쇄액. 쇄액!

오 척에 육박하는 도기(刀氣)가 허공으로 비산하며 복면인의 목 두 개를 삽시간에 날려 버렸다.

모용상은 재차 도기를 생성했다. 얼마 떨어지지 않은 담귀운을 향해 펼치려 한 것이다.

파바밧!

'이놈들!'

하나, 모용상은 더 움직이지 못했다.

터벅!

두 명의 복면인이, 이미 목이 떨어진 와중에도 몸으로 모용상의 시야를 가린 것이다.

훈련된 살수. 머리가 날아간 후에 쓰러질 것까지 계산하고 몸을 던진 행동.

손에 병기가 없는 것으로 보아 애초에 그들은 자살 대원들이었음을 깨달은 모용상이었다.

*   *   *

"응?"

빽빽한 나뭇가지 사이에 숨어 있던 밀영대 대원이 주위를 살피던 때였다. 조금 전까지 자신을 향해 달려오던 모용세가 무인이 보이지 않았다.

패애애애액.

막 고개를 돌리려는 순간 거대한 대도 한 자루가 그의 목을 반듯하게 베고 지나갔다.

슥슥슥.

동료의 죽음을 본 밀영대 대원 세 명이 나뭇가지에서 떨어져 밑으로 내려갔다. 그리고 품속에 있던 칼을 꺼내고 서로 신호를 주고받았다.

'기척을 느끼자마자 바로 손을 쓴다!'

스슥.

나무 뒤쪽에서 인기척이 느껴지는 순간.

셋은 동시에 몸을 숙이며 적이 있을 법한 곳에 검을 찔러 넣었다.

"……!"

하나, 세 명의 눈앞엔 아무도 없었다. 그리고 그때, 등 뒤에서 누군가 외쳤다.

"위다!"

"……!"

세 명의 대원이 고개를 올리는 순간.

푹! 푹! 푹!

공중에서 무사 세 명이 나타나 각각 그들의 정수리로 검을 쑤셔 박았다.

"컥!"

"크억!"

그와 함께 터지는 신음.

단말마와 바람 새는 소리, 그리고 간혹 비명이 숲 안을 가득 메웠다.

쾌검(快劍)과 쾌도(快刀), 경공술.

모용세가 사내들의 무공은 밀영대 대원들의 예상을 훨씬 뛰어넘고 있었다. 거기다 전략도 능했다. 상대의 시선을 끄는 자들과 공격하는 자들, 이렇게 둘로 갈라진 것만 보더라도 그렇다. 그리고 오랜 시간을 들여 훈련해 왔을 합격술 또한 그러했다.

'이, 이것이 모용세가……'

역사를 되짚어 올라가다 보면 진시황에 의해 나라가 통일되기 이전, 7개국 중 하나라는 연나라의 왕족으로 나온다.

역사가 깊다는 것은 그만큼 저력이 강하다는 것을 뜻한다.

현 중원을 대표하는 오대세가를 통틀어 가장 역사가 깊다고 평가받는 이들이 바로 모용세가란 사실을, 살수들은 철저하게 몸으로 깨닫고 있었다.

크아아악!

빽빽한 숲속에 살수들의 비명이 메아리쳤다.

모용세가의 사내들은 은신해 공격하는 밀영대원들의 공격을 너무나 쉽게 막아내며 지체하지 않고 베어버렸다.

그로 인해 나뭇가지에 몸을 숨기고 있던 밀영대 대원들이 삽시간에 쓸려 나가기 시작했다.

"무리하지 마라!"

한편, 몸을 가릴 수 없는 조금 트인 공간에 다섯 명의 복면인들이 등을 맞대고 있었다. 모용세가 사내들의 압박에 조금씩 물러서다 고립된 것이다.

그들 주위에는 이십 명이 넘는 모용세가 사내들이 둘러싸고 있었다.

"어차피 너흰 죽는다. 하여 스스로 목숨을 끊을 기회를 주겠다."

턱이 튀어나온 장년인 한 명이 다가오며 외쳤다.

모용진천대(慕容進天隊)를 이끄는 수장, 위환(爲煥)이란 자였다.

"낄낄낄."

그의 말에 복면인 중 한 명이 조소를 흘렸다. 척 봐도 살아날 방도가 없는 와중에도 그는 노골적으로 여유를 드러내고 있었다.

위환은 얼굴을 일그러뜨리며 말했다.

"역시, 사파 따위에게 자비를 베풀어봐야 의미가 없군. 그냥 이참에 일망타진해 버려라."

"일망타진(一網打盡)?"

복면인이 웃음을 그치며 그를 향해 말했다.

"착각하지 마. 그물(網)에 걸려든 건 우리가 아니라 너희야."

"뭐?"

"다시 말해줄까? 처리당하는 건 우리가 아니라 너희들이라고."

텅. 텅. 데구르르.

무슨 말인지 몰라 모용위환이 눈살을 찌푸릴 때, 그들 밑으로 뭔가가 떨어졌다.

치지직!

그것은 희미한 연기가 피어오르는 둥근 구체였다. 모용위환은 눈이 찢어질 듯 부릅뜨며 외쳤다.

"피해……."

콰아아아아아아앙!

입이 채 떨어지기도 전에 엄청난 폭발이 지축을 흔들었다.

끼이이잉—!

찌이이이잉—!

귀가 먹먹하고 지독한 소음만 가득했다. 소리가 들리지 않는 현실 속에선, 깊은 꿈을 꾸는 것처럼 모든 움직임이 어지럽고 느릿하게 보일 뿐이었다.

"윽!"

"으으윽!"

밀영대를 밀어붙이던 모용세가 무인들은 귀에서 피를 흘리고 있었다.

"이, 이게 무슨……."

모용상도 그런 모습과 크게 다르지 않았다. 무려 이십 장이나 떨어져 있었음에도 몸을 가누기 힘들 만큼 큰 충격을 받아 비틀거렸다.

정작 폭심에 가까이 있던 밀영대는 오히려 멀쩡했다.

'저들은 어떻게?'

담귀운, 그리고 그를 호위하고 있던 네 명의 복면인들은 웅크리고 있던 몸을 펴며 툭툭 손발의 움직임을 풀고 있었다.

타타탓.

모용상은 휘청거리는 발걸음으로 폭발이 났던 곳으로 몸을 움직였다. 그리고 충격적인 장면을 목격했다.

"이럴 수가."

거대한 폐허가 되어 있었다.

폭발이 일어났으리라 짐작되는 구덩이가 보였고, 그 주위에는 참혹한 고깃덩어리로 변한 수십 명의 시신만이 남아 있었다. 팔다리가 날아간 자, 얼굴이 함몰된 자, 살점이 찢겨 나가 형체를 알아볼 수 없는 자 등 제각각이었다.

더욱 놀라운 것은 그 대부분이 모용세가 사내들이란 것이다.

"가주······."

언뜻 청각이 돌아오는지 가느다란 신음 소리가 모용상의 귀에 잡혔다. 그는 곧장 소리가 나는 곳으로 움직였다.

"위환! 위환아!"

돌부리에 엎어져 있는 사내.

허리 밑이 잘려 나갔지만 모용상은 그가 누군지 알고 있었다. 모용진천대를 이끄는, 모용세가 내에서 다섯 손가락 안에 드는 모용위환.

"벽력탄··· 폭발······."

"벽력탄이라고?"

모용상은 다시 한번 주변을 훑으며 말을 이었다.

"그럴 리 없다! 내 생에 이 정도 위력의 벽력탄은 들은 적도 본 적도 없어! 이런 미친 파괴력을 지닌··· 위환!"

"······."

"눈을 떠라, 위환! 위화아아아안!!"

그러나 그는 그대로 숨을 거두었다. 창졸간에 모용세가의 가장 뛰어난 실력자이자 혈육을 잃은 모용상은 심장이 뜯겨 나가는 듯한 애통함에 부르짖었다.

챙! 채챙!

"억!"

"크아악!"

그러나 애도할 틈도 없이 사방에서 비명 소리가 퍼지기 시작했다.

망연하던 모용상의 표정이 확 일그러졌다. 전세가 뒤집혔다. 아까 전까지만 해도 일방적으로 몰아붙이고 있던 모용세가의 정예가, 이젠 거꾸로 사냥감이던 밀영대의 반격에 속절없이 쓰러져 가고 있는 것이다.

'이걸 노린 것이었나!'

조금 전 폭탄이 터지며 발생한 충격파에 자신도 몸을 제대로 가누지 못하는 상태였다. 당연히 자신보다 무위가 낮은 모용세가의 무인들은 오장육부가 뒤집히는 충격을 받았을 터였다.

쇄쇄액!

쉬이익!

폭탄이 터짐과 동시에 귀를 막고 있었던 밀영대. 이젠 그들의 반격이 시작되고 있었다.

"크윽! 이놈들!"

채앵!

"크하핫!"

"악!"

콰드득!

최대한 정신을 수습해서 반격을 시도하는 모용세가의 정예들이었으나, 동귀어진을 서슴지 않는 상대의 대응에는 속수무책이었다.

거기다 정작 가장 위협적인 존재는 따로 있었다.

"피해라, 장훈!"

숲속으로 들어간 모용상은 치열하게 싸우고 있는 한 장년인을 향해 외쳤다.

장년인은 뭔가 의아한 듯 주위를 바라보았지만 자신의 목을 스치고 지나가는, 실처럼 가는 은사(銀絲)는 보지 못했다.

스각!

"허억!"

그의 목에서 곧 실금처럼 핏물이 새어 나오더니 곧 동그랗게 뜬 그의 눈이 뒤집어졌다.

지독한 살수(殺手).

과연 담귀운의 말처럼 깊은 숲속에서 난전이 벌어지자 모용세가는 점점 밀려났다.

분명히 무공과 숫자가 우위에 있음에도 기세에 밀리고 벽력탄의 충격파로 혼란스러운 상태이다 보니, 늑대에게 하나하나 목숨을 잃는 양 떼처럼 되어버린 것이다.

"모두 이곳으로 모여라!"

모용상은 사력을 다해 외쳤다.

츠츠츠측.

그의 부름에 나뭇가지가 흔들리며 곳곳에서 사내들이 나타나기 시작했다. 그리고 모용상의 옆에 곧 두 명의 사내가 나타났다.

"어찌 된 일입니까, 가주?"

모용상은 침묵했다. 조금 전 살수를 뻗친 나무 한 곳에 시선을 집중한 것이다.

잠시 뒤, 그는 모용진천대 부대장 연호와, 강운을 향해 말했다.

"위환이 죽고 장훈이 죽었다."

"예?"

"그리고… 야월객이 왔구나."

놀란 표정을 한 사내 둘의 눈길이 한곳으로 향했다. 느낀 것이다.

그들 사이로 몸을 은신해 있는 절정의 고수.

농담이 아니라 놈이 정말로 나타난 것이다.

'벽력탄의 위력이……'

조금 전 폭발, 그것은 상상을 넘어서는 공포를 자극했다.

그리고.

따닥따닥.

점차 불길이 다가오기 시작했다.

그때쯤 독특한 복장을 한 사내 한 명이 담귀운 옆에 섰다. 야월객으로 짐작될 만한 사내였다.

"돌아간다."

빠득.

모용상은 이를 갈며 말했다.

"가주, 이길 수 있습니다. 조금만 시간을 더 주십시오!"

"이대로 갈 수 없습니다. 본 가의 사람들이 이렇게 죽고……."

"두 번 말하게 하지 마라!"

누구보다 더 애통한 모용상은 피눈물을 삼키며 억지로 그들의 의견을 거부했다.

적들도 그렇지만 불길이 일기 전에 미리 봐두었던 소로. 불길이 이곳을 덮어버리기 전에 움직여야 하는 상황이었다.

모용상은 담귀운을 노려보았다.

"우리가 포기했다고 생각하지 마라. 불길 밖으로 나오는 순간! 너희들은 죽을 것이다. 모용세가의 손에!"

그 말을 남기고는 모용세가는 철수했다.

＊　　　＊　　　＊

"모용세가가 왜 여기에 있는 거지?"

담귀운 앞으로 야월객 중 한 명이 다가오며 말했다.

"모르겠소. 나도 그 점이 의아하오."

"그럼 저들도 모르겠군."

"그렇소."

몇 마디 나눌 때였다. 갑자기 흑의를 입은 서른여 명이 이곳으로 도착했다.

그들이 도착하자마자 담귀운이 물었다.

"대체 무슨 일이오?"

"패했소."

"뭐?"

일 조 조장 일홍은 고갯짓으로 위를 가리켰다.

"위에는 아직 묵객과 장씨세가 호위무사가 남아 있다는 말이오."

"고작 그 둘에 불명귀와 흑마대가? 그 말을 믿으라는 거요?"

"일이 우리 예상과는 많이 달랐소. 일이……."

일홍은 말없이 고개를 저었다.

흑마대주가 죽었고, 조장들은 광휘라는 자의 기세에 밀렸다. 그리고 오는 도중 대원에게 들었던 장련이라는 년이 남긴 말, 이 모든 게 팽가의 노림수라는 것 때문에 대원들이 적지 않게 흔들리고 있었다.

"본 흑마대는 더 이상 전투를 속행할 수 없소. 대주의 명이오."

"흑마대주가? 무슨 소리야? 아직 일이 끝나지도 않았는데. 아니, 이렇게나 신의가 없는 놈들이었나?"

밀영대주가 눈살을 찌푸렸지만 흑마대 조장들은 아무 말도 하지 않았다.

'신의 같은 소리.'

이들 역시 같은 사파다.

지금은 서로 손을 잡았지만, 언제 등 뒤를 찌르고 목을 물어뜯을지 모르는 이들이다. 전력의 약화를 밝힐 수도 없고, 이 모든 일이 음모인지 아닌지 의논해 볼 수도 없다.

'만약에 음모라면, 이놈들이 가장 유력하니까.'

"뭐, 어쨌든 명이 떨어졌으니 우리는 가겠소."

죽은 흑마대주의 명을 빙자하며 흑마대는 황급히 자리를 떠났다.

어이없다는 얼굴로 그들을 보던 밀영대와 야월객 중 한 명은 기가 막힌다는 듯 코웃음을 쳤다.

"쓸모없는 것들. 피 좀 봤다고 꼬리를 내리다니."

"크게 기대하지 않았다. 불명귀나 흑마대나 원래 그런 놈들이지. 싸움에 진 개."

담귀운은 고개를 끄덕였다.

"따라와라. 그들을 친다."

*　　　*　　　*

"야월객 놈들… 건방진 줄 알았지만 그토록 오만한 눈길을 보내다니."

살아남은 흑마대 조장들과 대원들은 미리 약속된 곳으로 몸을 숨겼다. 동굴을 통해 밖으로 나오는, 미리 봐놓은 탈출로 중 하나였다.

얼마 지나지 않아 이어진 통로 끝, 빛이 새어 들어오는 입구가 보일 때쯤 이 조장이 말했다.

"적사문 따위에게 그런 취급을 받다니!"

"오늘 이 일! 결코 잊지 않을 것이다!"

철수하는 것에 반감을 가지고 있던 조장들은 저마다 한마디씩 내뱉었다. 밀영대주와 야월객의 비웃음 섞인 눈빛을 생각하자 얼굴이 더욱 시뻘겋게 달아올랐다.

"일단 복귀가 급선무다. 본문에 돌아가서 대원을 재편하고 재정비에 들어가야 한다."

일 조장은 흥분을 가라앉히기 위해 말했지만, 이 조장은 그를 노려보며 이를 바득바득 갈았다.

"내 정비가 끝나는 대로 바로 장씨세가로 움직일 것이다."

"하인이든 여인이든, 그 집에 사는 것들은 다 죽여!"

"개 한 마리 남김없이 다 쓸어버릴 것이다!"

그 말에 다른 조장들이 동의했다.

오늘 있었던 치욕스러운 일에 조장들이 저마다 전의를 불태운 것이다.

"뭐, 너희들에게 그럴 기회가 있을까?"

"……!"

멈칫.

그렇게 달려서 동굴을 빠져나온 순간 앞서 있던 사내가 멈췄다. 뒤이어 한두 명씩 멈추기 시작하더니 밖에 나온 모두가 멈춰 섰다. 입구에서 허허롭게 웃고 있는 한 노인 때문이었다.

"네놈들은……."

일홍이 말을 잇지 못했다.

중앙에 선 노인과 함께 여유로운 자세를 취하고 있는 열 명의 노인들. 지저분하게 누덕누덕 기워진 누더기. 그런 허름한 무명옷 어깨 부분엔 다섯 개의 녹색 줄이 매듭지어져 있었다. 놀랍게도 허리춤이 아니라 어깨 쪽에.

"네놈? 하, 새파랗게 어린 새끼가 말본새 보소."

"방주, 저놈은 건들지 마쇼! 저놈 주둥이는 내가 찢어버릴 테니까."

한쪽에서는 찍 하고 침을 내뱉고, 다른 한쪽에서는 누런 이를 내보이는 노인들을 보고 일홍이 고통스럽게 신음했다.

"개방 십오 조……."

구파일방 중의 하나인 개방. 그곳을 대표하는, 십만 거지들 중에서도 최고인 고수들이 자신들을 기다리고 있었던 것이다.

第十五章

노신(老臣)의 바람

　팽가에 도착한 팽가운 일행은 입구에서 잠시 대기해야 했다. 본가에 남아 있던 팽가비들이 길을 막아섰기 때문이다.

　"자네들이 여기 왜 나와 있는가."

　이들을 이끌고 온 사람은 팽가비의 수장, 팽주환이었다. 팽인호가 이들의 등장에 의문을 표하자 팽가비 중 한 명이 다가와 그에게 조용히 청했다.

　"도검과 병기를 저희들에게 맡겨주십시오."

　"병기, 도검?"

　팽인호는 고개를 갸웃거리곤 그와 다시 한번 시선을 맞췄다.

　"…뭔가 분위기가 심상치 않구려."

　상황을 주시하고 있던 팽오운이 눈을 살짝 찌푸렸다.

팽가는 혈족으로 이루어진 가문이다. 팽가에는 특유의 호방한 분위기가 있어 가주 앞에 병기를 달고 오건 말건 신경도 쓰지 않는 게 일반적이었다.

그런데 새삼스럽게 일가의 가주를 만나는 자리에 무장해제를 요구했다. 하물며 그걸 요구하는 이들이 하북팽가의 숨겨진 무력 중 최강인 팽가비라니.

"일 장로, 다녀오셨소이까."

그러던 그때, 조용히 벽 한편에 서 있던 노인이 그들 쪽으로 다가왔다. 이 장로 팽이윤이었다.

"이게 무슨 일이오?"

"우선 이것을."

팽이윤은 주위를 한 번 곁눈질하고는 팽인호에게 손을 내밀었다. 팽인호는 팽이윤이 내민 손 아래로 손가락만큼 작게 접힌 밀지 한 장을 건네받았다.

팽이윤 뒤에 있던 팽가비, 팽인호 뒤에 있던 팽가운과 팽월은 그 모습을 보지 못했다.

"흠. 허, 이거 비라도 내리려나?"

유일하게 그 광경을 지켜본 팽오운은 짐짓 고개를 다른 곳으로 돌리며 딴청을 부렸다.

"모두 해제할 필요 없소. 팽 장로만 해제하고 저를 따라오시오!"

그때쯤 대화를 끝낸 듯 팽주환이 뒤돌아 외쳤다.

처억. 처억.

"가주께서 왜 저를 부르신 건지 아십니까?"

팽가비의 수장 팽주환을 따라가던 팽인호가 말했다.

"모르오."

"혹시 짐작 가는 바가……."

"없소."

"아, 예……."

단번에 말을 자르는 팽주환의 행동에 그는 고개를 숙였다. 뭔가 조짐이 심상치 않았다.

"오늘따라 날씨가 좋지 않구나."

팽인호는 짐짓 하늘을 보는 척하며 자연스레 걸음을 늦추었다.

잠깐의 틈새. 그 참에 조금 전 건네받은 밀지를 볼 기회를 만들려고 했던 것이다.

스륵.

어느 순간 기회를 잡자 팽인호는 소매 아래에 숨겨둔 밀지에 깨알같이 쓰여 있는 글씨를 읽었다. 너무도 자연스러운 태도라 팽주환은 눈치채지 못했다.

"……."

바스스슥.

내공을 일으켜 밀지를 삽시간에 가루로 만들어 버린 팽인호. 어느덧 그의 얼굴은 딱딱하게 굳어 있었다.

"잠시 기다리시오."

처소 앞에 도착하자 팽주환이 팽인호를 살짝 뒤로 물리고 가주에게 고했다.

"일 장로가 왔습니다."

"들라 해라."

기다렸다는 듯 떨어지는 가주의 허락에 팽주환이 문을 천천히 열었다.

"들어오시지요."

방으로 들어서자마자 팽인호는 본능적으로 몸을 움츠렸다. 평소의 병색이 완연한 모습으로 자신을 맞이할 것이라는 그의 생각과는 달리, 팽자천은 의자에 앉아 있었다. 한창때처럼 강건하고 사나운 눈빛을 보인 채로.

"주환이는 나가거라."

"하나, 가주……."

"두 번 말하게 할 셈이냐?"

팽주환이 목을 움츠리다 고개를 숙이고 몸을 돌렸다.

그가 나가자 가주의 처소는 무거운 공기로 가득 찼다. 팽자천은 말없이 팽인호를 노려보고 있었고, 팽인호는 어색한 자세로 고개를 숙이고 있었다.

곧 팽인호는 팽자천을 향해 길게 읍을 해 보이며 운을 뗐다.

"가주, 용태는 좀 어떠하십니까?"

"일 장로."

하나, 그의 안부에도 팽자천은 노한 시선만 쏘아 보냈다.

"어떻게 된 일인가?"

"무슨 말씀이신지······."

"한 번 더 묻겠네. 어떻게 된 일인가?"

들어오는 순간부터 지금까지, 가주의 시선은 팽인호에게서 떨어지지 않았다. 작은 떨림조차도, 어떤 주저함조차도 놓치지 않으려는 매서운 눈길.

팽인호는 숨을 한 번 고르고는 대답했다.

"무슨 말인지 정말 모르겠습니다. 대체 가주께서 어떤 얘기를 들으셨기에 이 사람을······."

"잔머리 굴리지 말게. 들통 난 것까지만 말하고 덮어보겠다는 심산인가? 내 지금 이렇게 침상에 의지하는 나약한 노인네지만 살기는 자네보다 더 살았어!"

벼락같은 노성에 팽인호는 움찔했다.

과연, 병색이 완연하고 늙고 힘이 빠져도 호랑이는 호랑이. 팽가의 어느 누구에게도, 아니 다른 구대문파의 장로들에게도 드러나지 않았던 자신의 진면목을 팽자천은 손금 들여다보듯 읽고 있는 것이다.

'빌어먹을 개방!'

짧은 순간, 팽인호의 머릿속에 많은 생각들이 스치고 지나갔다.

이 장로가 건네준 밀지에는 개방에서 보낸 영약이 가주에게 전해졌다는 내용이 적혀 있었다. 짐작컨대, 그 약 안에 무언가 서신 같은 것이 들어 있었으리라.

"지금 가주께선 큰 오해를 하고 계십니다."

팽인호는 결단을 내렸다. 일단 상대가 모든 것을 다 알고 있다고 가정하기로.

일이 이 지경에 닿은 이상, 차라리 모든 것을 밝히고 가주의 동의를 얻는 것이 더 나을 수도 있으니까.

"제가 했던 모든 행동들은 다 팽가의 백년대계를 바라보며 계획한 것입니다."

"팽가의 백년대계?"

"예, 그렇습니다."

팽인호의 태도는 자연히 팽자천이 정정했던 그 시절의 읍소하는 태도로 돌아갔다.

"삼 년 전, 비선당을 통해 맹에서 비밀리에 접촉을 해왔습니다. 은자림 살수들로 추정되는 흔적이 발견되었다는 것이었습니다."

팽인호는 긴 한숨을 내쉬며 이야기를 풀어냈다. 그간 오직 자신만이 알고 있었던, 누군가에게 차라리 말이라도 하고 싶었던 사실을 가주에게 모두 털어놓기로 마음먹은 것이다.

"은자림?"

"예. 한때 강호를 뒤흔들었던 그들 말입니다."

팽자천의 눈에 기광이 스치고 지나갔다. 정말 생각지도 못한 단체의 이름이 거론됐기 때문이다.

"이런 이유로 제 관할 아래에 있던 팽가의 고수들을 급파해 조사를 했습니다. 하나, 아무것도 알아낼 수 없었지요. 그러던 와중에 그들의 흔적으로 보이는 지도 하나를 발견하게 되었습니다."

팽인호의 머릿속에 과거의 기억들이 떠오르기 시작했다.

"폭굉이 뭔지 알고 있나?"

"은자림이 썼던 그 괴이한 벽력탄 아니오이까?"

불빛 하나 들어오지 않는 밀실은 지금 나누는 대화를 더욱 무겁게 만들었다.

맞은편에 비스듬히 앉아 있는 상대의 태도 또한 그랬다.

"갑자기 그 얘길 왜 제게 하시는 겁니까?"

은자림. 한때 천하를 뒤엎으려 했던 그들의 이야기가 나오는 것이 팽인호를 불안하게 했다.

"자네가 찾아낸 그 지도는 운수산을 가리키네. 기호와 문자로 보아 과거 그 폭굉의 핵심 재료인 석염의 광산이 있는 게야. 예전의 주산처럼."

"아……."

팽인호는 기억해 냈다, 과거 산사태가 일어났던 주산이란 곳을.

"한데, 이건 전혀 다른 광맥이네. 예전 것보다 순도가 더 높고, 매장량 또한 훨씬 많네. 폭굉 같은 벽력탄을 더 손쉽게, 더 빨리 만들 수 있다는 거야. 역대 가장 강했던 천중단도 이것 때문에 전멸했네."

노인의 목소리는 더욱 거칠어졌다.

그런 천중단을 전멸시킨 괴물 같은 벽력탄. 흥분할 수밖에 없었으리라.

"…총관, 너무 위험합니다. 말씀하신 대로라면 운수산을 얻어야 한다는 말인데, 거긴 장씨세가라는 주인이 따로 있습니다. 상계에서는 꽤 이름 있는 가문이니 조용히 손에 넣기도 힘들고, 손에 넣었다 해도 소문이 새어 나가면 자칫 무림 공적으로 몰릴 수도 있습니다."

그때쯤이었다. 눈빛은 보지 못했지만 분명 노인의 태도는 처음과 달라져 있었다.

"나는 자네가 말이 좀 통하는 사람일 거라고 생각했는데 말이지……. 뭐, 그렇게 생각한다면 다른 곳에 넘기는 게 낫겠지. 하나, 잘 생각해 보게."

"뭘 말씀입니까?"

"자네들은 언제까지 중원이 아닌 새외의 귀퉁이에 머물며 살 것인가?"

"……"

"팽가. 하북의 팽가. 그 거센 기상과 우월한 피는 남궁이건 모용이건 모두를 압도하는 중원 제일가가 될 만하네. 하지만 이 척박한 하북에서 벗어나지 못하는 이상 그건 요원한 일이지."

"…그 말씀은."

"이번 일에 팽가가 손을 대게 되면 폭굉을 가질 수 있게 되네. 천하를 뒤흔들었던 괴물 같은 벽력탄을 가질 수 있는 기회가."

"그래서… 석가장을 이용해 장씨세가를 묻으려고 했다?"

이야기를 들은 팽자천이 침음했다. 그러자 팽인호가 뼈아픈 한숨을 내쉬었다.

"그건 원래 이렇게 될 일이 아니었습니다. 원만히, 그리고 충분히 금전적 보상을 해줄 생각이었습니다."

본시 석가장을 통해, 그리고 나중에는 팽인호 자신이 직접 관대한 회유책을 내밀었다.

하지만 장씨세가는 분명 이득이 될 만한 조건임에도 이를 받아들이지 않고 고집을 부렸다. 그로 인해 짜증이 나기 시작할 때쯤, 일을 맡은 석가장이 무모하게 욕심을 부리기 시작하면서 걷잡을 수 없이 비틀려 버렸다.

"사파의 잡졸들은! 그들은 왜 끌어들였나?"

"그건… 버리는 패입니다."

잠시 머뭇거리던 팽인호가 다시 말했다.

"운수산은 얻어야 하나, 그렇다고 팽가가 진흙탕에 발을 담글 수는 없었습니다. 녀석들에게 일을 적당히 처리하게 시킨 후, 그 놈들 또한 함께 처리할 생각이었습니다."

"하! 이놈이 나이를 먹더니 더러운 계교만 늘었구나. 사파를 들여다 쓴 순간부터 팽가는 이미 오물에 발을 담근 게 아니더냐! 제 손에 피를 묻히지 않았다고 살(殺)이 아니더냐!"

"가주, 크게 내다보셔야 합니다. 은자림은 한때 천하를 뒤엎으려던 자들입니다. 운수산을 우리가 손에 넣지 않는다 해도 누군가가 다시 그 폭굉을 손에 넣기라도 하면 천하는 지옥도로 변할 것입니다."

팽자천의 일갈에도 팽인호는 떳떳하게 어깨를 폈다.

"그런 위험한 무기는 정의롭고 대의명분을 지키는 세력이 쥐고 있어야 합니다. 저는 거기에 본 가 이외의 다른 대안을 생각할 수가 없었습니다."

"네 말대로라면 본 가가 피를 나눈 팽가의 식솔들을 희생시킨 것도 대의란 말이렷다!"

순간, 팽인호의 낯빛이 변했다. 어느 정도 알고 있겠거니 생각했지만 이토록 상세히 알고 있을 줄은 몰랐던 것이다.

"…큰일을 위한 어쩔 수 없는 희생입니다, 가주."

"희생? 지금 희생이라고 했느냐? 넌 팽가를 위한 일이라고 하면서 팽가의 식솔을 죽였다! 대의를 위한 일이라고 하면서 사파와 손을 잡았어! 그들이 마졸이든 무엇이 되었든, 명을 내려놓고 오히려 그 등 뒤를 찌를 생각부터 하고 있는 건 네놈이다! 이런 네가 정도인이더냐! 이미 마도의 잡졸이나 다름없지 않으냐!"

"……"

"팽가를 위해? 정의를 위해? 이놈! 차라리 네 욕심이라고 말해라! 권좌를 손에 넣으려는 네놈의 야욕이라고! 어디서 감히 입을 함부로 놀리느냐!"

"가주! 정녕코 제 욕심이 아닙니다!"

팽인호는 지지 않으려는 듯 울분을 토해내며 고성을 질렀다.

"팽가입니다. 하북 제일가! 한데, 언제까지 그 하북이라는 이름을 앞에 달아야 합니까! 항상 우리만 이용당해 왔습니다! 강호의 번영을 위해 중원 끝에서 이용만 당한 게 우리 팽가란 말입니다!”

매섭게 몰아붙이던 팽자천이 주춤했다. 원통하다는 듯 부릅 뜬 팽인호의 주름진 눈에 새겨진 눈물 때문에.

“가주, 십이 년 전, 본 가에서 누구보다 무공이 뛰어났던 팽 진운(彭眞運) 공자와 팽설웅(彭雪雄) 공자께서 천중단에 들어간 뒤 어떻게 되셨습니까? 싸늘한 주검으로 돌아오셨습니다! 그 중 한 분은 시신조차 수습하지 못했습니다. 한데, 그 잘난 맹 은 전사 통보만 남기고 갔습니다!”

“……!”

팽자천은 신음했다. 이건 그도 알고 있는 일이었다. 모를 수 가 없었다. 피붙이들의 허망한 죽음에 사흘을 오열하며 식음을 전폐했으니까.

그들은 팽자천의 친형제들이었고, 팽가를 대표하는, 백대고수 중에서도 상위라 불리는 자들이었다.

팽가의 여러 무학들을 통달한 뛰어난 인재. 그런 그들을 잃 음으로 해서 팽가는 독문절기가 단절되는 위기를 겪었다.

대표적인 예가 오호단문도다.

가문을 대표하는 고수는, 자신이 얻은 깨달음을 본 가의 가 솔들에게 전해줘야 할 의무가 있다.

농부의 종자나 다름없는 가장 소중한 인재들이건만, 맹은 멋대로 그들을 차출해서 데려가고, 허망하게 잃어버렸다. 그 리고 그에 대한 책임도 제대로 지지 않았다. 그저 ‘하북의 팽 가는 참으로 명예로우시오’라는 서 푼 값어치도 없는 빈말만을 남겼을 뿐.

"이, 이놈!"

잠시 흔들리던 팽자천이 버럭 노성을 질렀다.

"그렇다고 네 행동이 정당화된다더냐! 네놈이 그렇게 맹에 원한을 가졌다면! 어찌 맹에서 내미는 먹이를 날름 집어삼키려 드느냐! 녀석들이 먹이에 무슨 독을 탔는지도 모르면서!"

"무림맹이 우리를 이용하면 우리 역시 그들을 이용하면 될 일입니다. 협(俠)도 힘이 있어야 할 수 있는 겁니다! 소림이, 무당이 어디 도력과 불력이 높아서 천하제일입니까! 힘만 얻으면 무림맹이든 뭐든 다 쥐고 흔들 수 있습니다!"

"웃기지 마라! 힘? 그 힘을 얻어서 어쩌자는 것이냐! 그 잘난 이름 하나 때문에 이제껏 얼마나 많은 세가들이 멸문지화를 겪었는지 아느냐!"

어질!

팽자천은 말을 하다 말고 뒷덜미에 벼락이 치는 듯한 느낌을 받았다.

'이런……'

노쇠한 몸, 게다가 병약한 몸이다. 누구보다 믿었던 일 장로 팽인호에 대한 실망감이, 살날이 얼마 남지 않은 그의 몸을 당장에라도 무너뜨릴 듯했다.

"…일 장로, 아니 인호야……"

그는 노기를 누그러뜨리고 팽인호를 부르며 자신의 종제(從弟: 사촌 아우)인 그에게 안타까운 한숨을 토해냈다.

"달이 가득 차면 그다음은 기우는 법이다. 그 나이를 먹고도 어찌 그걸 모르느냐? 네 말처럼 우리 팽가가 하북이 아닌 천하의 팽가가 된다고 하자. 그러면 맹이 정말 가만히 있을 것 같으냐?"

모난 돌이 정을 맞고, 모양이 아름다운 나무가 먼저 베어지는 법이다.

팽자천은 수도 없는 무림세가가 명멸(明滅: 나타났다 사라졌다 함)하는 것을 보아왔다. 아무리 힘을 가졌다고 해봐야 결국은 무림세가일 뿐이다.

구대문파의 뿌리 깊은 힘에는 미치지 못하며, 맹을 뒤에서 조종하는 더 큰 힘에는 더욱 닿지 못한다.

팽자천은 나직이 말을 이었다.

"맹이든, 어디든, 반드시 우리가 대적할 수 없는 힘과 맞닥뜨리게 될 뿐이다. 이건 하늘의 이치다. 하늘이 허락하지 않는 일을 이룰 수는 없는 게야."

"…그렇다면 그 하늘을 먼저 무너뜨리면 되는 것이지요."

그런데 문득 팽자천의 말에 팽인호의 눈에서 줄기줄기 광기가 흘러나오기 시작했다.

"…인호야?"

팽자천은 섬뜩함을 느꼈다. 순간 생각을 잘못한 게 아닌가 싶었다.

이제껏 팽인호가 해온 행동들은 독단적이긴 해도 가문을 위한 것이라는 진실성만큼은 한 번도 의심한 적이 없었다. 그런데 어쩌면 그 생각은 잘못된 것이 아니었을까.

"하늘이 막아선다면 하늘을 무너뜨리고, 땅이 가로막는다면 땅 역시 무너뜨리면 될 일입니다. 우리는 팽가입니다. 가주, 팽가의 무력에 폭굉의 파괴력이 더해지면 그 누구도 우릴 막아설 수 없을 것입니다."

팽인호는 그제야 숨겨왔던 이빨을 서서히 드러냈다.

그것은 미소가 아니었다. 흡사 미치광이가 뿜어낼 듯한 조소, 광기였던 것이다.

*　　　*　　　*

은자림.

어떤 이들은 이들을 교리에 사로잡혀 살육을 즐기는 광신도들로 표현했다. 그리고 누군가는 이들을 건국 초기에 발호(跋扈: 권세나 세력을 제멋대로 이용함)했던 마교도의 후예라고도 했다.

하나, 훗날 밝혀지기로 그들은 조정에 관련된 환관(宦官)들. 다시 말해 조정의 공신, 혹은 권문세가의 귀족이라는 뜻이었다.

"은자림이 원래 어디서 나온 것들인지 알고 계시지 않습니까. 천중단이 원래 무슨 일을 하려 했는지도 알고 계셨잖습니까."

애초에 은자림의 태동은, 정권을 쥔 자들이 자신들에게 위협이 되는 무림세가를 제거하기 위해 움직인 것에서 비롯되었다. 그러다 그것이 자칫 방향이 잘못되어 강호의 일에 끼어들게 된 것이다.

"허……."

팽자천은 신음했다. 이제는 두려움마저 느끼고 있었다. 그가 팽인호에게 말을 하던 중 뜬금없이 '하늘'이라는 표현을 쓴 까닭은 거기 있었다.

따지고 보면 천자의 수족이라 부를 수 있는 이들. 그런데 팽인호는 이를 알고도 다 뒤집어엎겠다는 것이었다.

'이놈이 정녕 역모를!'

"가주, 이젠 어쩔 수 없습니다. 이미 장씨세가는 사라졌을 테니까요."

"허, 허, 허."

팽인호의 이미 끝났다는 말에 팽자천은 말을 잇지 못하고 신음만 해댔다.

"걱정하지 마십시오. 이 모든 것의 영광은 가주의 것입니다. 지존의 자리에 앉아 천하를 굽어보실 것입니다. 그때까지 몸을 보존하셔야 합니다."

쾅!

팽자천이 탁자를 내려치자 파편이 튀어 올랐다. 동시에 놀란 팽인호의 의자가 뒤집어졌다.

"아… 가주."

기이이잉.

팽인호는 말을 잇지 못했다.

어느새 팽자천의 손아귀에서 퍼지는 거대한 공력. 바닥까지 진동이 느껴질 정도로 강렬한 권기(拳氣)가 나왔다.

"오냐. 정 그렇다면 내가 막아주마."

"가주……."

"다른 놈도 아닌 내 손으로, 팽가의 무공으로 거두겠다. 절대로 네 녀석을… 끄윽!"

팽인호는 슬픔에 잠긴 얼굴로 고개를 숙였다.

죽음, 두렵지 않다. 일개 촌부락에서 살다 팽가의 방계에 들어와 수십 년 동안이나 살았다. 그러다 가주의 눈에 들어 팽씨 성을 받았고, 팽자천을 지척에서 보필하는 영광도 얻었으니 얼마나 후회 없는 삶을 산 것인가.

단지 마음에 걸리는 건, 평생을 몸 바쳐온 팽가가 중원으로 뻗어 나갈 기회를 잃었다는 것뿐.

"……?"

그런데 한참이나 아무런 일도 일어나지 않았다. 멍하니 고개를 숙이고 죽음을 기다리던 팽인호는 눈을 천천히 떴다.

"끄읍, 끄읍."

"가주!"

놀랍게도 팽자천은 눈을 뒤집은 채 거품을 물고 뒤로 넘어가 있었다.

'주화입마!'

그는 직감적으로 팽자천의 상황을 눈치챘다. 운기조식 중 기혈이 뒤틀리거나 내공을 과도하게 뿜어낼 때 나타나는 매우 위험한 증상. 그것이 지금 팽자천에게 일어나고 있었다.

타타탁.

자리에서 일어선 팽인호는 급히 침상 밑을 뒤지며 외쳤다.

"가주! 약은! 유 의원이 준 약은 어디 있습니까!"

"끄으으으, 끄으으으."

"가주! 가주! 약은 어디 있습니까!"

대답은 들려오지 않았다.

병약한 몸으로 노화를 누르고, 거기에 모든 공력을 끌어올렸으니 이미 기혈은 뒤틀린 채 가닥가닥 끊어지고 있을 것이다. 아니, 이미 손을 쓰기엔 늦었을지도.

"하아, 하아."

팽인호의 호흡이 가빠졌다.

잠시 뒤, 수납장을 뒤지던 중 약으로 보이는 탕약 사발이 보이자 급히 들어 팽자천에게 가져갔다.

"가주, 들이켜십시오!"

당황한 팽인호가 거듭 외쳤다. 팽자천은 이미 눈이 뒤집힌 상태로 온몸을 떨어대며 거부하고 있었다.

"드셔야 합니다!"

팽인호가 턱을 잡아당기며 외쳤다. 그의 애절한 눈동자에 빛을 잃어 가는 팽자천의 사나운 눈이 들어왔다.

"…가주."

팽자천은 그의 손길을 거부하고 있었다. 그리고 살의마저 보이고 있었다.

"어찌하여……."

팽인호의 표정은 구겨졌다.

그는 팽가의 영광을 위해서라면 자신의 목숨 따윈 바칠 수 있었다. 하지만 그런 그를 팽자천은 인정하지 않고 있었다.

"어찌하여… 소인의 마음을 이토록 몰라주십니까."

"끄윽… 끄윽!"

바르르르!

팽인호의 손에 힘이 들어갔다. 입가에 거품을 흘리며 집요하게 자신을 노려보는 팽자천. 팽인호는 가주가 지저분하게 흘린 침을 수건으로 닦아내곤 그대로 그 입을 덮었다.

"이놈은… 이 주인호는, 오로지 팽가의 광영만을 위해 살고 있거늘!"

꾸우욱!

팽자천의 눈에 핏발이 솟았다. 입가에 흐른 탕약으로 인해 축축하게 적셔진 면 수건은 이제 그의 입을 닦는 것이 아니라, 입과 코를 모두 틀어막고 강하게 압박하고 있었다.

"…그럼 쉬십시오. 쉬셔야 합니다, 가주. 다른 모든 것은 다 저에게 맡기시고 조용히… 잠드시면 됩니다."

바르르르!

팽자천의 눈에 핏발이 솟았다. 그의 몸에 일어나는 것은 단말마의 경련.

일평생 충심으로 그를 섬기던 팽인호. 한때 주인호였던 방계의 혈속은 그 눈에 흐릿한 광기를 가득 담은 채 환희가 서린 얼굴로 팽자천을 보고 있었다.

"사소취대(捨小取大: 작은 것은 버리고 큰 것을 취함), 대의멸친(大義

滅親: 큰 의리를 위해 혈육도 버림), 읍참마속(泣斬馬謖: 공정한 일을 위해 사사로운 정을 포기함). 가주께서 평생 해오시던 말씀이셨지요. 가주의 뜻을… 이 팽인호가 받들겠습니다."

"……."

투욱.

시대를 풍미했던 거인의 손이 바닥에 늘어졌다.

팽인호는 안타까운 얼굴로 존경해 마지않던 주인을 내려다보며 가만히 눈을 감았다.

똑똑!

"아버님, 팽가운입니다."

"……!"

그때였다. 팽인호의 눈이 뜨였다. 그는 멍한 표정으로 숨이 끊어진 팽자천을 한참 동안 바라봤다. 하지만 이내 차분한, 지극히 냉랭한 목소리로 입을 열었다.

"들어오시오, 공자."

주름진 눈에 천천히, 기이한 열기를 떠올리며.

* * *

"멈춰라. 아무도 들어갈 수 없다."

팽주환은 가주의 처소 입구로 들어서는 팽가운의 길을 막아섰다. 그는 처소에서 나온 뒤 이곳에 서서 다른 사람의 출입을 통제하고 있었다.

"보전탕(保全湯)입니다. 유 의원이 반드시 제시간에 드셔야 한다고 당부해서 제가 가져왔습니다."

팽가운이 들고 있는 탕약 사발을 내밀어 보였다.

"가주께서는 일 장로와 접견 중이시다."

"압니다. 하지만 아버님께선 건강이 매우 안 좋으십니다. 그러니 더더욱 제시간에 복용을 하셔야지요."

팽주환의 시선이 아래로 떨어지자 그는 기다렸다는 듯 말했다.

"흐음."

팽주환은 턱을 쓸어내렸다.

본시 가주의 말은 '그 누구도 들여보내지 마라'였지만, 팽가운은 가주의 친혈육. 또한 가주의 몸 상태 역시 그들이 유의하는 부분이었다.

"먼저 밖에서 고하거라."

"예, 비주."

팽주환이 비켜서자 팽가운은 고개를 숙였다. 그리고 조심스러운 발걸음으로 입구 안으로 들어갔다.

'예감이 뭔가 좋지 않아……'

애초에 그는 팽인호 홀로 아버지와 독대하는 것을 왠지 달갑게 여기지 않았다. 그가 무슨 생각을 품었는지, 아버님께 어떤 사특한 꾀를 내밀지는 그 본인만 알고 있을 터였다.

'일단 무슨 얘길 하고 있을지 조금 들어보면……'

하여 방법을 강구하다 유 의원에게 급한 상황이라는 핑계로

약을 얻어 온 것이다. 그는 두 손으로 조심스럽게 약을 받쳐 들고는 처소로 향했다.

똑똑!

"아버님, 팽가운입니다."

그는 문을 가볍게 두드리며 바깥에서 시립하고 있었다. 기다림이 한참 늘어지자 의아해진 팽가운이 다시금 입을 열려고 할 때.

"들어오시오, 공자."

차분한, 지극히 냉랭한 목소리가 안에서 들려왔다.

'…팽인호 장로?'

드르륵!

조심스레 문을 열고, 집안 최고의 어른을 뵙는 예의를 갖추며 팽가운이 들어섰다.

그리고…….

콰장창!

"이, 이게 어찌 된……?"

눈앞의 광경에 그는 말을 잊었다. 탕약을 검은 피처럼 흘리며 침상에 널브러져 있는 아버지, 가주 팽자천이 보였기 때문이다. 그 옆에는 가주의 몸을 받치고 얼음처럼 냉랭한 눈으로 자신을 노려보는 일 장로가 서 있었다.

"들어오시오, 대공자. 소리 내지 마시고."

"이게… 이게 무슨 일입니까! 일 장로!"

"제가 묻고 싶습니다. 대체 이 탕약, 누가 가주께 뭘 타서 드린 겁니까?”

팽인호는 팽가운의 눈을 피하지 않았다. 오히려 죄인을 치죄하듯 지극히 냉랭한 눈길을 보내고 있었다.

“조금 전, 소인과 말씀을 하시다 발작이 일어났었습니다. 피를 쏟아내셨고, 주화입마에 빠지셨습니다. 손을 쓸 겨를조차 없이 그대로 숨을 거두셨습니다.”

“…그런!”

“제가 의아한 것은, 가주께선 근자에 몸이 지극히 나쁘시어 이런 공력을 뿜어낼 수 없으셨다는 겁니다. 한데, 어찌 이런…….”

툭툭.

팽인호는 팽자천의 다탁, 일견해 보아도 엄청난 위력으로 후려쳐져 갈라진 벽단목 탁자를 두드렸다.

“공자께서는 아시는 바가 없습니까? 이런 사특한 약을 가주께 올린 이가 누구인지?”

“아……..”

팽가운의 머릿속이 하얘졌다. 벽단목 탁자에 뚜렷이 새겨진 것은 분명 팽자천의 손자국이었다. 그리고 팽인호의 말처럼 근자에 들어 가주 팽자천은 저런 신력을 뿜어낼 수 없는 몸 상태였다.

“그, 그건 사특한 약이 아닌 영약이오.”

“영약? 어디서 난 겁니까?”

팽인호가 한 발짝 다가오자 팽가운은 주춤거리며 말을 이었다.

"최근 개방에서 몸에 좋은 영약을 받은 적이 있소. 하여 그걸 아버지께 드렸소."

"개방… 이놈들이었구나!"

팽인호가 얼굴을 일그러뜨렸다. 손을 부들부들 떨 정도로 격노하는 모습이었다.

"가주께서는 내공을 끌어올리다 주화입마에 걸리셨습니다. 병약하고 노쇠해진 몸에 그런 기운을 쓰면 안 되는 것을 모를 리 없으신 분이! 이건 개방에서 무슨 독을 쓴 것입니다!"

"독? 그럴 리 없소, 일 장로. 협의지문인 개방이 독살 같은 추악한 짓을 할 리가……."

"그들 또한 무림의 세력입니다! 특히 근자에 들어 사사건건 방해를 하며 우리에게 죄를 뒤집어씌우려 하지 않았습니까?"

팽인호는 생각할 시간을 주지 않고 계속 밀어붙였다.

마침 팽가운은 가주이자 육친인 아버지의 죽음에 머리가 하얗게 비어버린 상태였다.

"이상하지 않으십니까, 대공자? 왜, 하필 우리와 적대하는 이 상황에 영약을 주었겠습니까! 모종의 음계가 있는 겁니다. 중정에서의 일도 그렇지 않았습니까?"

"……!"

팽가운의 머리에 얼음송곳이 박힌 듯 냉기가 몰려왔다.

그랬다. 개방은 장씨세가를 도와 본 가를 계속 압박하고 있었다. 단지 지금으로선 그 의도가 정확히 어떤 것인지 모른다는 것뿐.

"확인해 봐야겠소, 모두 불러 아버님의 상태를 전부."

"대공자! 그건 오히려 개방이 바라는 바입니다!"

몸을 떨던 팽가운이 팽인호를 바라보았다. 그는 온 얼굴을 일그러뜨린 채 자신을 보며 냉엄하게 꾸짖고 있었다.

"이 일이 바깥으로 퍼져 나가면, 방계 쪽 사람들이 뭐라 하겠습니까? 놈들은 가주를 해친 것만이 아니라 대공자 또한 아버님을 독살하려 한 비정한 아들로 만들려 한 것입니다!"

"……!"

팽가운의 얼굴이 다시 한번 굳었다.

확실히 개방에서 넘어온 영약을 아버지께 올리라고 명한 것은 다름 아닌 팽가운 자신.

이 일에 그가 개입된 정황이 조금만 보여도 가문 내 자신의 입지는 지극히 줄어들고 말 것이다.

"냉정해야 합니다. 냉정하게 생각하십시오, 대공자. 지금 우리 팽가는 개방과 일전을 벌이는 중입니다. 가주께서 귀천하셨으니 지금은 대공자의 위치를 정립하는 것이 가장 급합니다."

끄덕.

팽인호의 말에 팽가운이 반사적으로 고개를 끄덕였다.

"급히 가문 회의를 여시고, 이 약에 대해서 조사하십시오. 그리고 이 약에서 혹여 독이나 위험한 것이 나왔다고 결론이 나오면, 약재를 올린 사람은 다름 아닌 팽인호라고 증언하십시오."

"이, 일 장로?"

들다 말고 팽가운은 경악했다. 이제껏 그는 항상 본가 내에서 자신과 대립하던 자였다. 그랬던 자가 이 상황에서 가주 독살이라는 큰 죄를 뒤집어쓸 것을 왜 감수하는 것인가.

"대공자께 생길 허물은 오롯이 이 사람이 안고 가겠습니다. 적을 앞둔 때에 자중지란은 최악의 상황. 개방이 만약 이것을 노린 것이라면 그놈들의 수에 순순히 걸려들 수야 없는 것이지요."

가주 팽자천이 귀천한 지금, 대공자마저 실각되게 되면 하북 팽가는 커다란 내분이 벌어지게 된다.

거기까지 생각하게 되자 팽가운은 팽인호의 주름진 눈이 달리 보였다. 그의 늙은 눈은 외면하기 힘들도록 애절한 갈망을 가득 담은 채 자신을 보고 있었다.

"일이 이렇게 된 이상, 무슨 수를 써서라도 운수산을 확보해야겠습니다."

"운수산? 운수산은 왜……. 그리고 그 땅문서는… 일 장로께서 주셨지 않소?"

일전에 그곳에 보통과 다른 벽력탄의 재료가 있다는 얘기는 들었다.

하나, 그것을 가진다는 것은 다른 문제였다. 맹에서, 나라에서 가만히 있지 않을 것이 분명했기 때문이다.

그 이전에, 그의 입장에서는 왜 일 장로가 그 작은 산 하나에 이렇게 집착하는지 알 수가 없었다.

"이 일은 추후에 따로 말씀드리겠습니다. 대공자, 우선은 사람들을 모으십시오. 대공자를 노린 덫에서 몸을 빼고, 가문을 하나로 모으는 것이 급합니다."

"그, 그리하겠소."

팽가운이 팽인호의 눈빛을 보며 얼떨결에 대답했다.

"대공자, 마음을 굳게 먹으셔야 합니다."

툭툭.

고뇌하는 팽가운에게 팽인호가 다가와 나직이 말을 이었다.

"공자께는 팽가를 이끌어야 하는 중책이 있습니다. 이 가문을 든든한 반석 위에 올리시어 만대를 이끌어가소서. 그것이 이 노신(老臣)의 바람입니다."

"일 장로……."

팽가운은 멍한 머리로 자신을 늙은 신하라 지칭하는 팽인호를 바라보았다.

팽가운은 진한 먹구름이 낀 어둑어둑한 하늘을 보며 걸었다. 그리고 어느 처소 앞에 당도한 그는 땅이 꺼지도록 깊고도 긴 한숨을 내쉬었다.

"오라버니? 무슨 일이 있으세요?"

"월아……."

문 앞에 느껴진 인기척에 팽월이 문을 열었다. 그곳엔 참담하게 구겨진 팽가운이 무릎을 꿇은 채 주저앉아 있었다. 팽가운은 그 상태에서 일그러질 대로 일그러진 얼굴을 펴며 간신히 짧게 말했다.

"아버지께서 귀천하셨다."

"……!"

"급히 가문의 어른들을 모아야 한다. 지금 같은 상황에서, 혼란은 자칫 돌이킬 수 없는 악수가 되니까."

"어떻게……."

"……."

"아버님이 팽인호 장로를 독대하시던 중이라고 들었는데, 혹시 그가……."

"그럴 사람이 아니다."

팽가운은 팽월의 의심을 단호하게 자르며 말했다.

"수단의 사특함은 있을지언정 그가 가문에 보이는 충심은 그 어느 누구도 따라갈 수 없다. 나는 그를 믿는다. 아니, 그를 보고 말하신 아버님의 말씀을 믿는 것이지만……."

"가주……."

팽인호는 조용히 멍한 얼굴로 팽자천의 몸을 바로하고 있었다.

일그러진 얼굴을 펴고, 굳어진 몸을 펴며 그는 정성스럽게, 마지막 충성을 다해 주인의 마지막 모습을 정리하고 있었다.

"기다리고 계시옵소서. 제가 팽가를 제일가로 만들겠습니다. 반드시 그리할 것입니다."

스윽. 스윽.

주름진 팽자천의 얼굴을 펴며 나이 든 노신 팽인호는 줄기줄기 눈물을 흘렸다. 주인을 잃고 그 마지막 길을 배웅하는 늙은 개는, 울면서도 환희가 가득한 미소를 짓고 있었다.

"그 첫 제물은… 장씨세가가 될 것입니다."

『장씨세가 호위무사』 제2막 6권에서 계속…